spielberg

Paul Fenzl

Der Biergartenmörder

spielberg

1. Auflage 2013

Originalausgabe: Der Biergartenmörder

Umschlaggestaltung: Viktor Rauch, *www.viktorrauch.de*
Umschlagfoto: Viktor Rauch
Druck und Bindung: Inprint GmbH, Erlangen

Printed in Germany

ISBN: 978-3-940609-97-7

www.spielberg-verlag.de

Für meine Frau Virginia!

Ich danke ganz besonders zwei Personen, die sich mir sowohl als Protagonisten als auch für das Cover zur Verfügung gestellt haben:

- Conny Beckers, der ich Susanne Stadler nachempfunden habe!

- Roland Zeller, der auch im Krimi »*der Roland*« blieb, mit vielen der Eigenheiten, die auch sein reales Leben bestimmen.

Weiter gilt mein Dank der gesamten Musikband SCHERBENTANZ, die mir eine geeignete Metapher aus einem ihrer Songtexte zur Verfügung stellte.
SCHERBENTANZ wird mich in Zukunft öfter bei Lesungen unplugged musikalisch begleiten.

Kap. 1

»Pass doch auf! An was denkst du denn schon wieder?«, schimpfte die Anna, weil der Edmund aus ihrer Sicht wieder einmal so vor sich hin träumend am Steuer saß und mitten auf der durchgezogenen Linie entlang fuhr, als bräuchte er die Markierung als Orientierungshilfe.

»Erholsam ist das nicht, neben dir als Beifahrer zu sitzen, wenn du so unkonzentriert bist. Woran denkst du bloß?«

›*Keine Ahnung*‹, dachte der Köstlbacher und sagte laut:

»Mir ist da so ein Gedanke gekommen! Du weißt schon. Der Mord vor drei Tagen im Biergarten!«

»Dein Mord im Biergarten! Den wird bald ein anderer Kollege lösen müssen, wenn du weiterhin so kriminell mitten auf der Straße bleibst!«, antwortete die Anna.

»Ich hab' alles im Griff!«, beteuerte der Köstlbacher, steuerte den Wagen wieder auf die rechte Fahrbahn zurück und ärgerte sich insgeheim, weil ihn seine Anna regelmäßig reglementierte, wenn er die Fahrerposition einnahm.

Weil eines musst du wissen, der Köstlbacher nicht immer der Fahrer, wenn er mit seiner Anna unterwegs ist. Meistens ist es sogar so, dass er sich gerne von der Anna herumkutschieren lässt, weil er da seinen Gedanken nachhängen kann und nicht auf den Verkehr zu achten braucht. Im Dienst übernimmt das Fahren auch überwiegend der Liebknecht, damit der Köstlbacher unterwegs überlegen und telefonieren kann.

»Wenn du den im Biergarten gesehen hättest, dann würdest du verstehen, warum ich mir Gedanken mache!«, sagte der Köstlbacher noch zur Anna, weil er irgendwie das dringende Bedürfnis hatte, sein Fehlverhalten im Straßenverkehr zu entschuldigen.

»So schlimm?«, fragte die Anna, weil sie selten was vom Edmund über seine Arbeit zu hören bekam und froh war, wenn er ihr ab und zu auch mal das eine oder andere Detail erzählte.

»Zuerst haben die dort ja nur gemeint, dass da ein Besoffener oder so. Schließlich kommt so etwas in einem Biergarten durchaus öfter vor. Da sitzen sie und bestellen sich eine Maß nach der anderen. Und wenn sie dann aufstehen, weil sie aufs Klo müssen, versagen die Beine ihren Dienst. Einmal am Boden, sind sie so schnell weg, das glaubst du nicht. Bierleichen eben, wenn du verstehst, was ich meine!«, begann der Edmund zu berichten.

»Du wirst mir doch nicht erzählen, dass du wegen einer Bierleiche gerufen worden bist!«, warf die Anna erneut unruhig geworden ein, weil ihr Edmund beim Erzählen immer wieder zu ihr hinübergeschaut hat, wo er sich doch auf die Straße konzentrieren sollte.

»Natürlich nicht! Wie die Bedienung dem ein Glas Wasser über den seinen Kopf geschüttet hat und der trotzdem keinen

Muckser gemacht hat, da hat sie erst einmal genauer hingeschaut und dabei erschrocken festgestellt, dass der Typ die Augen offen gehabt und einen glasigen Blick drauf hatte«, antwortete der Köstlbacher.

»Hat er sich beim Hinfallen das Genick gebrochen?«, vermutete die Anna fragend.

»Nein! Dann wären ja wir nicht gerufen worden! Er ist erschossen worden!«, antwortete ihr Mann.

»Erschossen? Mitten im Biergarten? Das müsste doch jemandem aufgefallen sein!«, meinte die Anna.

»Denkst du! Bei dem Lärm! Und wenn einer mit einem Kleinkaliber mit Schalldämpfer! Da hörst du höchstens ›*flopp*‹, mehr nicht.«

»Ein Kleinkalibergewehr? Na ja, bei dem Biergarten von der Kreuzschänke, da kann ich mir das sogar vorstellen. So von oben nach unten! Aber gesehen werden kann so einer trotzdem leicht, wenn der anlegt und zielt!«, sinnierte die Anna und stellte sich dabei die Kreuzschänke vor, oben am Ende der Kreuzgasse, schräg gegenüber vom Ramwoldsplatz.

»Kann! Muss aber nicht! Unseren Schützen hat jedenfalls niemand gesehen. Falls es überhaupt ein Schütze war. Könnte ja genauso gut eine Schützin gewesen sein!«, sagte der Köstlbacher und fuhr schon wieder verdächtig nahe in der Mitte der Straße.

»Edmund!«, mahnte die Anna und war jetzt fast versucht, ihrem Mann ins Steuer zu greifen.

»Ja, ja! Pass' ja schon auf!«, lamentierte der Köstlbacher und tat so, als würde er voll konzentriert bei der Sache sein. Was er im Prinzip auch war, aber eben nicht bei der richtigen Sache, wenn man bedenkt, dass der Kommissar momentan mental mehr dienstlich und so.

»Hat ihn oder sie aber niemand! Gesehen, meine ich! Vom Schusswinkel her sieht es auch eher so aus, als ob einer von einem Fenster vom Wohnblock auf der anderen Straßenseite der Kreuzgasse geschossen hat. Und wenn einer aus einem Fenster raus schießt, dann kann der etwas zurück im Dunkeln stehen. Den sieht niemand!«, fuhr der Köstlbacher fort.

Eigentlich ist der Köstlbacher sonst, wenn es um dienstliche Angelegenheiten geht, der Anna gegenüber eher wenig gesprächig. Aber jetzt wollte er seine Frau davon ablenken, dass sie ihn ständig reglementiert, was seinen Fahrstil betrifft. Und nichts auf der Welt lenkte die Anna mehr ab, als so mörderische dings, wie sie der Edmund erzählen konnte. Sie war dann so richtig stolz auf ihren Kriminaler-Ehemann.

»Und ihr habt dann gleich alle infrage kommenden Wohnungen durchsucht?«, fragte die Anna, fasziniert von ihrer spontanen Vorstellung, wie da eine Hundertschaft ganz in schwarz, mit Helmen, Schusswesten und Sturmgewehren ausgerüstet, das Gebäude stürmte.

»Nein! Das mit dem Schusswinkel haben mir die von der Spurensicherung erst in dem Bericht mitgeteilt, den ich gestern auf meinen Schreibtisch bekommen habe. Urlaubszeit! Die Spurensicherung arbeitet mehr oder weniger auf Sparflamme. Natürlich dürfte so ein Fehler trotzdem nicht passieren. Die hätten das gleich vor Ort feststellen und mich informieren müssen!«, antwortete der Köstlbacher.

»Und der Tote, war's jemand Bekannter?«, fragte die Anna, inzwischen ganz kribbelig geworden.

»In gewissen Kreisen war er sogar sehr bekannt. Aber dass du ihn kennst, glaube ich eher nicht. Der Karl vielleicht!«, sagte der Köstlbacher.

»Wieso unser Karl?«, fragte die Anna erstaunt.

»Der Karl ist genau in dem Alter, wo man die Musik hört, die der Tote gespielt hat. Das heißt, gespielt hat er sie selber eigentlich nicht. Aber eine Regensburger Band hat der gemanagt. Die Gruppe ›*Scherbentanz*‹. Sagt dir die was?«, fragte der Köstlbacher.

»›*Scherbentanz*‹?«, fragte die Anna. »Stimmt, der Karl hat eine CD von denen in seinem Zimmer liegen. Kann mich aber nicht entsinnen, die schon mal bewusst gehört zu haben.«

»Ist ja auch keine Musik für dich!«, sagte der Köstlbacher lächelnd und fügte in Gedanken hinzu: ›*Ist allgemein keine Musik für Frauen deines Alters!*‹

»Kannst recht haben! Was sich der Karl anhört, da ist nicht viel dabei, was mir gefällt!«, sagte die Anna. »Hat der Mord was mit der Musik zu tun?«, wollte sie noch wissen.

»Keine Ahnung! Wir sind erst am Anfang der Ermittlungen!«, sagte der Köstlbacher und beendete damit seine Mitteilsamkeit, weil sein Handy sich meldete und er über die Freisprechanlage den Anrufer sofort entgegennahm.

Genauer gesagt war der Anrufer eine Anruferin. Du wirst es dir schon denken, wer dran war. Natürlich die Edith Klein. Wäre ein Mann dran gewesen, so hätte es sich zu 90% um den Kollegen Wolfgang Kraus von der Vermittlung gehandelt. Aber der war noch in Urlaub und würde erst ab Montag wieder im Dienst sein.

»Hallo Chef! Entschuldigen Sie, dass ich Sie an Ihrem Feierabend störe!«, tönte es aus den Radiolautsprechern des Autos, die mit der Freisprechanlage gekoppelt waren.

»Hallo Klein! Was gibt's?«, fragte der Köstlbacher etwas brummig, weil er doch mit der Anna gerade unterwegs nach Neutraubling war, um im dortigen Globus einen größeren Einkauf zu tätigen.

»Nichts besonderes Chef! Die Frau Dr. Sieber hat nur eine Nachricht für Sie hinterlassen. Und weil ich doch morgen wegen der Taufe meiner Nichte erst am Nachmittag zur Arbeit komme, wollte ich Ihnen noch mitteilen, was die Frau Dr. Sieber will!«, sagte die Klein, die dir bestimmt schon hinlänglich bekannte Sekretärin vom Köstlbacher.

»Und? Was will unsere Abteilungsleiterin, was so wichtig ist, dass Sie mich jetzt, außerhalb meiner Dienstzeit, noch anrufen?«, grantelte der Köstlbacher.

»Sie hat etwas über diesen Toten im Biergarten, diesen Konrad Pielmeier, in Erfahrung gebracht, was sie Ihnen unbedingt persönlich mitteilen möchte!«, sagte die Klein.

»Und warum macht sie das nicht am Telefon?«, fragte der Köstlbacher.

»Keine Ahnung! Sie möchte, dass Sie morgen gleich nach Dienstbeginn zu ihr hoch kommen!«, sagte die Klein.

»Alles klar!«, antwortete der Köstlbacher. »Und viel Spaß bei der Taufe morgen!«

»Was war das jetzt?«, fragte die Anna ihren Edmund.

»Was schon! Scheint Ärger zu geben!«, sagte der Köstlbacher, jetzt sehr kurz angebunden, weil er seiner Anna schon genug gesagt hatte und über zukünftige Ermittlungen nicht reden wollte. Die Anna ist ja ein lieber Mensch, aber eine Tratschtante, wie du eine suchen musst. Und da schien es in aller Regel eher geboten, nicht zu viel zu erzählen.

Und weil die Anna ihren Edmund kannte und genau merkte, wann es keinen Sinn mehr machte, weiter in ihn zu dringen, löcherte sie den Edmund auch nicht länger. Da sie inzwischen auf dem Parkplatz beim Globus angekommen waren, gab es jetzt ja auch Wichtigeres zu tun, als über Edmunds Arbeit zu sprechen.

Was der Edmund und die Anna beim Globus eingekauft haben, das wird dich ja wohl kaum interessieren. Aber dass der Köstlbacher den Einkauf trotz dienstfrei abgebrochen hat und auf einmal, ohne seine Anna, wie von der Tarantel gestochen aus dem Globus heraus gehastet kam und in den Wagen vom Kommissar Liebknecht sprang, der mit Blaulicht direkt vor dem Eingang auf der Seite zum Clever Fit auf ihn wartete, das hast du bestimmt nicht erwartet.

»So schlimm?«, fragte der Köstlbacher den Liebknecht und schnallt sich dabei an!

»Auf alle Fälle sehr eilig!«, antwortete der Liebknecht, gab Gas und schaltete das Martinshorn ein.

Wenn du die Leute hättest sehen können, die das Wegfahren der beiden Kriminaler beobachteten, dann möchte ich wetten, dass dich die Szene zu einem Schmunzeln gereizt hätte. Erst einmal schauten sie alle erschreckt. Weil sei einmal ehrlich, wann fährt beim Globus schon ein Polizeiauto mit Blaulicht und Martinshorn? Wenn da tatsächlich mal die Polizei vorfährt, dann nur, weil Bedarf für eine Leberkässemmel besteht oder weil sie einen Einsatz wegen so einem mickrigen Ladendieb haben. Aber so war's eben diesmal nicht. Wenn da nicht Blaulicht und Sirene, dann hätte ja kein Schwein bemerkt, dass überhaupt Polizei und so. Weil Polizei normalerweise optisch erkennbares Polizeiauto. Aber der Liebknecht hatte den schwarzen Audi. Und so gesehen hätte er auch einer von denen aus der Chefetage vom benachbarten Krones sein können. Allerdings haben die nie ein Blaulicht. Und schon dreimal kein Martinshorn! Und weil dann der Liebknecht auch noch Vollgas, da sprangen alle zur Seite. War ja nur eine Sache von Sekunden, bis die Kriminaler draußen auf der Straße waren und in Richtung Autobahn davon düsten. Die Zurückgebliebenen erholten sich schnell von dem dings und hatten jetzt endlich wieder einmal ein Gesprächsthema, das mit dem leidigen Wetter nichts zu tun hatte. In Trauben standen sie zusammen und erfanden die tollsten Geschichten. Weil wissen tat ja keiner was, aber vermuten praktisch jeder. Die abenteuerlichsten Sachen waren da zu hören. Wenn ich mitten unter den Kunden ein Aufnahmegerät hätte aufstellen können, dann hätte ich Stoff für mehr als 20 Krimis aufzeichnen können, das kannst du mir glauben.

Die Anna Köstlbacher kannte in Neutraubling keiner. Sie ließ sich von dem ganzen Trubel auch nicht nervös machen und kaufte in aller Ruhe fertig ein. Der Edmund hatte ihr den Autoschlüssel gegeben. Sie fuhr zwar gar nicht gerne alleine ohne ihren Mann, aber was sein musste, musste diesmal eben sein.

Kap. 2

»Wer hat euch benachrichtigt?«, fragte der Köstlbacher seinen Kollegen Liebknecht.

»War ein anonymer Anruf!«, antwortete der Liebknecht und beschleunigte noch einen Tick mehr.

»Den ihr nicht zurückverfolgen konntet!«, mutmaßte der Köstlbacher.

»Wieso auch Chef? War ein ganz normaler Anruf im Präsidium. Bis da wer reagieren konnte, war die Leitung schon wieder tot!«, sagte der Liebknecht. »Das Einzige, was wir haben, ist seine Stimme, weil der Anruf, wie alle anderen üblicherweise auch, mitgeschnitten worden ist!«

»Kann sich vielleicht noch als wichtig erweisen!«, sinnierte der Köstlbacher.

»Wir sollten uns auf alle Fälle beeilen, wenn wir das Opfer noch lebend sehen wollen!«, beendete diese Befragung der Liebknecht und gab jetzt richtig Gas, weil sie die Autobahn erreicht hatten.

»Werden wir in der Uniklinik erwartet?«, fragte der Köstlbacher.

»Sie wissen Bescheid, dass wir kommen. Aber ob wir mit dem Opfer reden können, das kann ich dir nicht sagen. Du kennst die Ärzte ja! So wie's den Mann erwischt hat, da befürchte ich sowieso, dass wir aus dem nichts mehr raus bekommen werden!«

»Kann man jetzt nicht einmal mehr in Ruhe eine Maß Bier in einem Biergarten trinken? Was für ein Irrer ist denn das?«, empörte sich der Köstlbacher.

»Kleinkaliber?«, fragte er noch.

»So wie's aussieht, ja! Nur getroffen hat der Schütze diesmal etwas weniger perfekt. Knapp am Herzen vorbei! Meinte zumindest der Notarzt. Der Blutmenge nach zu urteilen, die aus der Schusswunde ausgetreten ist, wurde aber eine Schlagader zumindest angerissen. Er hat vorne gesessen, an der Mauer zur Donau hin. Der Schütze kann eigentlich nur vom gegenüber liegenden Ufer aus geschossen haben. Schusstechnisch eine absolute Meisterleistung!«, bemerkte der Liebknecht.

»Mitten im Biergartenbetrieb?«, fragte der Köstlbacher.

»Wie beim letzen Mal droben in der Kreuzschänke. Da war auch hektischer Biergartenbetrieb. Scheint für den der letzte Kick zu sein, einen mitten in der Menge abzuknallen!«, antwortete der Liebknecht.

»Hm! Glaube eher, dass da viel mehr dahintersteckt! Menschenmengen gibt's auch außerhalb von Biergärten«, meinte der Köstlbacher.

Weiter vertiefen konnten die beiden ihr Gespräch nicht mehr, weil sie inzwischen an der Notaufnahme der Uniklinik angekommen waren, den Wagen mitten im Halteverbot stehen ließen und in die Klinik hetzten.

Aber eines darfst du dabei nicht vergessen, ›*hetzen*‹ nur Hilfsausdruck Zutreffend nur auf den Liebknecht. Der Köstlbacher mit seiner Körperfülle, bei dem klappte das mit dem ›*Hetzen*‹

nicht wirklich. Und drum verschwand der Liebknecht auch schon im Eingang, während sein Chef erst auf halbem Weg dahin. Drinnen steuerte er auf die Notaufnahme zu und wollte denen seinen Kripoausweis unter die Nase halten.

In dem Augenblick trat etwas schwer atmend der Köstlbacher an seine Seite. Als würde das seine Kurzatmigkeit lindern, hielt er sich mit beiden Händen seinen rundgeformten Bauch.

»Ist denn hier niemand?«, schrie der Liebknecht fast und klopfte dabei an die Glasscheibe der Notaufnahme.

»Die sind alle unterwegs wegen einem Angeschossenen!«, sagte da ein Patient, der gerade ins Freie gehen wollte, offensichtlich um eine zu rauchen, weil das in der Klinik ja streng verboten.

»Zifix!«, rutschte es da dem Köstlbacher raus, weil ohne zu wissen, wo der Verletzte zu finden war, die Chancen immer geringer wurden, noch mit ihm sprechen zu können, bevor der den Löffel abgab.

»Nicht aufregen! Das macht's nur noch schlimmer!«, sagte in dem Moment ein Arzt im weißen Kittel, der aus dem Nichts aufgetaucht zu sein schien, und drückte den Köstlbacher sanft von hinten auf einen Rollstuhl. »Mit einem Asthmaanfall ist nicht zu spaßen!«, fügte er noch mit wichtiger Miene hinzu.

Versuch' dir diese Situation einmal vorzustellen. Dann wird dir schnell klar werden, dass der Köstlbacher erst einmal gar nichts herausbrachte und dass der Liebknecht, dem schnell klar wurde, was los war, plötzlich ein Grinsen aufsetzte, das von einem bis zum anderen Ohr reichte.

Aber der Liebknecht zeigte sich nicht lange erheitert. Schließlich Diensteinsatz und so!

»Hey, was soll das?«, lamentierte er. »Das ist mein Chef, Kriminalhauptkommissar Köstlbacher von der Kripo Regensburg! Und der hat keinen Asthmaanfall!«

»Ich kann für mich selber reden!«, donnerte auf einmal der Köstlbacher los, der aus seiner Starre aufgewacht war, aufsprang und den Rollstuhl dabei mit einem Schwung nach hinten weg schob, dass der an die Wand knallte.

»Hier wurde vor wenigen Minuten ein Schwerverletzter eingeliefert. Wir müssen mit ihm sprechen!«, herrschte der Köstlbacher den verdutzten Arzt an.

»Die Schussverletzung?«, fragte der Arzt eher vorsichtig als laut.

»Wenn Sie so wollen! Ja, die Schussverletzung!«, erwiderte der Köstlbacher und konnte sich bei dem ernsten Gesicht des Mediziners fast denken, was kommen würde.

»Mit der können Sie nicht mehr sprechen!«, meinte der Arzt. »Der Patient war schon tot, als er angeliefert wurde! Wir haben versucht, ihn zu reanimieren. Negativ!«

»Zifix!«, entfuhr es da dem Köstlbacher erneut, weil er diese letzte Gelegenheit, mit dem Opfer zu sprechen, den Bach hinunter schwimmen sah.

»Und?«

»Was ›*und*‹?«, fragte der Arzt.

»Todesursache?«, fragte der Köstlbacher sicherheitshalber, auch wenn sie offensichtlich war.

»Natürlich die Schussverletzung! Eine Aorta war getroffen. Zwar nur angeritzt, aber für eine Verblutung hat's wohl gereicht. Leider!«, meinte der Arzt. »Ich habe mir den Toten selber genau angesehen. Bin zwar kein Gerichtsmediziner, aber es kann gut sein, dass der ohnehin bald gestorben wäre.«

»Wie, ›*ohnehin bald gestorben wäre*‹?«, äffte der Köstlbacher nach und sah dabei zuerst den Arzt, dann den Liebknecht kopfschüttelnd an.

»Lassen Sie ihn in die Gerichtsmedizin bringen! Ich möchte den Fachkollegen dort nicht vorgreifen, aber es sieht mir ganz danach aus, dass der Tote einen Bauchspeicheldrüsenkrebs hatte. Nicht mehr operabel, wenn Sie verstehen, was ich meine!«, sagte der Arzt.

Dem Köstlbacher fiel dazu keine Antwort ein, weil es so gar nicht zu passen schien, dass da einer erschossen wird, wenn er ohnehin sterben würde. Wo sollte da ein Zusammenhang zu erkennen sein? Etwas ausdruckslos schaute er den Mediziner an. Zum ersten Mal bewusst.

›*So ein junger Spund!*‹, dachte er, weil der Arzt nach seinem Dafürhalten die 30 noch kaum überschritten hatte.

»Gab es vor ein paar Tagen nicht schon mal so einen Toten? Auch in einem Biergarten? Droben, bei der Kreuzschänke?«, fragte der Arzt.

»Warum fragen Sie?«, wollte der Köstlbacher wissen und hob erstaunt seinen Kopf.

»Meinen Sie…?«, fragte der Liebknecht dazwischen, der bisher so gut wie nichts gesagt hatte.

»Ich rate Ihnen, die beiden vergleichend obduzieren zu lassen!«, riet der selbstbewusste Mediziner.

»Sie meinen…?«, fragte jetzt der Köstlbacher im gleichen Tonfall, wie sein Kollege Liebknecht.

»Meinen heißt nicht wissen! Ich kann nur vermuten. Und wenn ich recht gehe in der Annahme, dann sind Vermutungen ohne Beweise uninteressant! Aber ich entsinne mich, in der Zeitung gelesen zu haben, dass das Opfer im Biergarten ›*Kreuzschänke*‹ gerade eine erfolglose Chemo hinter sich gehabt hatte«, antwortete der Arzt.

›*Klugscheißer*!‹, dachte der Köstlbacher und brummte nur etwas Unverständliches vor sich hin. ›*War bestimmt ein Zufall!*‹

»Ich werde den Transport nach Erlangen in die Gerichtsmedizin veranlassen!«, sagte er überraschend trotz seiner Zweifel laut vernehmbar.

»Kann ich dennoch auf ein Wort mit Ihrem Chef reden?«, fragte der Köstlbacher, einer inneren Eingebung folgend, dass er auch noch die Meinung des Chefarztes hören sollte.

»Ich bin der Chef! Darf ich mich vorstellen: Chefarzt Prof. Dr. Listl«, antwortete der Arzt und hielt dem Köstlbacher seine Hand hin, die der erst zögerlich, dann aber doch fest ergriff.

»So jung?«, fragte der Köstlbacher erstaunt und bemerkte mit einem Seitenblick zum Liebknecht, dass der mindestens ebenso von den Socken war.

»Die Optik täuscht! Habe gute Gene! In einem Jahr werde ich 40!«, antwortete der Dr. Listl mit einem entwaffnenden Lächeln auf den Lippen.

»Wenn das so ist«, lächelte der Köstlbacher zurück. »Dann hat mich Mutter Natur aber ganz schön nachteilig behandelt!«

Du kannst dir denken, dass der Dr. Listl darauf nichts gesagt hat. Weil wo er recht hat, der Köstlbacher, da hat er recht!

»Noch Fragen?«, fragte der Chefarzt der Unfallchirurgie.

»Momentan keine! Kann aber gut sein, dass sich nochmal Fragen ergeben. Vor allem, wenn Ergebnisse der Gerichtsmedizin vorliegen!«, antwortete der Köstlbacher, streckte dem Dr. Listl seine Hand hin und verabschiedete sich. Der Liebknecht verabschiedete sich auch per Handschlag, ganz entgegen seiner Gewohnheit, eher im Hintergrund zu bleiben und weniger gute Manieren zu zeigen. Außer vielleicht, es handelt sich um eine attraktive Frau. Da kann der Liebknecht ein wahrer Charmeur sein.

Die beiden, der Kommissar Köstlbacher und sein Kollege Liebknecht, saßen kaum im Auto, als der Hauptkommissar los donnerte:

»Zifix! Zifix! Hätte der nicht eine halbe Stunde länger durchhalten können!«

»Reg dich ab! Über den Schützen hätte uns der auch nichts sagen können. Oder meinst du, der hat den beobachtet, wie der von der anderen Donauseite herüber geschossen hat?«, bemerkte dazu der Liebknecht und ließ den Wagen, diesmal ohne Blaulicht und Martinshorn, vergleichsweise gemütlich anrollen.

»Die Donau ist da schätzungsweise so an die 80 m breit. Erscheint dir die Story vom Schützen auf der anderen Seite nicht etwas gewagt?«, meinte der Köstlbacher.

»Mit einem Zielfernrohr geht das schon. Zumindest für einen der damit umgehen kann!«, vermutete der Liebknecht.

»Hm!«, brummte dazu der Köstlbacher nur und sagte: »Womit wir zumindest die infrage kommende Tätergruppe eingrenzen könnten.«

»Was uns aber auch nicht wirklich weiter hilft. Schützenvereine gibt's wie Sand am Meer. Und außerdem, wer sagt, dass es jemand aus Regensburg gewesen sein muss? Es gibt auch unter den Soldaten, beim Grenzschutz, bei der Polizei und wer weiß Gott wo sonst noch gute Schützen. Soweit mein Kommentar zum ›*Eingrenzen der Tätergruppe*‹!«, kommentierte der Liebknecht.

»Irgendwo müssen wir schließlich anfangen!«, grummelte der Köstlbacher.

»Du hast vergessen, was der Dr. Listl gemutmaßt hat. Ich sage nur: ›*Bauchspeicheldrüsenkrebs*‹!«, erinnerte der Liebknecht.

»Auf so eine Idee kann auch nur einer kommen, der eindeutig zu viele Krimis liest, selbst Mediziner ist und Agatha Christie Ambitionen hat!«, antwortete der Köstlbacher.

»Und falls doch? Die Leute wissen, dass ihnen nicht mehr viel Zeit bleib, und lassen sich in einem besonders schönen Moment ausknipsen«, sinnierte der Liebknecht.

»Blödsinn! Fängst du jetzt auch noch zu spinnen an?«, brummte der Köstlbacher nur.

Persönlich kann ich dem Köstlbacher in dieser Sache auch nur recht geben. Umso mehr wundert es mich, wie er sich plötzlich eines anderen zu besinnen schien, zu seinem Handy griff und sagte:

»Gut, dass der Konrad Pielmeier von der Gerichtsmedizin noch nicht freigegeben ist. Ich rufe da gleich mal an und veranlasse eine entsprechende Untersuchung! Wenn der wirklich eine

Chemo hinter sich hatte…« Der Köstlbacher wollte sich da nicht in etwas verrennen, aber es nicht in Erwägung ziehen, das wollte er auch nicht.

Kap. 3

Michael Segerer verließ vor einigen Wochen bedrückt das Sprechzimmer seines Hausarztes in der Unteren Bachgasse. Die Diagnose war niederschmetternd. Er wird sie eventuell gelegentlich von fachärztlicher Seite überprüfen lassen. Aber viel Hoffnung, der Dr. Höchterl könnte sich geirrt haben, bestand nicht. Eigentlich gar keine Hoffnung, so eindeutig wie sich die Untersuchungsergebnisse präsentierten.

Weil eines musst du wissen, auch, wenn's nur ein stinknormaler Hausarzt macht, so eine Untersuchung, wenn das Ergebnis so eindeutig, dann quasi keine Chance. Und das ist praktisch ein Todesurteil, ja was glaubst du. Theoretisch und praktisch! Jetzt kommt's drauf an, was du für ein Typ bist. Ob du einer bist, der zum Abschluss nochmal die Sau raus lässt, einer, der in Selbstmitleid versinkt, einer, der aggressiv und mit einer großen Show die Bühne verlassen will oder einer, der dem Unvermeidlichen den Kampf ansagt. Vielleicht bist du aber auch einer von denen, die die Mehrheit bilden, einer von denen, die gottergeben auf ihr Ende warten.

Ich glaube, dass der Michael Segerer momentan noch gar nicht wirklich erkannte, welcher Typ Mensch er selbst sein würde, weil er erst einmal nur das Gefühl hatte, dass ihm einer ein Brett vor sein Hirn geschlagen hat und er jetzt nicht mehr richtig denken konnte.

Beim Durchqueren der Anmeldung, auf dem Rückweg nach draußen, da hatte der Segerer einen Flyer liegen sehen und ihn irgendwie automatisch eingesteckt. Auf den starrte er jetzt. Was da für Gedanken durch seinen Kopf gingen und in welcher Reihenfolge, das lässt sich nur schwer nachvollziehen.

Auch kein Kommissar Köstlbacher würde sich so etwas vorstellen können, obwohl der schon öfter schwer krank gewesen ist und eigentlich wissen müsste, was sich in so einem Hirn abspielen kann, wenn ein kranker Körper dran hängt.

Und überleg einmal, dass so einer durchdrehen kann, dem gesagt wird, dass er nur noch kurz zu leben hat, das würde ja irgendwie jeder noch verstehen können. Ich meine, in anderen europäischen Ländern gibt's ja so etwas wie aktive Sterbehilfe. Ganz anders in Deutschland! Obwohl wir EU und so. Was hier unter Strafe steht und mitunter durchaus ein Fall für den Köstlbacher werden würde, das kannst du in einem anderen Land ganz legal für eine fixe Summe haben. Und kein Hahn kräht danach! So schaut's aus!

Na ja, um aktive Sterbehilfe ging's auf dem Flyer aber gar nicht, wie du jetzt vielleicht falsch vermuten wirst, weil ich dieses Thema angeschnitten und so. Zumindest steht darüber in dem Flyer nichts drin. Aber, da wirst du mir recht geben, wenn aktive Sterbehilfe in Deutschland unter Strafe steht, dann kann ja wohl in einem Flyer, der im Vorzimmer von einem niedergelassenen Arzt aufliegt, auch keine Werbung dafür gemacht werden. Egal, der Segerer fand den Flyer jedenfalls wahnsinnig interessant und zögerte auch nicht, bei der angegebenen Telefonnummer gleich einmal anzurufen.

Nicht dass du jetzt denkst, der Segerer gleich sein Handy raus so direkt vor der Arztpraxis. So ein Telefonat, da brauchst du Ruhe und ein Umfeld, das dich nicht stört. Drum fuhr der Segerer auch erst einmal nach Hause.

Wenn ich dir jetzt sage, wo das ist, sein Zuhause, dann denkst du dir bestimmt: ›*Alles klar! Jetzt kann ich das Buch weglegen, weil ich schon alles weiß*‹ Aber pass auf, du kannst dich genauso gut irren! Es ist so, wie es im Leben immer wieder ist. Vieles scheint oft ganz anders, als es in Wirklichkeit ist. Und das kann auch auf die Tatsache zutreffen, dass der Segerer in dem Haus wohnt, oben am Ramwoldsplatz, von dem aus möglicherweise der Schuss abgefeuert worden ist. Der, der dem einen im Biergarten gegenüber sein Lebenslicht ausgeblasen hat.

Die Wohnung war etwas duster, weil kaum Licht oder gar Sonne in die zwei Räume drang, die ein Fenster hinunter auf die Straße hatten. Die hohen Bäume des gegenüberliegenden Biergartens schluckten jede Helligkeit wie ein gieriges, lichtfressendes Monster. Und weil momentan der Himmel auch noch wolkenverhangen war, wäre schon fast elektrisches Licht nötig gewesen, um sich beispielsweise einer Zeitung oder einem Buch widmen zu können. Dem Segerer war aber nicht nach Licht. Lieber setzte er sich ans Fenster, schenkte sich eine Flasche Kneitinger ein und sah den Flyer an, der noch immer in seiner Wohnung rum lag.

›*Lass dir helfen*‹

Darunter ein Bild von einem Schwerkranken in einem Bett, dem gerade jemand eine Spritze setzt.

›*Todesspritze*‹, dachte der Segerer und begann zu lesen.

›*Nehmen Sie Kontakt zu uns auf! Wir werden Ihnen helfen, Ihre letzten Tage und Stunden in Würde zu erleben*‹

Dieser Satz, der sich so ziemlich am Ende des einseitigen Flyers befand, der ließ den Segerer nicht mehr los.

»In Würde!«, äfft er laut nach und warf den Flyer dabei spontan angewidert von sich. »Wo bitte soll da ›*Würde*‹ sein, wenn ich einen Katheder im Schwanz stecken habe, in eine Windel scheiße und so viele Schmerzmittel gespritzt bekomme, dass selbst ein hartgesottener Junkie davon nur noch im Dauerdelirium rumhängen dürfte?«

Trotzdem, und das ist das Sonderbare, trotzdem rief der Segerer wenig später die auf dem Flyer angegebene Telefonnummer an und machte einen Termin bei denen.

Weil eines musst du wissen, jetzt war es endgültig raus. Der Segerer keiner von denen, die Kopf in den Sand und so. Der hatte noch was vor. Auch wenn's im Moment absolut noch nicht ganz klar war, was das sein sollte.

Dem ungeduldigen Segerer wäre es natürlich am liebsten gewesen, wenn er gleich heute noch bei den Leuten, die diesen Flyer gemacht hatten, vorbeikommen könnte. Aber der dämliche Anrufbeantworter hat ihn leider nur auf übernächste Woche vertröstet, weil der Laden wegen Urlaubs bis dahin geschlossen sein würde.

Aber so wollte es das Schicksal. Viel kann sich in fast zwei Wochen ereignen. Du kannst zu Erkenntnissen kommen, die dein Leben verändern. Und genau genommen sind dazu nicht einmal zwei Wochen nötig. Ein paar Gespräche! Ein paar Erkenntnisse! Dann reicht oft schon ein Augenblick, der alles verändern kann.

* * *

Wochen später stand in Gedanken versunken der Michael Segerer grübelnd am geöffneten Fenster in seiner Wohnung und blickte hinunter auf den Biergarten von der Kreuzschänke. Wie oft vorher hatte er schon hier gestanden? Wie oft schon selbst da unten gesessen? Genau genommen hatte er sich vor Jahren sogar wegen diesem herrlichen benachbarten Biergarten für genau diese Wohnung entschieden. Keine große Wohnung! Hätte für einen alleinstehenden Mann, der bisher meist nur sehr peripher an eine Zukunft als Ehemann oder gar Familienvater gedacht hatte, auch wenig Sinn gemacht, eine großzügig geschnittene Wohnung zu mieten, die nur Arbeit mit sich bringen würde und zudem sündhaft teuer wäre. Und groß genug, ab und zu ein paar Freunde einzuladen, war die Wohnung allemal. Ein Tisch und ein paar Klappstühle reichten bisher jedenfalls immer aus, wenn er nach einem Abend, an dem er um die Häuser gezogen war, noch Leute zu sich auf einen Absacker einlud.

In dem Augenblick, wo der Segerer sich das so dachte, durchzuckte ihn ein Gedanke.

Vielleicht kennst du so ein Gefühl sogar. Du denkst an was

völlig Belangloses und auf einmal schießt es dir durch den Kopf. Wie ein Blitz! Und vorbei ist's mit der inneren Ruhe und Gelassenheit. Du erschrickst, wenn dir klar wird, dass alles ausweglos ist. Aber du jubelst, wenn dir ein Ausweg aus einer verfahrenen Situation einfällt.

›*Das ist die Lösung! Mein Zweitschlüssel ist mir gestohlen worden!*‹, sinnierte der Segerer mit einem spontanen Lächeln im Gesicht und lümmelte mit einem Mal nicht mehr gelassen am Fenster hinunter zum Biergarten. Aufgerichtet und steif wie eine Zaunlatte stand er nun da und überlegte fieberhaft weiter.

Sein Blick war nach wie vor aus dem Fenster gerichtet. Aber seine Augen verloren die noch vor Minuten vorhandene funkelnde Lebendigkeit.

Du kennst so seltsam ausdruckslose Augen schon. In Bayern nennen sie so einen Blick ›*a Goasgschau*‹! Wenn deine Augen so einen Ausdruck bekommen, dann sehen sie mehr nach innen und kaum mehr nach außen.

So war's jetzt auch beim Segerer. Er versuchte sich an den Abend am vergangenen Wochenende zu erinnern, wo er zuerst von einem angesagten Lokal zum anderen gewechselt hat, quasi clubbing. Zunächst alleine, dann zu zweit und am Ende zu sechst. Zwei Hasen und vier Männer, er selber mitgerechnet. Nach dem letzten Bier im Kneitinger vorne am Arnulfsplatz wollten dann alle noch die paar Meter die Kreuzgasse hinter mit zu ihm kommen. Den üblichen Absacker schnorren. War ja auch schon fast zur Gewohnheit geworden.

Die Männer in der Runde waren alles Freunde vom Segerer gewesen. Zumindest gute Bekannte. Von den Hasen hat er keine wirklich gekannt. Zwei Blondinen! Sexy Erscheinungen! Aber weil der Segerer an dem Abend mit Mädels weniger was am Hut, drum hat er sie auch nicht wirklich beachtet oder gar mit ihnen geflirtet, wie zumindest zwei seiner Freunde, in deren Begleitung die Hasen dann auch gegangen sind. Etwas länger geblieben ist nur der dritte Freund vom Segerer. Aber auch nicht mehr recht lang, weil der Alkohol längst für die nötige Bettschwere gesorgt hatte.

›*Eine oder einer von denen könnte es gewesen sein*‹, dachte der Segerer, ließ alle im Geiste Revue passieren und überlegte, wem er den Diebstahl am meisten zutrauen sollte.

›*Warum klaut jemand einen Zweitschlüssel für eine Wohnung?*‹ Dieser Frage würde die Polizei nachgehen. Und er würde die Lösung dafür anbieten.

Aber interessant, die Polizei, allen voran der Polizeihauptkommissar Köstlbacher, ist dieser Frage nie nachgegangen. Warum auch! Wie der Köstlbacher angerückt ist und routinemäßig überprüfen wollte, wie der Blick vom Segerer seinem Fenster aus zum Biergarten hinunter ist, wo sie einen erschossen haben, da hat der Hausmeister aufgesperrt, weil der Mieter Segerer angeblich verreist war. Das war zwei Tage nach dem Mord.

Der Köstlbacher hat gemeint, dass der Schusswinkel durchaus stimmen könnte. Weil der Hausmeister aber gesagt hat, dass er den Segerer schon länger nicht mehr gesehen hätte, weil der irgendwo in Österreich beim Bergsteigen wäre oder so, da konzentrierte der Köstlbacher seine Ermittlungen auf andere Wohnungen, in denen zur Tatzeit jemand zu Hause war und von denen aus sich ein ähnlich guter Schusswinkel rekonstruieren ließ. Aber ein guter Schusswinkel ist eben noch lange kein Grund, jemanden zu verdächtigen. Und schon dreimal keiner, um jemanden fest zu nehmen.

Und die Idee mit der Schlüsselgeschichte, obwohl die aus der Sicht vom Segerer genial ausgedacht war, interessierte, wie schon gesagt, letztendlich niemanden wirklich. Und sie kam auch nie zur Sprache.

Dass der Hausmeister sich zeitlich geirrt haben könnte oder womöglich sogar die Unwahrheit gesagt hat, was den Urlaubsbeginn vom Segerer betraf, damit hat keiner gerechnet.

Die Gedanken, die sich der Michael Segerer erst kürzlich gemacht hat, wie er so runter auf den Biergarten von der Kreuzschänke geschaut hat, nachdem ihm das mit dem Schlüssel gekommen war, die hatten auf alle Fälle nicht nur mit dem kühlen Bier was zu tun, das es dort zu haben gab.

Da waren dann auf einmal dem Segerer seine Augen nicht mehr introvertiert, weil unten in der Kreuzgasse vom Judenstein kommend ein Polizeiwagen vorfuhr und vor der Kreuzschänke anhielt. Nicht der schwarze vom Köstlbacher. Der war in der Werkstatt. Wär's der gewesen, hätte der Segerer vielleicht gar keine Polizei vermutet.

Was der Segerer etwas seltsam fand, die Beamten, die ausstiegen, waren in Zivil.

›*Sieht verdammt nach Kripo aus*‹, dachte der Segerer und trat intuitiv einen Schritt vom Fenster zurück, vermutlich weil er nicht gesehen werden wollte. Dass die Kripo überhaupt zur Kreuzschänke kam, wunderte ihn allerdings nicht. Immerhin hatte es hier vorgestern einen Mord gegeben.

Die beiden Kriminaler waren ein recht ungleiches Paar. Der eine nicht übermäßig groß, aber recht korpulent. Der andere jugendlich schlank und deutlich größer. Wobei das ›*jugendlich*‹ sich nicht aufrechterhalten ließ, wenn man ihn genauer anschaute.

Weil eines musst du wissen, der Kommissar Liebknecht auch keine 25 mehr, auch wenn er's immer danach aussehen lassen will. So ein modernes T-Shirt von ›*Desigual*‹ mag ja ein gewisses jugendliches dings vortäuschen, aber deswegen wird der Körper, den es überspannt, auch nicht jünger. Schließlich schaut oben immer noch das Gesicht heraus, das mangels finanzieller Möglichkeiten eines Kripobeamten nicht schönheitschirurgisch verjüngt und so. Dafür trägt der Liebknecht aber meistens feinste italienische Sommerschuhe, um von seinem Gesicht abzulenken. Zusammen mit dem bunten T-Shirt hat das manchmal sogar eine gewisse Wirkung, vor allem am Abend und wenn die Damenwelt schon ein paar Cocktails von ihm spendiert bekommen hat.

So komisch und irgendwie sogar amüsant das ungleiche Kripo Duo auch ausgesehen haben mag, dem Segerer entlockte der Anblick nicht einmal den Anflug eines Lächelns. Tausend Dinge gingen ihm gleichzeitig durch den Kopf.

Weil eines musst du wissen, der Segerer schon mehrmals schlechte Erfahrungen mit der Polizei und so. Wenn du dir oft genug die Nächte so, wie der Segerer Michael, in allen möglichen und unmöglichen Kneipen und Discotheken der Stadt um die Ohren schlägst, dann ist es ganz normal, dass du auch einmal in eine Drogenfahndung gerätst oder dich ein aufgebrachter Vater zur Polizei schleppt, weil du seine minderjährige Tochter und so. Auch wenn die dir vorher gesagt hat, dass sie schon lange über 18. Und dann ist sie doch erst 16 und du hättest sie besser nicht pudern sollen. Aber sei doch mal ehrlich, die Mädels heutzutage, die kannst du gar nicht mehr einschätzen. Ich meine altersmäßig und so. Da ist eine 25 und sieht wie 17 aus, und eine andere, die ist gerade mal 14 und geht ohne Ausweis locker als 20jährige durch. Und dass du dir jedes Mal, wenn du eine abschleppst, von der den Perser zeigen lässt, das glaubst du ja wohl selbst nicht. Immerhin hast du sie in der Disco kennengelernt. Und da haben die Türsteher gefälligst darauf zu achten, wen sie da rein lassen. Wo kämen wir da hin, wenn sich keiner mehr auf die Türsteher verlassen könnte?

Das mit den Mädels und den Drogen, das waren allerdings nicht die einzigen Berührungspunkte, die der Segerer mit der Bullerei gehabt hat. Der Michael ein Waffennarr. Schon seit seiner Jugend. Wegen so einer Illegalen, da hätte er beinahe schon einmal hinter Gitter müssen, wenn ihn nicht einer von der Kripo vorgewarnt hätte und er so das Teil noch rechtzeitig vor der Razzia in Sicherheit bringen konnte.

Ja, du hast schon richtig gehört, einer von der Kripo! Aber nicht dass du jetzt glaubst, in Regensburg die Polizei wie in Italien. Keineswegs! Zumindest ist mir davon nichts bekannt.

Aber der eine, der hatte beim Segerer was gutzumachen. Der hat nämlich einmal auf einer Sauftour, wo der Segerer auch mit von der Partie war, im Suff am Steuer gesessen und ein parkendes Auto angefahren. Und dann hat er Fahrerflucht begangen. Der Segerer hat nie ein Wort darüber verloren. Aber den Stein im Brett, den hatte er von da an. Und wie dann die Sache mit der Illegalen ins Rollen gekommen ist, weil ihn irgend so ein schräger Typ hingehängt hat, wahrscheinlich einer, dem er die Braut zuvor ausgespannt hatte, da kam es dem Segerer eben zugute, dass er wegen der Fahrerflucht damals nichts gemacht hatte und so.

Inzwischen hatte der Segerer die Illegale ja wieder in seiner Wohnung, weil ein zweites Mal kommt die Polizei nicht, wenn einmal alles ergebnislos durchsucht worden ist, was glaubst du. Warum auch? Und weil die eben bestimmt kein zweites Mal kommen würden, weil sie dem Deppen bestimmt nicht noch einmal Glauben schenken würden, der ihn damals hingehängt hat, drum hatte der Michael Segerer inzwischen sogar eine zweite Illegale in seiner Wohnung. Zwar keinen großkalibrigen Schwedenkarabiner, wie die erste, aber dafür eine Präzisionswaffe, wo du auf 200 Meter treffen kannst, auch wenn's nur eine kleinkalibrige ist. Die hat ihm sogar der von der Kripo besorgen geholfen. Immer noch wegen der gleichen Sache. Aber diesmal auch nicht ohne ein paar große Scheine dafür zu kassieren.

Jetzt verstehst du auch, warum der Segerer im ersten Moment schon erschrocken ist, wie er den Köstlbacher und den Liebknecht aus dem Polizeiwagen steigen gesehen hat. Nicht dass der Segerer die Namen der beiden Kriminaler gewusst hätte, aber dass es Kriminaler waren, das war klar, weil keine Uniform.

Und wenn du ein schlechtes Gewissen hast, egal warum, dann ist die Polizei immer ein rotes Tuch für dich, die Kripo schon dreimal!

Kommt natürlich ab und zu auch einmal vor, dass aus so einem Polizeiauto auch Männer steigen, die gar keine Polizisten sind, weil der Wagen vielleicht gerade in der Werkstatt gewesen ist und die Insassen nach der Reparatur nur eine Probefahrt. Aber dass die dann zu einem Biergarten gehen, das ist vermutlich eher sehr selten der Fall.

Wenn der Köstlbacher geahnt hätte, dass er beobachtet wird, dann wäre er bestimmt weniger zielstrebig in den Biergarten gegangen, weil dann andere Richtung Vorrang. Aber, wie hätte er da was ahnen sollen. Einen siebten Sinn für solche Sachen hat der Köstlbacher keinen. Spätestens seit er wegen seiner Albträume kuriert worden ist, sind ihm derartige Vorahnungen völlig abhanden gekommen. Quasi weg therapiert!

Und der Liebknecht, der hat schon dreimal keinen Sinn für irgendwas, was der nicht sehen kann. Manchmal steht ihm der Sinn sogar bei dem, was er sehen kann, nicht nach dienstlicher Arbeit. Beim Betreten vom Biergarten hatte der Liebknecht erst einmal vergessen, was sie hier eigentlich erledigen wollten. Sein Blick galt spontan den Gästen, vor allem den weiblichen. So ist er nun mal, der Liebknecht. ›*Schwanzgesteuert*‹, wie sein Chef ihn schon ein paarmal genannt hat. Das hat ihn zwar jedes Mal geärgert, aber weil der Köstlbacher da nichts Unwahres gesagt hatte, war die empörte Reaktion vom Liebknecht auch meistens recht zurückhaltend und wenig überzeugend.

Nach vielleicht 10 Minuten sind sie wieder verschwunden, die beiden Kriminaler.

›*Nach dem, was da unten vorgestern passiert ist, kein Wunder, wenn die Kripo erneut auftaucht*‹, dachte der Segerer und war froh, seine Waffen bei einem zuverlässigen Freund deponiert zu haben.

Kap. 4

Das im Biergarten der Alten Linde, das hat die Susanne nicht wirklich mitbekommen, auch wenn sie, kurz bevor wie nach Hause gehen wollte, gerade aus der Wohnung gekommen ist, aus der unter Umständen dieser Präzisionsschuss abgefeuert worden ist. Aber wer kann schon sagen, dass der Schuss tatsächlich gerade von dieser Wohnung aus? Gehört hat ihn ja keiner! Und gesehen hat auch niemand was, zumindest nicht bewusst.

Falls du jetzt meinst, es handelt sich um die Susanne Ziegler, von der ich dir schon einmal erzählt habe, als damals vor der Karmelitenkirche die Taxifahrerin ermordet worden ist, dann täuscht du dich. Mit dieser Susanne hat die nichts zu tun. Sieht auch ganz anders aus, die Susanne Stadler. Nicht dass du jetzt denkst, ich will damit durch die Blume sagen, dass die Stadler nicht die Klasse der Ziegler hat! Weit gefehlt! Ich meine, das mit der Klasse ist sowieso so ein Ding. Mag ja sein, die Ziegler konnte sich gut aufmotzen und hat deshalb gleich alle Blicke auf sich gelenkt. Vor allem die der Männer, die auf der Jagd waren und beim Anblick der blonden Männerfalle irriger Weise sofort ein Opfer gefunden zu haben glaubten. Aber echte Klasse steckte hinter der Ziegler deswegen noch lange keine, weil die außer einem guten Aussehen nichts vorweisen konnte, was noch interessant gewesen wäre.

Ganz anders die Susanne Stadler. Zum einen ist die wirklich

blond, genauer sogar hellblond. Also nicht geblondet, wie die Ziegler. Weil dass die Ziegler von Haus aus blond war, daran wage ich sehr zu zweifeln. Die Stadler ist einfach eine Naturschönheit, wenn du verstehst, was ich damit sagen will. Wenn die an dir vorbeigeht, dann musst du echt aufpassen, dass du nicht Genickstarre und so. Die natürlich gelockten Haare, die leichte Bräunung, ihr femininer Kleidungsstil, der ihre Weiblichkeit voll zur Geltung bringt. Und dann erst ihr erfrischendes, entwaffnendes und ansteckendes Lächeln. Und überhaupt, die ganze Erscheinung, total ding! Sollte der Kommissar Liebknecht jemals mit der Stadler zu tun bekommen, da kannst du jetzt schon davon ausgehen, dass die Arbeit vom Liebknecht für die Katz sein wird, weil der Liebknecht mit so einer wie der Susanne Stadler nie neutral umgehen kann und so.

Im Sommer wird es ja erst ziemlich spät dunkel. Also war es vermutlich noch nicht allzu spät, weil der Himmel noch relativ hell wirkte und man in den Straßen und Gassen Regensburgs auch jetzt noch ohne Straßenbeleuchtung den Weg finden konnte. Trotzdem bewegte sich die Susanne nicht wie jemand, dem es hell genug ist und der dementsprechend alles und jeden sieht. Die Susanne war müde, genervt und genau genommen sogar ein bisschen frustriert.

Das fiel sogar einer alten Frau auf, die die Susanne schon eine geraume Zeit beobachtete. Die alte Frau saß unten am Fischmarkt in dem Bushaltehäuschen und sah dem Treiben auf der Goldenen-Bären-Straße zu. Von dort kommend war die Susanne im Moment auf der gegenüberliegenden Straßenseite in Richtung Keplerstraße unterwegs.

Wäre nicht gerade jetzt der Stadtbus aufgetaucht, auf den die alte Dame gewartet hat, dann hätte sie vielleicht sogar noch etwas mitbekommen. Aber das Interesse verfliegt natürlich schnell, wenn man auf seinen Bus wartet, der endlich eintrifft und man sich ans Einsteigen machen muss. Warten kannst du in so einem Moment nicht mehr, weil der Busfahrer gleich wieder die Türen schließt und Gas gibt, wenn keiner einsteigt.

Im Bus schaute die alte Dame dann doch noch einmal nach draußen, aber von der Susanne Stadler war nichts mehr zu sehen.

›*Seltsam*‹, dachte die Frau noch, weil so eine junge Schönheit, die offensichtlich Probleme hat, die kann doch nicht so von einem Schlag auf den anderen verschwinden. Doch wirklich unmöglich fand es die alte Dame dann doch auch wieder nicht, weil sie ja beim Einsteigen abgelenkt gewesen ist, und vergaß die ganze Angelegenheit auch schon wieder.

Kap. 5

Fast zeitgleich klingelte beim Köstlbacher im Büro das Telefon. Der Kollege Kraus von der Vermittlung war dran und verband mit einer Anruferin. Dass der Köstlbacher heute Nachtschicht, die noch nicht allzu lange begonnen hatte, das war natürlich reiner Zufall. Der Wolfgang Kraus wusste das selbstverständlich. Sonst hätte er das Gespräch an einen anderen Kommissar weitergeleitet.

»Ja?«, sagte der Köstlbacher in fragendem Tonfall. »Köstlbacher!«

»Eine Frau Riemann will dich sprechen! Scheint wichtig zu sein!«, antwortete der Kollege Kraus.

»Hm! Stell' durch!«, meinte der Köstlbacher und ärgert sich ein wenig, weil er gerade aus der Arbeit vor seiner Pinnwand herausgerissen worden ist.

»Was kann ich für Sie tun?«, fragte der Köstlbacher trotzdem unverhältnismäßig freundlich, weil er heute am Nachmittag von seiner Anna wieder einmal eine Rüge bekommen hatte für seine grantige Einsilbigkeit. Der Edmund hat die Kritik seiner Anna sogar eingesehen und versprochen, sich zu bessern. Und du weißt ja, wie das ist, wenn du da nicht irgendwann anfängst, an dir zu arbeiten, dann klappt das nie.

»Herr Kommissar, ich möchte einen Mord melden!«, antwortete eine Frauenstimme in einem seltsam monotonen Tonfall, dass beim Köstlbacher die Alarmglocken zu läuten begannen.

»Und ich glaube, der wird es wieder tun!«, kam es noch durch den Hörer, bevor der Köstlbacher auch nur einen Mucks erwidern konnte.

»Wo sind Sie!«, fragte der Köstlbacher nur knapp, weil klar, dass so eine Anruferin schnellstmöglich habhaft sein muss. Das passiert ja immer wieder, dass irgendwer anruft und einhängt, ohne dass Zeit bleibt, den Anrufer zu verifizieren. Und so ein Anruf, der ist dann total für die Katz!

»Zu Hause!«, antwortete die Stimme.

Eines musst du wissen, der Köstlbacher im Prinzip eine Engelsgeduld. Vielleicht nicht wirklich eine Engelsgeduld, aber doch eine gewisse Geduld. Nur in so einem Fall, was sollte da der Geduldsfaden? Einen Mord melden, dabei in einem Tonfall sprechen, als ob selber die Täterin und so. Da wird aus so einem Geduldsfaden schnell ein dünnes Fädchen.

»Zu Hause! Zu Hause! Geht das vielleicht etwas präziser?«, polterte der Köstlbacher.

»Hoppestraße 7«, antwortete die Frau.

»Beim Rosarium?«, fragte der Köstlbacher.

»Ja! Wieso? Ist damit was nicht in Ordnung?«, fragte die Frau und klang auf einmal viel energischer, so, als ob sie das Wort ›*Rosarium*‹ irgendwie dings gemacht hätte.

»Nein! Nein! Ist alles in Ordnung! Ist der Tote bei Ihnen?«, fragte der Köstlbacher.

»Welcher Tote?«, kam es da erstaunt zurück.

»Ja, wollten Sie nicht soeben einen Mord melden?«, fragte der Köstlbacher und, wie schon eine Ewigkeit nicht mehr, begann auf einmal sein Hals am Hemdkragen zu jucken.

»Ja! Aber keinen Toten. Von einem Toten hab' ich nichts gesagt!«, antwortete die Frau.

Du kannst dir vorstellen, wie den Köstlbacher dieses Wortgeplänkel aufregte.

»Ich gehe davon aus, dass man keinen Mord melden kann, wenn's keinen Toten gibt!«, erwiderte der Köstlbacher und hätte am liebsten noch ›*Leck mich am Arsch*‹ hinzugefügt und den Hörer hingeworfen.

»Ich hab doch keine Ahnung, wo der Tote ist. Ich weiß nur, dass er wieder jemanden umgebracht hat. Und wenn Sie nichts tun, wird er es wieder tun. Bald!«, antwortete die Frau.

»Wer ›*Er*‹?«, fragte der Köstlbacher und dabei erwachte nun doch schlagartig sein Interesse.

»Papa!«, jammerte die Stimme nun fast.

»Papa?«, fragte der Köstlbacher. »Ihr Papa hat jemanden umgebracht?«

»Papa ist böse!«, sagte da die Frau, anstatt eine richtige Antwort zu geben. »Papa ist böse!«, wiederholte sie noch einmal.

Da kam dem Köstlbacher spontan der Verdacht, die am Telefon könnte einen an der Klatsche haben. Bei ihren letzten Worten nahm die Stimme mehr und mehr einen kindlichen Tonfall an. Wenn der Köstlbacher auch kein Psychotherapeut und so, aber dass mit der Frau am anderen Ende der Leitung was in Richtung psychisch dings, da war er sich sicher. Und weil der Köstlbacher kein Risiko eingehen wollte, traf er sofort eine Entscheidung.

»Bleiben Sie, wo Sie sind! Wir sind in ein paar Minuten da!«, sagte der Köstlbacher und legte auf.

In Windeseile funkte der Kriminaler noch den Kollegen Pirzer an. Der Liebknecht hatte heute dienstfrei.

Du glaubst es gar nicht, wie schnell die bei der Kripo sind, wenn's pressiert. Der Pirzer stand schon am Wagen, als der Köstlbacher angehetzt kam, und hielt dem Köstlbacher sogar die Fahrertüre auf.

»Du fährst!«, bestimmte der Köstlbacher nur und setzte sich auf den Beifahrersitz.

»Und?«, fragte der Pirzer.

»Hoppestraße 7«, antwortete der Köstlbacher und schnallte sich an.

»Und gib Gas!«, fügte er noch hinzu, weil der Pirzer in seiner gewohnten Art keine Eile zeigte.

Meistens ist es ja so, dass der Köstlbacher ein mieser Beifahrer. Einer von der Sorte, die ständig am Fahrstil des Fahrers was auszusetzen haben. Vielleicht ist der Kommissar so geworden, weil seine Frau mit ihm das auch immer machte, wenn er mit ihr irgendwohin fuhr. Der Pirzer ist normalerweise ja weniger oft mit dem Köstlbacher im Auto. Aber angemotzt worden von seinem Chef ist er trotzdem schon wiederholt. Seitdem hat er sich angewöhnt, immer wie ein alter Rentner zu fahren, wenn der Hauptkommissar neben ihm saß. Dass er jetzt ganz offiziell ›*Gas geben*‹ sollte, das ließ er sich nicht zweimal sagen. Dazu natürlich Martinshorn und Blaulicht, weil der Spaß dadurch gleich noch um einiges größer. Kriminaler hin oder her, in so einem Fall nur noch Geschwindigkeitsrausch!

»Vorne beim Rosarium ist der Spuk vorbei! Klar? Wir müssen unser Erscheinen nicht dem ganzen Viertel mitteilen!«, wies der

Köstlbacher ohne ein Wort der Missbilligung seines augenblicklichen Fahrstils den Pirzer an.

»Klar Chef!«, bestätigte der Pirzer, dem gerade in diesem Moment ein Fahrradfahrer vorne an der Ampel beim Amtsgericht vor Schreck erstaunlich reaktionsschnell auswich. Für den Kriminaler ein besonderer Genuss, weil ihm die Fahrradfahrer, die meistens ohne Helm, nachts ohne Licht und zudem dunkel gekleidet, die Straßen unsicher machen, ein Dorn im Auge sind.

›*Gibt es einen Grund, warum du mich an meine Dienstwaffe erinnert hast?*‹, wollte der Pirzer seinen Chef gerade fragen. Aber weil der über Funk in diesem Augenblick noch Verstärkung anforderte, formulierte der die Frage anders:

»Würdest du mich bitte aufklären, was das hier für ein Einsatz ist?«

»Kann sein, alles bloß heiße Luft. Kann aber auch sein, wir haben's mit einem Psychopathen zu tun. Will einfach nur sicher gehen!«, antwortete der Köstlbacher. »Die am Telefon hat etwas von einem Mord gefaselt und dass ›*Er*‹ es wieder tun würde, wenn wir ihn nicht stoppen. Wenn ich sie richtig verstanden habe, hat ihr Vater was mit der Sache zu tun«, fügte er noch hinzu.

»Eine Psychotante! Sowas hat uns gerade noch gefehlt!«, kommentierte der Pirzer den Köstlbacher.

Zu weiteren Besprechungen des bevorstehenden Einsatzes kamen die beiden nicht mehr, weil sie ihr Ziel erreicht hatten. Der Pirzer kannte das Haus in der Hoppestraße, die Jugendstilvilla. In seiner Schulzeit war er da einmal von einer Klassenkameradin auf eine Party eingeladen worden.

»Geiler Schuppen!«, sagte er zum Köstlbacher. »Gehört der Familie von Clausen. Zumindest hat er denen mal gehört. Kann natürlich sein, die Besitzverhältnisse haben sich geändert, seit ich zum letzten Mal da drin gewesen bin.«

»Von Clausen? Mir wurde von der Vermittlung der Name Riemann genannt!«, sagte der Köstlbacher.

»Sandra Riemann! Sie ist eine Tochter der Frau von Clausen-Riemann, der zweiten Frau des Herrn von Clausen. Er hat sie nach der Scheidung von seiner ersten Frau geheiratet! Die Sandra hat ihre Mutter nie gesehen. Sie starb bei ihrer Geburt«, erklärte der Pirzer.

Der Köstlbacher blickte seinem Kollegen erstaunt ins Gesicht, fragte aber nicht groß nach, woher der seine Weisheit hatte, weil sie inzwischen bereits vor der Haustüre standen und auf ihr Läuten hin eine Frau die Türe öffnete.

Auf den ersten Blick wirkte die Frau irgendwie so, als ob sie unter Drogen stünde. Ausdruckslose Augen, Bewegungen wie in Zeitlupe und ein insgesamt unordentliches Äußeres. Fast ein bisschen wie ein Hippie aus den 60ern des vergangenen Jahrhunderts. Der süßliche Geruch, der den beiden Kriminalern sofort auffiel, konnte theoretisch verschiedene Ursachen haben, aber ein spontaner Blickwechsel zwischen dem Pirzer und dem Köstlbacher machte klar, was beide übereinstimmend vermuteten.

»Frau Riemann? Sandra Riemann?«, fragte der Köstlbacher, ohne zunächst ein Wort zum offensichtlichen Marihuana-Konsum in der Wohnung zu verlieren.

Anstelle einer Antwort blickte ihn die Frau aber nur verständnislos an.

»Köstlbacher, Kripo Regensburg. Sie hatten mit mir telefoniert? Das ist mein Kollege, Kommissar Pirzer!«, stellte sich der Köstlbacher vor.

Sobald der Köstlbacher den Namen ›*Pirzer*‹ erwähnte, begannen die ausdruckslosen Augen der Frau Riemann etwas zu flackern und es sah plötzlich so aus, als würde die Leere weichen und Leben in ihnen aufflackern.

»Andreas?«, fragte sie und blickte den Pirzer dabei unsicher und irgendwie überrascht an. Ob angenehm oder unangenehm war nicht zu erkennen.

»Sandra?«, fragte der Pirzer statt einer Antwort ungläubig zurück.

Wenn du jetzt meinst, zwischen den beiden jetzt Wiedersehensfreude oder so, dann irrst du dich. So plötzlich, wie Sandra Riemanns Geist zum Leben erwacht war, so schnell versank die Frau wieder in einen Zustand der Lethargie, in dem nur mehr ihr Körper mit Leben versorgt zu sein schien und das auch nur auf einem sehr niedrigen Niveau.

»Frau Riemann?«, versuchte der Köstlbacher erneut wenigstens einen Minimalkontakt herzustellen. Immerhin hatte sie doch vor einer halben Stunde noch mit ihm telefonieren können, selbst wenn sie sich da auch schon seltsam angehört hatte.

Aber die Riemann gab ihm keinerlei Audienz. Ob die beiden Kriminaler nun eintraten oder nicht, das schien ihr egal zu sein. Der Köstlbacher deutete dem Pirzer mit einer eindeutigen Geste an, dass er die Riemann für verrückt hielt. Der Pirzer zuckte nur mit seinen Achseln, schloss die immer noch offen stehende Eingangstür und folgte seinem Chef ins Innere der Wohnung.

Die Riemann nahm ein Staubtuch in die Hand und begann wahllos Möbel abzustauben. Auch stoffbezogene Polstermöbel! Spätestens jetzt wirst du dem Köstlbacher recht geben. Die Riemann musste tatsächlich einen an der Klatsche haben. So eine Handlungsweise war auch durch kein noch so gutes Marihuana zu entschuldigen. Nicht einmal durch das schwarze aus Afghanistan.

Der Köstlbacher und der Pirzer nutzten die Gelegenheit, sich etwas in der Wohnung umzusehen. Nicht dass das legal gewesen wäre, aber für die Riemann schienen die beiden Luft zu sein. Sie tat zumindest so, als wären die gar nicht da. Anfangs schwiegen die beiden Kriminaler noch, während sie mit den Augen jedes Detail in der Wohnung zu erfassen versuchten. Als dem Köstlbacher ein überraschter Ausruf entfuhr, der Pirzer fast zeitgleich durch seine Zähne pfiff und die Riemann darauf nicht einmal mit einem Wimpernzucken reagierte, da hielten sich die Beamten nicht weiter zurück und begannen aufgeregt ihre Entdeckung zu besprechen.

Da fragst du dich nun natürlich, was die da wohl zu Gesicht bekommen haben. Ein Joint kann's nicht sein, weil dass so einer irgendwo zu finden sein würde, angeraucht oder schnell halb ausgedrückt und aus dem Gesichtsfeld geschafft, damit war fast schon im Treppenhaus zu rechnen gewesen, wo der verräterisch süßliche Duft von Haschisch den sonst selbst in einer älteren Villa üblichen Eingangsmief überdeckte. Ein Joint wäre somit momentan kein Anlass geworden, besondere Aufmerksamkeit zu erregen.

Weit mehr dagegen interessierten den Köstlbacher und auch den Pirzer, die die Entdeckung fast zeitgleich machten, das Bild, das unter einem Buch verborgen zur Hälfte zu sehen war. Der Pirzer stellte sich hinter seinen Chef, um der Riemann die Sicht auf den Köstlbacher zu nehmen. Wäre ja eigentlich nicht nötig gewesen, weil der Polizeihauptkommissar Köstlbacher so breit gebaut ist, dass von hinten eh niemand sehen kann, was er mit seinen Händen vorne macht. Und außerdem war die Riemann ja im Nirvana oder sonst wo. Auf alle Fälle nicht wirklich hier. Aber sicher ist sicher, weil einen Durchsuchungsbefehl hatten die beiden ja keinen, und somit war jede Konfiszierung von Irgendwas illegal. Außer da wäre eine Waffe gewesen oder Rauschgift oder so. Nur Rauschgift war im Moment kein dings. Und drum auch quasi ganz bewusst blind auf dem Rauschgiftauge. Würde nur unnötige Arbeit mit Schreiben von einem Protokoll machen. Bei einer Waffe freilich, da könntest du trotzdem nicht weg schauen, falls du so eine entdecken würdest. Aber Waffe war keine zu bemerken. Nur dieses Bild! Der Köstlbacher hat erst nur einen Blick drauf geworfen, weil er spontan den Biergarten von der Kreuzschänke zu erkennen glaubte. Und jetzt hielt er es ganz in Händen. Aber nur eine oder höchstens zwei Sekunden. Dann steckte er es ein. Zum Glück hatte er das Schlappersakko an, das mit der großen Innentasche.

»Ist es das, wonach es ausgesehen hat?«, fragte der Pirzer den

Köstlbacher, der sich umdrehte und so tat, als wäre nichts passiert.

»Volltreffer!«, antwortete da der Köstlbacher nur und wendete sich der Riemann zu, die noch immer ziellos mit ihrem Putzlappen am Werk war.

Kap. 6

Der Raum war dunkel und muffig, in dem Susanne Stadler untergebracht worden ist.

Du glaubst es nicht, wie so ein paar Stunden Einzelhaft in einem dunklen Loch eine Schönheit wie die Stadler zum Welken bringen konnten. Und dabei spiele ich weiß Gott nicht nur auf die Augenringe an, die der Schlafentzug unter ihre blauen Augen modelliert hatte. Die sonst immer auffallend schönen, goldblonden Haare hatten ihren Glanz verloren und wirkten eher struppig, wie Stroh. Der Fluss von Tränen der Angst, Wut und Verzweiflung hatte sich mit dem Staub dieses unbewohnten Kellerraumes vermengt und ihn wie die Maserung von Marmor übers ganze Gesicht verteilt.

Vereinzelte Tropfen kullerten auf ihr kurzes, schwarzes Sommerkleidchen aus Leinen, ein echtes Schnäppchen aus dem Internet, auf das die Susanne so stolz gewesen ist, weil es ihre Figur immer sehr betont zur Geltung brachte, am besten dann, wenn sie es ohne BH trug. Susannes runder, großer, perfekt geformter Busen wurde so durchs Kleid hindurch zum echten Hingucker. Wie leicht Leinen zerknittert, weißt du. Dann kannst du dir den Fummel auch gut vorstellen, wie der jetzt ausgesehen hat.

Dass inzwischen über ihren Angstschweiß hinweg auch das Deo der jungen Frau zu versagen begann, darüber will ich mich nicht näher auslassen. Selbst die sonst an ihr so angenehmen Gucci Düfte hatten ihre Wirkung verloren.

Weil eines darfst du nicht vergessen, du kennst so ein Szenario nur von fragwürdigen und meist schlecht gemachten Fernsehkrimis her. Rein optisch mag da die Maske das Opfer ja in den meisten Fällen recht glaubwürdig rüber bringen, aber selbst wenn du schon 3D, dann fehlt dir immer noch die Geruchskomponente. Und der Mief, der sich durch das Bier, die Zigarette vor dir und dein ungewaschenes und verschwitztes T-Shirt in deinem nicht gelüfteten Zimmer breit gemacht hat, der mag zwar auch nicht gerade ein Wohlgeruch sein, aber so ein Angstschweiß, der hat darüber hinaus seine ganz eigene, ganz besonders strenge Note!

Außer diesem Kleid, darunter einen schwarzen Slip und flachen Zehentrennern aus dunklem Leder hatte die Susanne nichts am Leib, als sie unten am Fischmarkt in den dunklen BMW gestoßen worden ist. Die kleine Gucci Handtasche mit ihren Papieren und dem Handy, auf die Susanne nur in Ausnahmefällen verzichtete, glitt ihr dabei von der Schulter. Wo auch immer die Tasche abgeblieben war, dort hat sie wenig später jedenfalls nicht mehr gelegen.

Die Stadler konnte sich frei bewegen, was aber deshalb noch lange nicht hieß, dass sie den Raum verlassen konnte. Natürlich hatte sie schon wie eine Wahnsinnige mit ihren Händen und Fäusten, später sogar mit ihren Füßen an die Tür geschlagen und geschrien, was glaubst du. Wären da draußen irgendwelche

Leute gewesen, man hätte sie schon längst hören müssen. Aber Fehlanzeige!

›*Wo bin ich hier? Oh Gott, warum hilft mir denn niemand?*‹, dachte Susanne und schrie hysterisch, inzwischen aber schon mit sehr heiserer und deutlich schwächer werdender Stimme wieder und wieder nach Hilfe.

In dem Moment öffnete sich die Tür, als wäre sie nie abgesperrt gewesen. Das grelle Lampenlicht, das Susannes Augen unvermittelt blendete, machte es ihr unmöglich den Mann zu erkennen, der sie unfreundlich anraunzte:

»Blöde Tussi! Hör endlich auf mit deinem Gejammere! Oder soll ich dir dein Maul stopfen?«

Solltest du die Susanne kennen, dann denkst du dir jetzt bestimmt, dass die sich von so einem Machogehabe nicht beeindrucken ließ. Aber Irrtum! Die Susanne erstarrte, sobald sie die Stimme hörte. Auch ohne den Mann dazu sehen zu müssen, weil immer noch Augen von der Helligkeit draußen irritiert, realisierte sie sofort zweifelsfrei, wer da zu ihr sprach. Und wenn sie bisher gehofft hatte, dass alles nur ein böser Traum wäre, dann jetzt Ernüchterung.

Weil eines musst du wissen, gewisse Dinge passieren einfach nicht im Traum. Auch wenn du da ganz anderer Ansicht bist, weil du im Traum schon alles durchgemacht zu haben glaubst, was ein menschliches Hirn sich nur vorstellen kann. Wenn du ein Mann bist, dann hast du womöglich sogar schon mir der Paris Hilton und so. Vorausgesetzt du stehst auf solche Hollywood Ziegen. Und wenn du eine Frau bist, dann hat man dich vielleicht schon einmal vergewaltigt oder dich zumindest unbeschreiblich erniedrigt. Und wenn du dir am Fernsehen oder im Kino den ›*Knochenmann*‹ angeschaut hast, dann sind deine Albträume vermutlich noch extremer ausgefallen. Wenn du dann geträumt hast, umgebracht worden zu sein, dann nicht nur einfach mit einer 357.er Magnum. In dem Fall hat man dich sogar zerstückelt und womöglich noch als Gulasch und so.

Das alles war es nicht, was der Susanne das Blut in ihren Adern gefrieren ließ. Abwehrend und irgendwie auch in der Absicht, ihn zu beruhigen, hob sie ihre Hände und versuchte zu beschwichtigen.

»'Tschuldigung! 'Tschuldigung! Ich halte mich ganz still! Ehrlich! Habe in der Finsternis nur beinahe durchgedreht! Klaustrophobie!«, wimmerte sie mehr, als es in ihrer Absicht lag, weil sie ihm den Triumph missgönnte, sie in Todesangst vor sich zu sehen.

»Das will ich dir auch geraten haben! Noch so ein Gejaule von dir und jeder Ton wird dir leid tun!«

Ohne ein weiteres Wort zog der Typ die Türe von außen wieder zu und erneut wurde es dunkel in Susannes Gefängnis.

»Kein Geschrei mehr! Versprochen!«, bekräftigte sie schnell und hoffte, wenigstens nicht mehr erneut ohne Licht ausharren zu müssen.

Aber mit dem Schließen der Tür verschwand jegliche Helligkeit gnadenlos und kam auch nicht mehr zurück. Wie auch? Der Raum hatte keinerlei Fenster und war allem Anschein nach ohne Stromversorgung.

Ich glaube ehrlich gesagt nicht, dass die Susanne wirklich Klaustrophobie. Zumindest hatte sie mir gegenüber nie etwas in der Art erwähnt. Und das hätte sie mit Sicherheit getan. Dazu kenne ich sie schon zu lange und zu gut. Aber du musst nicht unbedingt Klaustro haben, um in einem dunklen Raum unter diesen Umständen nahe am Ausflippen zu sein.

Als freie Journalistin hatte die Susanne vor einiger Zeit einmal in ein Wespennest gestoßen. War nicht wirklich beabsichtigt. Eigentlich sollte es eine stinknormale Reportage über schwerkranke Menschen werden, die nicht mehr lange zu leben haben. Randgruppen und deren Lebensumstände haben die Susanne immer schon interessiert. Aber so eine Randgruppe? Da ist die Susanne vom ganzen dings her nicht die geeignete Reporterin. Im Nachhinein gesehen hätte sie sich das auch eingestehen und gar nicht erst damit anfangen sollen, das mit dem Recherchieren und so.

Weil eines musst du wissen, wenn du dich für derart todgeweihte Menschen zu interessieren beginnst, dann kannst du auch am Abend in der Disco nicht mehr abschalten und selbst deine Planung für einen Kurztrip nach Mallorca vermag dich nicht mehr wirklich zu begeistern oder wenigstens wirksam abzulenken. Du beginnst überall nur noch den Tod zu sehen. Und wenn du nicht gewaltig aufpasst, machst du dir die Schicksale fremder Leute zu deinem eigenen Schicksal. Irgendwann beginnst du in dich hineinzuhorchen und wirst fündig. Und dann ist's nur noch eine Frage der Zeit, wann du davon überzeugt bist, auch auf der Liste zu stehen.

Wenn's nur das gewesen wäre, dann kann ich dich beruhigen, weil die Susanne einfach zu lebensfroh, um sich derart runterziehen zu lassen. Aber dann hat sie sich in einen dieser Todeskandidaten verliebt. Und damit hat die ganze Misere erst richtig begonnen.

Du glaubst es nicht, wie blind Menschen werden können, wenn Liebe im Spiel ist. Am deutlichsten wird das bei den Heiratsschwindlern. Was die alles erfinden, um landen und absahnen zu können, darauf musst du erst einmal kommen. Aber so wirklich schwer haben sie's dann am Ende nicht einmal, weil sich nach Liebe ja schließlich jeder ein wenig sehnt. Und so eine alleinstehende Frau, die glaubt einfach alles, weil sie's wegen Sehnsucht nach Liebe und Geborgenheit einfach glauben will.

Nicht dass du jetzt denkst, die Susanne ist so eine, die auf einen Heiratsschwindler. Gott bewahre! Deine Tante vielleicht, aber bestimmt nicht die Susanne. Das mit den Heiratsschwindlern, das soll dir nur verdeutlichen, wie durchgeknallt eine Frau reagieren kann, wenn die verliebt.

Und verliebt war sie tatsächlich gewesen, die Susanne. Und zwar genau in den, der sie jetzt nicht mit Licht versorgte, obwohl er genau wusste, was er ihr damit antat. Gut, es war schon eine ganze Weile her, das mit dem Verliebtsein. Zum letzten Mal gesehen hatte sie ihn vor wenigen Tagen, an dem Abend, als sie noch auf einem Absacker beim Michael Segerer waren. Simons Stimme hätte sie aber auch erkannt, wenn sie ihn längere Zeit nicht gesehen hätte. Simon! Simon Bauer! Ein Gott von einem Mann! Einer von der Muskelsorte, mit dem du keine Bedenken haben musst, wenn du von dem spät in der Nacht durch Regensburg nach Hause begleitet wirst. Und charmant! Hat es immer verstanden, ein Lächeln auf Susannes Gesicht zu zaubern. Fast immer! Zumindest anfangs! Außerdem hat der Simon gewusst, was sich gehört und hat die Susanne immer bis in ihre Wohnung in einem dieser Neubauten oben auf dem Galgenberg gebracht. Und du wirst es dir schon gedacht haben, sein Charme war nicht das einzige, womit der Simon die Susanne begeistern konnte. Drum hat die Susanne auch nie etwas dagegen gehabt, wenn er ihr für den Rest der Nacht zu bleiben angeboten hat.

Trotzdem ging die dings dann wieder auseinander. An wem's gelegen hat, das habe zumindest ich nie erfahren. Aber gerüchteweise, wie gesagt nicht wirklich belegt, da hat es was mit dem blauen Auge zu tun, das die Susanne eines Tages. Obwohl sie immer wieder beteuert hat, im Dunkeln gegen eine Tür und so. Ich bezweifle, dass an dem Gerücht was dran ist. Sonst wäre Susanne vermutlich danach dem Simon ganz aus dem Weg gegangen. Tat sie aber nicht. Im Gegenteil! Die beiden streiften nach wie vor gemeinsam an manchen Abenden durch die Stadt. Nur übernachtet hat die Simon danach nie mehr bei der Susanne. Sie auch nicht mehr bei ihm, drunten Am Wiedfang in seiner Wohnung mit Blick auf die Donau.

Warum hat dann die Susanne nicht einfach gefragt: ›*Was soll das Simon? Spinnst du?*‹

Ich meine, das wäre doch die ganz normale Reaktion gewesen, wenn der die Tür öffnet und seine Ehemalige anpflaumt. So wie ich das sehe, war das eine ganz unbewusste Vorsichtsreaktion von der Susanne, eben genau nicht so zu reagieren. Vielleicht weil die Situation einfach zu surreal war.

Fieberhaft überlegte die Susanne, wie sie sich aus dieser misslichen Lage befreien könnte. Aber weil die junge Frau nur äußerst selten Krimi am Fernsehen und als Buch so gut wie nie, deswegen kam ihr auch keinerlei zündende Idee, was sie tun könnte. Sie tastete nach unten und setzte sich genau da auf den Boden hin, wo sie im Moment stand. Genau hier hat sie nämlich auch gestanden, als vor ein paar Sekunden der Simon die Tür geöffnet hatte, um sie gleich wieder zu verschließen und um sie erneut alleine zurückzulassen. Die wenigen Sekunden war die Susanne zwar vom ungewohnt hellen Licht wie geblendet gewesen, aber die Augen hatten mehr gesehen, als das Gehirn spontan mitbekommen hat.

Die Susanne hat dieses Phänomen bereits beruflich schon einmal recherchiert und sogar einen Artikel darüber geschrieben. Dass man sich auch an das zurückerinnern kann, wenn man meditiert und sich in eine Art Trance versetzt, was vorher dem Gehirn nur fragmentarisch gemeldet worden war. Auch wenn du das jetzt für einen blanken Unsinn hältst, weil für dich alles Humbug ist, was nicht naturwissenschaftlich zu erklären geht, aber der Susanne gelang es jetzt mit geschlossenen Augen tatsächlich mehr zu sehen, als ihre zuvor geöffneten Augen mitbekommen hatten.

›*Logisch!*‹, wirst du dagegen halten. ›*Sie sieht jetzt deutlich den Simon, der sich durch seine Stimme schon verraten hat!*‹

Wenn du so argumentierst, dann kommst du mir vor wie der ungläubige Thomas. Was den Simon Bauer betrifft, da kann ich dir ja nicht einmal schlagkräftige Gegenargumente anführen. Aber was sagst du zu dem zweiten Mann, den, der nichts gesagt hat, aber nur zwei Schritte hinter dem Simon gestanden hat? So direkt dahinter hat er nicht gestanden, weil sonst hätte auch die Meditation diesen Mann nicht zum Vorschein gebracht. Zumindest aus dem Blickwinkel der Susanne hatte er sich seitlich zum Simon versetzt befunden. Irgendwie kam der Susanne dieser Mann bekannt vor. Aber so sehr sie sich auch bemühte, sie konnte den Mann mit keinem Namen in Verbindung bringen. Es blieb beim undefinierten und irgendwie schwammigen Kennen.

Schade! Genau diese Erinnerung hätte später den Hauptkommissar Edmund Köstlbacher von der Mord-Kripo Regensburg am allermeisten interessiert.

Einen positiven Nebeneffekt brachte diese Meditiererei aber dann doch noch mit sich. Susannes Unterbewusstsein hatte außer diesem ominösen Mann noch etwas registriert. Eine Türe! Eine zweite Tür zu diesem Raum. Sie müsste rechts von ihr sein. Rechts hinten. Warum ihr diese Tür nicht schon früher aufgefallen ist, daran kann nur die Panik schuld gewesen sein, die offensichtlich ein analytisches Vorgehen unmöglich gemacht hatte.

Kap. 7

Als die Meldung von dem Leichenschänder vor einiger Zeit in ganz Regensburg und weit darüber hinaus die Runde machte, da war das nicht so eine Meldung, die das ereignisarme Sommerloch stopfen sollte, auch wenn's anfangs so mancher lieber glauben wollte.

Das mit dem Sommerloch ist ohnehin ein Märchen. Es ist keineswegs so, dass im Sommer allgemein weniger passieren würde, als zu allen anderen Jahreszeiten. Ausgenommen vielleicht in der hohen Politik, wegen Sommerpause und so. Heuer nicht einmal das! Endspurt im Wahlkampf!

Und auch was den Rest betrifft, da passiert im Sommer sogar weit mehr, weil die Leute viel länger draußen unterwegs sind und erheblich weniger Zeit auf dem Sofa vor dem Fernseher verbringen.

Dem Köstlbacher seine Truppe hat mit dem Leichenschänder keine Arbeit gehabt, weil dem sein Opfer ja schon tot gewesen ist, als der daran rum gemacht hat. Und dass der Hauptkommissar und seine Leute froh gewesen sind, dem Leichenschänder nicht nachjagen zu müssen, weil das die Abteilungsleiterin, die Dr. Sieber, auf eine andere Abteilung abgewälzt hat, das wirst du dir schon gedacht haben. Darüber geredet hat aber im Präsidium trotzdem jeder mit jedem, weil so ein dings einfach nicht alltäglich, nicht einmal in München oder gar droben in Berlin, wo so extreme Sachen schon eher mal passieren.

Gefunden haben sie den Täter immer noch nicht, obwohl es zuerst so ausgesehen hat, als ob es einer von denen gewesen ist, der mit dem Herrichten der Leichen für die Beerdigung betraut war. Aber das wäre auch zu einfach gewesen. Wenn's immer gleich der gewesen ist, der am ehesten dafür in Betracht kommt, dann könnte der Staat die Belegschaft der Kripo locker halbieren, weil der Rest dann immer noch zahlenmäßig ausreichen würde, alle anfallenden Fälle zu lösen.

Auch wenn ab und zu ein Fall schnell gelöst werden kann, auf die Idee, deswegen gleich Kripobeamte vorzeitig in Pension zu schicken und zusätzlich weniger neue einzustellen, da ist Gott sei Dank noch niemand drauf gekommen. Vor Straftätern haben sie einfach alle Angst und die wollen sie so schnell wie irgend möglich hinter Gittern sehen, damit sie nicht zuletzt selber von denen und so.

Da spart der Staat sein Geld doch lieber bei den Schulen ein. Da passiert schließlich nichts, wenn die Klassenstärken zunehmen, weil weniger Lehrer angestellt werden. Und wenn da so ein Lehrer Burn Out, weil überfordert, dann ist das weiter kein Drama. Auf der Warteliste drängen sich genug, die auch noch eine Burn Out Karriere machen wollen.

Das mit den Lehrern, das ist dem Köstlbacher vermutlich nicht durch den Kopf gegangen, als er von der Friedenstraße aus den ›*Oberen katholischen Friedhof*‹ betreten hat, weil ein guter Schulkamerad von ihm dort gerade beerdigt wurde. Aber trotz der vielen bekannten Gesichter auf der Beerdigung und all den Erinnerungen an die gemeinsamen Schuljahre mit dem viel zu früh Verstorbenen, die Sache mit dem Leichenschänder hat den Köstlbacher so vor Ort spontan dann doch sehr beschäftigt.

Weil wenn du da so unter all den Trauernden stehst, dann musst du dir einfach irgendwelche Gedanken machen, damit die Zeit vergeht, bis der Sarg endlich hinunter gelassen wird, die letzten Redner ihren Nachruf beendet haben und jeder sich endlich mit jedem, vorläufig noch in gedämpften Tonfall, austauschen darf.

Seinen verstorbenen Spezl aus der Schulzeit in dem Sarg dort hat der Köstlbacher im Geiste mit dem jungen Mädchen ausgetauscht, das der Leichenschänder von Regensburg vor ein paar Wochen angeblich! Du weißt schon. Zum Kotzen!

Wie gesagt, selber hat er amtlich mit diesem Fall ja nie etwas zu tun gehabt. Aber die Buschtrommeln im Präsidium waren damals sehr aktiv gewesen. Über den Leichenschänder wurde weit mehr geredet, als vergleichsweise über einen Einbruch in ein Juweliergeschäft oder eine Massenkarambolage auf der A 3 am Uniberg, wo sogar Menschenleben zu beklagen gewesen waren, von den Verletzten ganz zu schweigen.

Wenn so etwas in einem Drehbuch steht, da drücken sich sogar heutzutage noch die meisten Regisseure und erst recht die

Schauspieler. Ich meine, wenn zwei miteinander Sex haben, ob nun die üblichen Varianten oder die ausgefallenen mit Gewalt oder gleichgeschlechtlich und so, dann haben die wenigsten Filmemacher Skrupel, weil vom Gesetz her schon länger nicht mehr ding. Heute quasi alles möglich und fast alles erlaubt. Aber Sex mit einer Toten, da stülpt es den meisten immer noch den Magen um, selbst wenn nur die Rede davon ist. Sogar der Kommissar Liebknecht, der sonst in Sachen Sex einer der freizügigsten Beamten, selbst der, was glaubst du.

Und der Köstlbacher? Jedenfalls, wenn dem sich einmal was ins Gehirn gefressen hat, dann lässt es ihn nicht mehr los. Und deshalb auch während der ganzen Beerdigung Kopfkino. Am Schluss war dann sogar dem sonst so abgebrühten Köstlbacher schlecht. Allerdings stand nicht 100-prozentig fest, ob wegen dem Kopfkino oder weil der Kommissar schon ein paar Stunden nichts mehr gegessen und quasi Unterzucker.

Weil der Köstlbacher als einer der letzten Trauernden den Friedhof betreten hatte, war er jetzt auch als einer der ersten wieder draußen. Dabei ist ihm der Bibelspruch ›*Die Letzten werden die Ersten sein*‹ eingefallen und das hat ihn dann sogar wieder ein wenig erheitert, weil der Jesus damals bestimmt nicht an so eine Beerdigung gedacht hat, wie er das gesagt hat.

Am Friedhofsausgang ist dem Köstlbacher dann aber zufällig der Richard über den Weg gelaufen, der Hammerbruck Richard. Du wirst es dir schon denken, dass der Hammerbruck auch ein Klassenkamerad von dem gewesen ist, den sie gerade eingegraben haben. Aber interessant, der Hammerbruck war all die Jahre an der Schule nie mit dem Peter befreundet gewesen. Warum er jetzt trotzdem auf die Leich vom Peter Reider gegangen ist, das hat den Köstlbacher natürlich spontan interessiert.

»Hallo Richard! Der Wahnsinn, oder?«, begrüßte ihn der Köstlbacher und streckte ihm eine Hand entgegen.

Der Richard ergriff sie und antwortete:

»Ja! Der Wahnsinn! In einem Monat hätte er seinen 46sten gehabt! Da fragst du dich schon!«

»Hast du eine Ahnung, woran der Peter gestorben ist?«, wollte der Köstlbacher wissen.

»Angeblich Krebs! Irgendeinen von der ganz aggressiven Art. Manche behaupten, er hat nicht abgewartet, bis ihn der Krebs alle gemacht hätte. Aber, ich will nichts gesagt haben! Sind nur Gerüchte!«, antwortete der Hammerbruck Richard mit abgesenkter Lautstärke und fast schon unter vorgehaltener Hand. Bei seinen Worten ›*Ich will nichts gesagt haben!*‹ hob er zur Beteuerung beschwörend beide Hände in die Höhe. Eine Geste, die vermutlich dasselbe bedeuten sollte wie das Händewaschen vom Pontius Pilatus vor 2000 Jahren.

»Möglich ist alles!«, erwiderte der Köstlbacher dazu nur lapidar und zuckte mit seinen Schultern. »Ich würde mir vielleicht meine Dienstpistole in den Mund stecken.«

»So eine Sauerei möchte ich meinen Hinterbliebenen nicht zumuten!«, gab der Richard erschrocken zu bedenken. Und weil der alles mit seiner Einheitsgeste zu untermauern pflegte, hob er dazu erneut beide Hände.

»Hast auch wieder recht. Na ja, bestimmt würde mir auch was weniger Theatralisches einfallen. Hauptsache, es geht schnell!«, versuchte der Köstlbacher das Gespräch um den Tod des verstorbenen Schulfreundes abzuschließen.

»Du arbeitest doch bei der Kripo, oder?«, bohrte da der Richard weiter.

»Immer noch!«, sagte der Köstlbacher. »Warum fragst du?«

»Nur so!«, drückte sich der Richard um eine Antwort erst einmal herum, meinte aber dann doch konkret:

»Ich weiß was über eine Straftat, aber bisher hat sie niemand angezeigt.«

»Und das erzählst du mir hier, weil du mich rein zufällig auf dieser Beerdigung antriffst?«, fragte der Köstlbacher erstaunt.

»Ich traf dich hier nicht ›*zufällig*‹ an. Dass du zum Peter seiner Beerdigung kommen würdest, damit habe ich eigentlich fest gerechnet. Zumindest habe ich es fest gehofft. Und du bist ja tatsächlich da, wie man sieht. Vielleicht wäre ich anders auch in den nächsten Tagen zu dir aufs Präsidium gekommen. Aber so ist's mir jedenfalls lieber!«, sagte der Richard.

»Wo drückt dich der Schuh?«, antwortete der Köstlbacher, der den Richard Hammerbruck damals während der gemeinsamen Schulzeit nicht besonders leiden konnte und vermutlich deshalb auch heute nicht gerade über die Maßen erfreut war, ihn hier zu treffen.

Weil eines musst du wissen, der Richard damals ein furchtbarer Schleimer. So einer, dem du nichts sagen kannst, weil der aus allem eine Schleimspur macht, auf der er sich vorwärtsgleiten lässt. Und drum der Edmund nie wirklich befreundet mit dem Richard, auch wenn beide die Bekanntschaft fast 30 Jahre später unter dem Begriff ›*alter Schulfreund*‹ laufen lassen.

»Ich werde erpresst!«, antwortete der Richard und unterstrich diesen Satz mit einer wichtigen Miene. »Angeblich habe ich was mit einer Minderjährigen angestellt! Was aber natürlich ein Schmarrn ist!«

Der Köstlbacher musterte in dem Augenblick den Richard erst einmal von oben bis unten und setzte dabei ein Grinsen auf.

»Was schaust'n so blöd?«, fragte der Richard, weil ihm die Reaktion vom Köstlbacher natürlich nicht verborgen blieb, er keine Erklärung dafür hatte und sich jetzt nicht ernst genommen fühlte.

»Entschuldige, dass ich lachen muss, aber du und eine Minderjährige? Die müsste ja extrem hässlich sein!«

Normalerweise so eine Bemerkung sehr verletzend. Selbst zwischen alten Klassenkameraden, die sich zu Schulzeiten schon immer mit Komplimenten dieser Art bedacht hatten. Aber seltsam! Der Richard reagierte keineswegs gekränkt oder so.

»Edmund! Du musst mir helfen! Bitte! Es geht um die tote Minderjährige, die vom Leichenschänder. Ich war's nicht! Ehrlich! Ich war nicht einmal in ihrer Nähe! Mein Schwiegersohn hat sie für die Beerdigung vorbereitet. Und für den lege ich meine Hand ins Feuer. Der würde so etwas nie machen. Keine

Ahnung, wer's getan hat. Ihr tappt ja angeblich auch im Dunkeln!«

Du wirst es dir schon denken, dass der Köstlbacher mit einem Schlag nicht mehr privat. Und drum auch von einer Sekunde auf die andere kein Grinsen mehr in seinem Gesicht, das kurz zuvor noch das Aussehen vom Richard in Verbindung mit der Vorstellung, dass der mit einer Minderjährigen und so, ausgelöst hatte. Ich meine, als Mittvierziger war der Richard natürlich nicht wirklich zu alt, um noch, du weißt schon. Aber so ein Klappergestell wie der, mit fettigen, langen Haaren, einer Knolle von Nase in seinem Gesicht und Narben, als hätte er schon einmal die Pocken gehabt, da war die Vorstellung einfach absurd, dass der so einem jungen Gemüse auch nur im entferntesten Appetit auf irgendwas machen könnte.

Warum der Vorwurf auf Leichenschänderei? Da war der Köstlbacher wie elektrisiert, was glaubst du. War auf einmal klar, dass der Richard hier lieber mit ihm darüber spricht, als zu einer regulären Aussage ins Präsidium zu kommen. Dort, so hat er sich vielleicht gedacht, dort würde alles sofort aktenkundig werden. Womit er nicht falsch gelegen hat, weil im Büro alles amtlich, sogar der Kaffee von der Edith Klein.

»Langsam! Langsam! Langsam! Wer erpresst dich?«, fragte der Köstlbacher.

Die ganze Geschichte hatte er ja, wie schon gesagt, nur am Rande mitbekommen, weil seine Truppe an den Ermittlungen nicht beteiligt gewesen ist. Aber wenn der Name ›*Richard Ham-*

merbruck‹ irgendwann gefallen wäre, dann würde er sich erinnern. Es ist zwar nichts absolut Außergewöhnliches, dass auch mal ein persönlich Bekannter aktenkundig wird, aber etwas Alltägliches ist es auch nicht.

»Die eben! Keine Ahnung, wer dahinter steckt! Jedenfalls soll ich alles zugeben oder die machen mich fertig!«, antwortete der Richard.

»Wie erhältst du die Drohungen?«, fragte der Köstlbacher.

»Telefonisch! Ich werde angerufen. Telefonterror vom Feinsten! Zu jeder Tages- und Nachtzeit.«

»Und was genau sagt man zu dir?«

»Zuerst einmal werde ich beschimpft. ›*Pädo*‹, ›*Perverse Sau*‹ und so etwas in der Art. Und dann folgt immer der gleiche Satz: ›*Bist am Ende wieder schlauer, wenn einstürzt deine Lügenmauer!*‹ Kein Anruf ohne diesen Satz am Schluss!«, bekräftigte der Richard und raufte sich dabei die Haare, um seine Verzweiflung zu demonstrieren. Und damit erweiterte er sein Gesten-Repertoire um 100%.

Jetzt fragst du dich natürlich, warum ich diese Begebenheit überhaupt erzähle, obwohl gar keine Verbindung zu den Morden in den Biergärten erkennbar scheint, weil Leichenschänderei und einen im Biergarten umnieten nichts miteinander zu tun haben.

Aber pass auf, weil das ist wirklich interessant! Manchmal haben Dinge nichts miteinander zu tun und gehören doch zusammen, das glaubst du nicht!

Für den Augenblick freilich hat der Köstlbacher den Richard mit seinem Problem am Ende doch nur an die Abteilung verwiesen, die wegen der Leichenschänderei ermittelt hat, weil er selber Wichtigeres zu tun hatte.

Nur das mit dem Satz ›*Bist am Ende wieder schlauer, wenn einstürzt deine Lügenmauer*‹, das spukte dem Köstlbacher noch lange im Kopf herum.

Kap. 8

In so einem Biergarten, da kannst du es schon aushalten, auch wenn über 30° und dir eigentlich der Sinn eher nach einem kühlen Raum mit Klima, wo du das schöne Wetter zwar durchs Fenster siehst, unter der Sommerhitze aber nicht leiden musst. Auch wenn du mir jetzt dagegen hältst, dass du ganz im Gegenteil sogar ein richtiger Hitzefanatiker und deswegen jedes Jahr mindestens einmal nach Male. Aber du vergisst, dass du auf Male in Urlaub und zu Hause meistens Arbeit, außer du bist schon Rentner.

Wer auf die Idee mit den Biergärten gekommen ist, das weiß ich nicht. Nachgeforscht hat das noch keiner, obwohl's bestimmt eine Doktorarbeit wert wäre. Noch dazu eine, wo dir hinterher bestimmt keiner vorhalten könnte, dass du abgeschrieben und so, weil ja noch keiner was Wissenschaftliches dazu geschrieben hätte vor dir. Vielleicht war das ja früher einfach so, dass man sich im Sommer lieber vors muffige Wirtshaus gesetzt hat. Hatte zumindest reinigungstechnisch gesehen für den Wirt einen großen Vorteil, weil Tisch abwischen mit einem feuchten Tuch, früher vielleicht nur mit einem Besen abkehren, das war alles, was es zu tun gab. Die paar Essensreste oder Brezenbrösel, die holten sich eifrige Spatzen. Und die gibt's überall.

Und heute? Also ganz sicher bin ich mir nicht, aber irgendwie scheint mir das mit den Biergärten in letzter Zeit schon ganz besonders zu boomen. Nicht dass es in meiner Jugend keine gegeben hätte. Das nicht. Aber so viele? Neben den wunderschönen großen Biergärten in Regensburg, wie die ›*Alte Linde*‹, den ›*Kneitinger Keller*‹ oder die ›*Kreuzschänke*‹, um nur drei davon exemplarisch zu nennen, die schon immer zu dieser Stadt gehörten, hat ja heutzutage quasi jede Wirtschaft so ein Außenterrain. Und da muss nicht einmal ein Baum stehen. Ein kleiner Blumentrog reicht auch schon, damit auf dem Schild vor der Wirtschaft stehen darf: ›*Heute Biergarten geöffnet!*‹ Dabei ist meine Theorie zu dieser Entwicklung, dass viel davon mit dem Raucherverbot zu tun hat, das in der Gastwirtschaft drin gilt, aber natürlich nicht im Freien, sprich Biergarten.

Der erste Biergartenmord hat ja noch kaum jemanden davon abgehalten, weiterhin diesem Volkssport zu huldigen, der in Regensburg ganz besonders aktiv betrieben wird, nämlich laue Sommerabende bei mindestens einer Maß vom Fass im Biergarten zu verbringen. Auch nach dem zweiten Mord hat sich daran nicht wirklich was geändert, höchstens der vorsichtige Rundumblick, der jetzt fast bei jedem im Biergarten im Laufe eines Abends anfangs öfter, nach der zweiten Maß weniger oft zu beobachten war. Dieser Rundumblick, der eine gewisse Nervosität beinhaltete, den konntest du früher so gut wie nie feststellen.

Aber ich sage immer, Ausnahmen gab's auch früher schon. Vor allem, wenn ein braver Ehemann sich unter irgendeinem Vorwand aus der Wohnung gestohlen hatte, weil er ein paar Stunden in den Biergarten wollte. Und das ohne die Nervensäge zu Hause! Sicher bist du vor der ja nirgends, auch nicht im Biergarten. Wenn die dich suchen kommt und du sie nicht als erster entdeckst, dann gibt das ein Theater, bei dem alle lachen, nur du nicht.

Die Susanne war nicht die typische Biergartensitzerin. Trotzdem hat sie sich ab und zu, wenn es sich ergab, mit einigen Freunden schon auch mal gerne in einem Biergarten getroffen. In diesem Sommer sogar fast regelmäßig, weil der gar so heiß war. Wie sie noch mit dem Simon zusammen war, gingen sie immer gemeinsam hin. Später traf sie ihn nur noch ab und zu mehr oder minder zufällig im Biergarten, meistens droben im Kneitinger Keller, gleich bei ihr ums Eck.

Der Tisch oben im Kneitinger Keller, dem Biergarten mit den herrlichen Kastanien direkt neben der Alten Mälze, in dem sich Susanne häufig mit ihren neuen Freunden und Bekannten verweilte, der war an diesem Abend brechend voll. Trotzdem fiel es in der Clique auf, dass die Susanne fehlte.

»Hey Marga, hat sie dir was gesagt, dass sie heute nicht kommt?«, richtete sich einer der jungen Männer an eine schwarzhaarige Studentin mit Pagenkopf, mit dem sie die Älteren hier im Biergarten bestimmt an Mireille Mathieu erinnerte.

»Nein! Hat aber nichts zu bedeuten, weil ich sie schon ein paar Tage nicht mehr gesehen habe«, antwortete die Marga.

»Wollte Susanne nicht mit ihrer Kollegin…?«, meldete sich ein anderer aus der Gruppe zu Wort.

»Du meinst, nach New York fliegen? Da ist sie doch schon

längst wieder zurück. Aber das kannst du ja nicht wissen, lieber Lukas, du stößt ja nur alle heilige Zeit zu uns, wenn wir uns hier treffen«, stichelte Marga, irgendwie zufrieden, bei der Gelegenheit gleich mal ›*coram publico*‹ mitklingen gelassen zu haben, dass sie nichts davon hielt, wenn die Clique nicht vollständig antanzte.

Weil eines musst du wissen, auch wenn diese Treffen im Biergarten immer sehr kurzentschlossen anberaumt wurden, weil das letzte Wort dazu letztendlich immer das aktuelle Wetter, dann war es trotzdem ein unausgesprochenes Gesetz, zuverlässig zu erscheinen, wenn zugesagt. Ich sage immer, ein Freundeskreis hat nur ein gewisses dings, solange der Kreis keine Lücken bekommt. Dass so ein abgebröckelter Kreis kein Kreis mehr ist, das ist ein Naturgesetz. Das wirst du kaum anders sehen. Und dass der Lukas schon mehrfach abbröckelte, und jetzt auch die Susanne, das war einfach ärgerlich.

»Wer hat die Susanne angerufen?«, fragte die Marga.

»Ich!«, sagte der Lukas und war ganz stolz, weil er diesmal nicht nur anwesend, sondern auch noch seinen Pflichten nachgekommen war. Er war nämlich der, der Susanne informieren sollte. »Hab's ihr auf die Mailbox gesprochen, weil sie nie ran geht!«

»Seltsam!«, mischte sich jetzt der rothaarige Moritz ein, ein Germanistikstudent. »Ich habe auch schon mehrfach versucht, sie zu kontaktieren. Wollte sie wegen meiner Seminararbeit was fragen. Hab' sie aber nie erreicht.«

»Ich würd' mir da keine Gedanken machen!«, setzte dem der Roland hinzu. »Ihr kennt doch die Susanne! Vielleicht hat sie einen neuen Lover? Wenn ich eine neue Flamme habe, lässt die mich auch erst einmal Tage lang nicht aus ihrer Wohnung!«

›*Protzer!*‹, dachte die Marga, die sich nichts vorstellen konnte, was an dem Roland so aufregend sein sollte, dass eine Frau ihn nicht mehr aus dem Bett lässt. Und das wollte der Roland damit ja wohl sagen.

Dass die Susanne irgendwo gefangen gehalten würde, darauf kam ohne Frage niemand hier. Warum auch? Wenn deine Schwiegermutter sich einmal ein paar Tage nicht sehen lässt, denkst du doch auch nicht an so etwas. Nicht einmal in Form eines Wunschdenkens!

Du weißt das mit der Susanne natürlich. Aber du bist ja durch mich auch schon besser informiert! Besser sogar, als der Köstlbacher zu dieser Zeit. Noch zumindest! Von denen hier im Biergarten hingegen hatte keiner auch nur die geringste Ahnung von dem Kellerloch. Zumindest sah es recht eindeutig danach aus!

Möchte man meinen, irgendwer muss sie doch vermisst und dann eine Anzeige bei der Polizei gemacht haben. Aber so geht es eben manchmal im Leben, keiner will so einer jungen Frau nachspionieren, was sie so treibt. Weil wie stehst du da, wenn du am Ende feststellst, dass sie tatsächlich nur einen neuen Lover. Abgesehen davon, dass die Susanne sich ein paar Tage nicht meldet, so außergewöhnlich ist das bei ihr auch wieder nicht. Auch ohne einen neuen Lover. Die Susanne geht auch gerne mal mit Mädels weg. Und dann ist sie an anderen Orten in Regensburg zu finden, in Discos oder Bars, vielleicht sogar auf der Dult. Aber eben nicht in einem Biergarten.

Pass gut auf! Auch wenn du vermutlich mehr Ahnung hast als die Anwesenden hier im Kneitinger Keller, du kennst trotzdem noch lange nicht alle Zusammenhänge!

Auch nicht wirklich alles, aber doch viel mehr als die anderen, behauptete der Roland Zeller zu wissen. Er war mit seinen 35 der Älteste in der Biergartenclique, aber erst seit kurzem mit von der Partie. Besonders viel hat er anfangs nicht über sich durchblicken lassen. Trotzdem haben ihn alle schnell integriert, weil er einfach ein cooler Typ war, der gute Laune um sich herum zu verbreiten verstand. Irgendwann rückte er dann damit heraus, dass er sein Geld als Fahrlehrer verdiene. Und weil die Gruppe ›*Scherbentanz*‹ mit ihrer deutschen ›*metal-music*‹ gleich nebenan in der Alten Mälze einen Gig hatte, ließ es sich auch nicht mehr verheimlichen, dass er der Schlagzeuger dieser Band war.

Zum Fernbleiben der Susanne äußerte er sich erst gar nicht, sagte aber am Ende der Diskussion darüber zum Erstaunen aller:

»Kann ja sein, dass die Susanne gerne gekommen wäre, aber nicht kann!«

Ich meine, wieso sagte einer wie der Roland so etwas? Wusste oder vermutete der vielleicht tatsächlich mehr, als die anderen? Und falls ja, woher? Vielleicht hatte der ganz andere Quellen.

»Wie kommst du darauf?«, fragte die Marga.

Aber der Roland gab darauf keine Antwort und zuckte nur mit seinen Schultern.

»Ist jemand von euch schon bei ihr in der Wohnung gewesen?«, fragte Nicole, die Jüngste im Kreise, die gerade ihr Abi geschafft hatte und im Herbst irgendwas mit Publizistik zu studieren anfangen wollte.

So richtig ›*Nein!*‹ sagte keiner. Stattdessen senkten nur schlagartig alle Anwesenden den Blick und schüttelten, als hätten sie's verabredet, den Kopf.

»Und warum nicht?«, bohrte die Nicole weiter.

Wie schon angedeutet, die Nicole gehörte der Clique erst seit Anfang dieses Sommers an. Sie hatte zufällig an dem einzigen freien Tisch gesessen, als die anderen kamen. Eigentlich hatte sie zwar auf ihren Freund gewartet, aber der hatte sie versetzt. Übrigens für immer. Eigene Wege und so. Jedenfalls lernte die Nicole an diesem Abend die Biergartenclique kennen und verabredete sich von da an regelmäßig mit denen. Über eine Mitgliedschaft wurde nie geredet. Sie gehörte einfach auf einmal dazu.

Was die Nicole aber nicht so schnell erfahren hat, das waren die vielen Details, die der Biergartenkreis voneinander kannte und in die die Nicole keiner wirklich eingeweiht hat. So konnte sie natürlich auch nicht wissen, dass die Susanne vor ein paar Jahren in ihrer damaligen Wohnung überfallen worden war und seither niemanden mehr in ihre Wohnung ließ, den Simon ausgenommen. Nicht weil der Simon immer noch ihr Stecher war. Das weniger. Seit der Trennung hatten sie zwar immer noch Sex, aber nur noch ab und zu. War praktisch nur noch eine offene Beziehung. Modern eben! Aber zum Simon hatte sie einfach immer noch mehr Vertrauen, als zu allen anderen, die sie kannte.

Jetzt bist du in der Zwickmühle. Einerseits willst du mehr über diesen Überfall erfahren, ob der vielleicht gar was mit dem Köstlbacher seinem aktuellen Fall zu tun hat, andererseits willst du wissen, was es genau mit dem Roland auf sich hat, weil der doch offensichtlich mehr wusste. Hab ich recht?

Ich rate dir, das mit dem Überfall nicht zu wichtig zu nehmen. Nach meiner Meinung ist das eher eine eigene Geschichte, die, wenn überhaupt, hier nur eine sehr nebensächliche Rolle spielt.

Ganz ohne Informationen, was den Roland betrifft, will ich dich an dieser Stelle aber nicht lassen. Du sollst zumindest so viel erfahren, wie der Köstlbacher über diesen Roland weiß.

* * *

Bevor der Roland Fahrlehrer und dann auch noch Schlagzeuger bei ›*Scherbentanz*‹ geworden ist, nannte er sich Oskar. Oskar Lischka.

Und jetzt pass auf: Der Oskar oder später der Roland arbeitete undercover. Als Oskar hatte er dafür eine Malerfirma. Die war, du wirst es dir schon denken, quasi nur Tarnung. Die Aufträge, das weiß kaum jemand, die Maleraufträge erhielt der Oskar fast alle aus öffentlicher Hand, damit die Firma immer mit Arbeit eingedeckt war und er genug Zeit für ›*undercover*‹ hatte.

Was genau er da ›*undercover*‹, das darf ich dir eigentlich gar nicht verraten. Aber weil du sonst die Geschichte am Schluss nicht einmal ganz verstehen würdest, werde ich dich über ein paar wenige ausgewählte Details dennoch informieren müssen. Tu einfach so, als wüsstest du von nichts, falls dich einmal jemand fragt. Und damit alles klar ist: Ich habe dir das nicht gesagt!

Der Oskar Lischka, jetzt Roland Zeller, ist ja eigentlich einer von ›*drüben*‹. Aus Thüringen oder Sachsen oder so. Einen Dialekt, an den man's erkennen könnte, hat er nicht. ›*Rüber gemacht*‹ hat der erst so um 1995 rum. Da war er ungefähr 17. Und aus Gründen, die ich dir, wie gesagt, nicht weitergeben darf, haben ihn die hier schnell unter ihre Fittiche genommen, sodass er schon wenig später seine ersten ›*undercover*‹ Einsätze hatte. Die liefen dann bald so ab, als ob er nur zum Brötchen holen ginge. Keiner hat je etwas bemerkt. Und weil er echt ein Talent, wurde er auch immer mehr von den entsprechenden Stellen hofiert.

Kap. 9

Eigentlich ist Regensburg ja nicht wirklich eine Großstadt. Auch wenn du schon in der Schule gelernt hast, dass eine Stadt über 100.000 Einwohner offiziell auf der Landkarte als Großstadt eingezeichnet wird. Aber sei einmal ehrlich, erinnert dich Regensburg trotz seiner 150.000 wirklich an München, Frankfurt, Hamburg oder Berlin? Höchstens vielleicht an München. Aber auch nur, weil München in Bayern liegt und somit eine Gemeinsamkeit mit Regensburg hat.

Bei dem Fernseh-Duell zwischen dem Seehofer und dem Ude im September vor der Wahl, da wurde vom Seehofer auch angesprochen, dass Bayern nicht nur aus den Großstädten wie München, Augsburg oder Nürnberg besteht. Da siehst du's! Entweder kann der Seehofer nur bis 3 zählen oder Regensburg ist tatsächlich keine anerkannte Großstadt.

Dennoch muss ich sagen, interessant. Mit der Zahl der Einwohner wächst nämlich nicht nur das Gehalt eines Oberbürgermeisters. Mit derselben Zahl wächst auch das Verbrechen. Das ist ein Naturgesetz. Und, da kannst du den Köstlbacher fragen, in punkto Verbrechen, da gibt es in Regensburg immer wieder Zeiten, wo du getrost das Zeichen für Großstadt im Atlas vor Regensburg stehen lassen kannst, auch wenn der Seehofer in seiner Aufzählung aus welchen Gründen auch immer darauf verzichtet hat. Jedenfalls kommt das dem Köstlbacher so vor, weil seine Abteilung nicht an Arbeitsmangel leidet.

Gut, zugegeben, Morde sind in Regensburg eher selten. Fahrräder werden weit mehr geklaut. Wenn meine Informationen stimmen, die ich allerdings nur von einem unbedeutenden Polizeibeamten habe, dann steht Regensburg da beachtlich da. Auf jeden Fall eine Spitzenposition in ganz Bayern. Was aber letztendlich auch wieder nur was mit der flächenmäßigen Größe Regensburgs zu tun hat, wo sich alles bestens per Rad erledigen lässt und es für viele Leute nur ein gewisses dings ist, sich so ein Rad ›*auszuleihen*‹, auch wenn es die von der Polizei gleich als Diebstahl einstufen.

Fahrrad hin, Fahrrad her, in gewissem Umfang ist der Fahrradklau auf die Menge der vorhandenen Räder in der Stadt trotzdem fast normal.

Jetzt was ist nicht normal? Nicht normal ist das mit dem ›*Undercover*‹. Wie der ›*eiserne Vorhang*‹ noch existiert hat, da war Regensburg von seiner Lage her ja eher eine Stadt, von der aus Spionage und so. Aber heute? Jedenfalls kannst du das mit der Spionage inzwischen vergessen. Am Anfang, als die Grenzen hin zur Tschechei aufgemacht worden sind, da hat sich ja wenigstens noch ein bisschen Privatspionage gelohnt, weil schließlich nicht alle Bordelle über der Grenze gleich gut und gleich günstig. Heutzutage interessiert auch das kein Schwein mehr, seit die da drüben ihre Preise so angehoben haben, dass du, wenn du das Benzingeld dazu rechnest, in Regensburg selber günstiger wegkommst.

Also, für was dann heute noch ›*undercover*‹? Du wirst es nicht glauben, aber ›*undercover*‹ heute eine ganz andere Dimension.

Hat nicht immer was mit Politik zu tun und schon dreimal nicht mit dem horizontalen Gewerbe.

Und der Roland arbeitete sogar für zwei Seiten, quasi ›*Doppel-undercover*‹, weil Motto, du bist immer einen Schritt voraus, wenn du auch die Absichten der Gegenseite kennst. Das natürlich mehr die philosophische Seite. Die materielle Seite pragmatischer und, meiner Meinung nach, dem Roland weitaus wichtiger.

Jetzt hast du aber immer noch keinen Dunst, was genau der Roland ›*undercover*‹ und so. Wenn das so einfach wäre, hätte ich es dir schon längst erklärt. Aber jeder Einsatz vom Roland war anders. Das liegt vermutlich auch daran, dass seine Auftraggeber häufig wechselten. Und wenn der eine wollte, dass er bei BMW was auskundschaftet und der andere, dass er seine Frau überwacht, weil die allem Anschein nach die eheliche Treue nicht so ernst, dann siehst du allein an diesen beiden Extrembeispielen schon, dass dem Roland sein Wirkungsspektrum nicht wirklich eng. Und noch viel vielfältiger stellt es sich dar, wenn du auch noch seine Aktivitäten für die Politik und so. Weil da war der Roland, vor allem, wie er noch unter dem Namen Oskar operierte, ein ganz besonders gefragter Mann, was glaubst du. Seit er dann mit dieser Russin, da hatte er auf einmal Kontakte, legale Kanäle nichts dagegen.

Nach dem Treffen im Biergarten hatte der Roland große Lust, den Köstlbacher anzurufen. Möchte man meinen, warum tut er's dann nicht. Erstens hat sich der Roland gedacht, dass der Köstlbacher um diese Zeit vielleicht schon im Bett. Und da hat er nicht einmal falsch gedacht, weil der Köstlbacher am nächsten Tag Frühschicht und deswegen noch eher als üblich seinen wohlverdienten Schlaf. Und zweitens Interessenkonflikt. Wegen dem ›*Doppelundercover*‹ und so. Weil was er dem Köstlbacher sagen wollte, das konnte er ihm in dem Fall nicht sagen, weil sein Auftraggeber quasi auf der Fahndungsliste vom Köstlbacher. Vielleicht noch nicht aktuell, aber bestimmt bald. Dass sich die Dinge so entwickeln würden, das war zumindest zu erwarten, aus entsprechender Sichtweise könnte man auch sagen zu befürchten.

Vermutlich ist das der größte Fehler, den der Roland seit langem gemacht hat. Weil pass auf, was ich dir sage, wenn der Köstlbacher in dieser Nacht vom Roland aus seinem Bett geholt worden wäre, dann hätte er vielleicht zumindest den Mord verhindern können, der am nächsten Tag passiert ist.

Dann freilich, da ist der Roland tatsächlich doch noch zum Köstlbacher gegangen. Was den aktuellen Toten in der Metgebergasse betraf, über den ich dich gleich informieren werde, dafür kam seine Entscheidung allerdings um einige Stunden zu spät.

Kap. 10

Im Normalfall sind es ja gerade diese engen Gässchen, die den Reiz der Altstadt Regensburgs ausmachen. Wo du dich in vielen modernen Großstädten für die breiten Prachtstraßen begeistern kannst, da gehst du im historischen Regensburg die vielen schmalen Gässchen auf und ab, wo sich im oberen Stock die Bewohner in normaler Zimmerlautstärke von Fenster zu Fenster über die Straße hinweg unterhalten können. Der Abstand beträgt ja auch kaum mehr als drei, höchstens vier Meter, mitunter sogar weniger!

Eine alte Frau auf der Straße hat mir sogar ein Gässchen verraten, wo du nicht einmal mit offenem Regenschirm gehen kannst, weil es nicht breit genug dafür ist. Das ist extrem kommunikationsfördernd und hatte vor allem zu den Zeiten, in denen die Telefontarife noch unbezahlbar hoch waren, Möglichkeiten eröffnet, was glaubst du. Nicht dass du denkst, nur alte Tratschtanten haben diese Fenster zu Fenster Unterhaltung genutzt. So manche Liebende haben sich auf diesem Weg auch schon ausgetauscht, quasi Vorläufer vieler Internetplattformen, wo du mit Cam und so. Obwohl Vorläufer, im Prinzip sogar noch moderner, weil 3D ohne Brille. Und wenn drüben gekocht wurde, sogar mit Duftnote!

Momentan war der Blick aus vielen Fenstern in den oberen Stockwerken nicht zum gegenüber liegenden Fenster gerichtet.

Wer gerade zu Hause war und das Fenster offen hatte, der spähte nach unten, wo er lag, der Dr. Wilhelm Höchterl, mit dem Gesicht nach unten in seinem eigenen Blut.

Und weil einer der Fenstergucker ein Pressefuzzi war, der sich hier in der absoluten Altstadt einquartiert hat, drum konnte es der Köstlbacher auch nicht verhindern, dass schon am nächsten Tag mit Bild diese Geschichte in der Zeitung stand. Und der Köstlbacher konnte es auch nicht verhindern, dass von vielen Lesern gleich die Russenmafia dafür verantwortlich gemacht wurde, weil doch der verwitwete Dr. Höchterl als Haushälterin eine Russin und so. Aber so ist das immer: Wird einer ermordet, der mit einer zu tun hat, die ihren deutschen Pass vielleicht erst durch die Heirat bekommen hat oder über andere Quellen, dann glaubt jeder, die Landsleute dieser Frau stecken hinter der Bluttat, weil es ja schließlich bekannt ist, dass Ausländer und Deutsche mit Migranten-Hintergrund nicht so zimperlich mit Umbringen und so. Der deutsche Mann von der Russin war zwar schon länger verstorben, aber dem Dr. Höchterl wurde nachgesagt, dass er die Heirat damals arrangiert hatte, obwohl er gewusst hat, dass der zukünftige Gatte der Russin nur noch 3 Jahre zu leben hatte. Gerüchte!

Und wie die von der Regierung den Roland auf den Dr. Höchterl wegen seiner vielleicht illegalen Machenschaften angesetzt haben, da hat der Roland so ganz nebenher was mit der Russin vom Dr. Höchterl angefangen. Schließlich kann man nie genug russische Kanäle haben, dachte sich der Roland und nahm das undercover-Eindringen in dieses Volk wieder einmal sehr wörtlich.

Möchte man meinen in der modernen Zeit Vorurteile gegen Russinnen, die sich durch Heirat eindeutschen lassen, längst ausgerottet, sprich nicht mehr vorhanden.

Andererseits ist unsere Zeit vielleicht gar nicht so modern, nur weil du inzwischen nicht mehr von Fenster zu Fenster über die Straße und so, sondern nur noch mit deinem neuesten Handy. Sprich Smartphone. Weil Handy quasi nur mehr Bezeichnung für Einsteigermodell aus der elektronisch-kommunikativen Steinzeit.

Kap. 11

»Armbrustbolzen?«, fragte der Köstlbacher den Dr. Frank, der sich seit der Geschichte droben am Jakobstor zum gerichtsmedizinischen Berater der Spurensicherung in Regensburg gemausert hat und das Team heute in Vertretung vom Kommissar Jung leitete. Der Dr. Frank ist ja eigentlich mehr Mediziner, aber die Arbeit bei der Kripo gefällt ihm viel besser, als die in einem Krankenhaus. Irgendwie auch verständlich, weil so einem Leichenaufschneider, so wenig attraktiv das auch scheinen mag, so einem Leichenaufschneider kann nie der Vorwurf gemacht werden, eine falsche Diagnose gestellt zu haben, in deren Folge der Patient verstorben ist.

»Eindeutig!«, antwortete der Dr. Frank. »Hab' so ein Teil zwar noch nie in einem Menschen stecken sehen, aber in einer Zielscheibe schon öfter.«

»Im Gegensatz zu einer Kugel müssten an dem Bolzen doch Fingerabdrücke zu finden sein?«, vermutete der Köstlbacher.

»Prinzipiell ja! Aber so wie's aussieht, sind die Chancen dafür gering. Natürlich werden wir im Labor nichts unversucht lassen, um an Abdrücke zu kommen.«

»Was uns aber auch nur was bringt, falls wir Vergleichsabdrücke in der Kartei haben!«, sagte der Köstlbacher. »Wenn Sie sich mit Armbrustbolzen so gut auskennen, können Sie mir dann vielleicht schon sagen, aus welcher Entfernung der abgeschossen worden ist?«

»Das wird schwierig werden. Hängt ja ganz von der Armbrust, beziehungsweise der Durchschlagskraft der Armbrust ab. Da gibt's welche, deren Bolzen schlagen auf 20 m noch ein 2 cm dickes Brett aus Fichtenholz glatt durch. Andere treffen das Brett auf 20 m nicht einmal mehr«, antwortete der Dr. Frank mit einem hilflosen Achselzucken, mit dem er zum Ausdruck bringen wollte, dass er diesbezüglich nur bedingt eine Aussage treffen könne.

»Einschusswinkel?«, versuchte es der Köstlbacher andersrum.

»Interessante Frage. Relativ sicher scheint mir, dass der Schuss entweder vom Fuchsgäßchen her erfolgt sein muss oder von einem dieser Häuser links und rechts der Metgebergasse, die zwischen hier und dem Fuchsgäßchen stehen. Ich schließe darauf, weil der Ermordete, wie Sie hier an der Blutspur sehen, noch zwei/drei Schritte in Richtung Keplerstraße gemacht hat, bevor er hier zusammengebrochen ist.«

»Warum nur *›relativ sicher‹*?«, fragte der Köstlbacher und zog dabei seine Augenbrauen missmutig hoch.

»Weil ich bei meiner Vermutung davon ausgehe, dass ein Getroffener nicht in die Richtung zu fliehen versucht, aus der ihm Gefahr droht. So zumindest reagieren die meisten Menschen. Flucht immer von der Gefahr weg, auch wenn's in diesem Fall keinen Sinn mehr machte. Natürlich kann keiner mit absoluter Sicherheit sagen, dass unser Opfer der Norm entsprechend reagiert hat. Außerdem kann es auch gut sein, dass der Schuss von schräg oben kam und der Getroffene die Richtung gar nicht einschätzen konnte, aus der der Angriff erfolgte.«

»Hm!«, brummte der Köstlbacher dazu nur etwas enttäuscht, weil ihm diese Angabe wenig hilfreich erschien. »Schon eine Ahnung, um wen es sich handeln könnte?«

»Dr. Wilhelm Höchterl! Allgemeinarzt mit Praxis in einem Hinterhof in der Unteren Bachgasse! Seine Wohnung hat er allerdings hier in der Metgebergasse.«

»Wow! Woher dieses schnelle Wissen?«

»Der Ermordete hatte ein Arztköfferchen bei sich, Visitenkarten in seiner Geldbörse und auch einen Personalausweis!«, erklärte der Dr. Frank.

Der Köstlbacher nickte nur verstehend und fragte:

»Tatzeit?«

»Vor einer Stunde! Vielleicht sogar weniger! Über den Daumen gepeilt. Ich vermute, dass er nur Minuten nach der Tat gefunden worden ist. Es ist mitten am Nachmittag. Die Metgebergasse ist zwar nicht frequentiert, aber alle paar Minuten geht dann doch jemand hier durch. Und seit dem Anruf im Präsidium ist erst eine halbe Stunde vergangen.«

Der Köstlbacher sonst eigentlich einer, der alles eher etwas langsam angehen lässt. Aber die überraschend zeitliche Nähe zur Tat ließ ihn spontan reagieren. Immerhin wäre es ja gut möglich, den Armbrustschützen noch hier in einem der umstehenden Häuser der Metgebergasse aufspüren zu können. Mit einem Wink beorderte der Köstlbacher seinen Kollegen Liebknecht herbei, den er unten an der Einmündung der Metgebergasse in die Keplerstraße postiert hatte. Bis der kam, orderte er zusätzlich übers Handy vom Präsidium Verstärkung an. Den Dr. Frank und seine Helfer der Spurensicherung konnte er nicht um Hilfe bitten, weil die selbst ihre Arbeit machen mussten, die momentan mindestens so wichtig war, wie ein schneller Durchsuchungseinsatz, der nur auf einen vagen Erfolg hoffen ließ.

»Pass auf!«, sagte er zum Liebknecht. »So wie's aussieht besteht durchaus die Möglichkeit, dass sich der Täter noch in irgendeinem Haus hier in der Gasse aufhält. Also, absperren! Keiner verlässt die Gasse, weder unten an der Keplerstraße, noch oben am Fuchsgäßchen. Verstärkung ist unterwegs. Sobald sie da ist, systematisch Haus für Haus und Wohnung für Wohnung!«

»Und nach wem oder was sollen wir suchen?«, fragte der Liebknecht.

»Nach einer Armbrust oder dem Zubehör. Ich kümmere mich inzwischen um Durchsuchungsbefehle. Solltet ihr tatsächlich eine Armbrust finden, Fingerabdrücke von jedem in der Wohnung, wo sie gefunden wird!«

Der Kommissar Liebknecht riss zwar etwas erstaunt seine Augen auf, aber er ist ungewöhnliche Anordnungen seines Chefs gewohnt und handelte deshalb auch sofort, ohne lange Fragen zu stellen.

Es dauerte auch wirklich nur wenige Minuten, bis genug Verstärkung eintraf, um mit der Durchsuchung beginnen zu können. Die Durchsuchungsbefehle für die einzelnen Wohnungen lagen in schriftlicher Form natürlich noch nicht vor, aber ein kurzer Anruf bei der Abteilungsleiterin, der Dr. Sieber, genügte. Die Dr. Sieber schloss sich sofort mit der zuständigen Richterin kurz, zu der sie immer noch ein besonderes Verhältnis hatte und erhielt einstweilen mündlich die rechtliche Absicherung zu den Durchsuchungen.

Soweit gut! Sozusagen aus polizeilicher Sicht bestmögliche Reaktion des Einsatzkommandos. Aber pass auf, was ich dir zu sagen habe. Das Zeitfenster zwischen der Tat und der Entdeckung der Tat, vielleicht sogar bis hin zum ersten Aufkreuzen der Polizei am Tatort, dieses Zeitfenster konnte die Aktion vom Köstlbacher nicht abdecken.

Wenn du dir jetzt denkst, ob der Köstlbacher wirklich so dumm ist, das nicht selber auch zu wissen, dann vergisst du, dass mein Freund, der Köstlbacher, so handeln musste, wie er handelte. Nur weil da so ein Zeitfenster war, wo schon alles Mögliche passiert sein konnte, nur deshalb konnte der Köstlbacher doch nicht alles liegen und stehen lassen und den Tatort mit eingezogenem Schwanz verlassen. Immerhin bestand ja noch eine gewisse dings, erfolgreich zu sein, auch wenn's eher unwahrscheinlich war.

Interessant, wie erfreulich kooperativ die unterschiedlichen Bewohner der angesteuerten Wohnungen auf die Polizei reagierten. Manchmal aber auch äußerst wenig kooperativ.

Allerdings muss ich sagen, das ist normal. Ich zum Beispiel würde zu gewissen Stunden die Polizei problemlos ihre Arbeit machen lassen, wenn die in meine Wohnung und so. Ich würde höchstens eine genaue und übersichtliche Liste führen, was die alles kaputt machen, damit ich hinterher entsprechende Schadensersatzansprüche anmelden könnte. Aber falls ich wider Erwarten gerade Damenbesuch, dann wäre mir so ein Polizeieinsatz nicht recht und ich würde mich sehr aufführen. Außer, ich könnte den Polizeieinsatz geschickt zum Anlass nehmen, die Dame wieder los zu werden. Du siehst, vorher sagen, wie so eine Durchsuchung ankommt, das kann keiner. Drum sind solche Einsätze auch immer wieder spannend und mitunter sogar gefährlich.

Die Einsatzkräfte hatten inzwischen fast alle Wohnungen durch. Genau gesagt alle bis auf fünf, wo niemand öffnete. Gefunden wurde nichts, keine Armbrust und auch keine Bolzen. Wäre ja auch zu schön gewesen.

Was die Polizisten in den Wohnungen alles erlebt haben, davon könnte ich dir jetzt stundenlang erzählen. Und da kannst du sicher sein, das würde dich nicht einmal langweilen. Zum Teil der reinste Affenzirkus! Als Livemitschnitt ein unterhaltsames Abendprogramm. Trotzdem möchte ich jetzt das Thema ›*Durchsuchung*‹ abhaken, weil in Punkto Mord-Aufklärung nichts dabei herausgekommen ist.

Und mit den fünf noch ausstehenden Wohnungen, da musste der Köstlbacher auch nicht gleich den Befehl zum gewaltsamen Eindringen geben, weil die Bewohner bald tröpfchenweise von der Arbeit oder einem Einkauf nach Hause kamen.

Wirklich übrig blieb zuletzt nur eine einzige Wohnung. Und zu der meinte der herbeigerufene Hausmeister:

»Der Mieter? Dr. Wilhelm Höchterl! Arzt! Er hat seine Praxis in der Unteren Bachgasse!«

»Dr. Höchterl?«, fragte der Köstlbacher überrascht den Hausmeister, hob die Plane an, die über dem Ermordeten lag und gab dem Hausmeister einen Blick auf das Opfer frei.

»Um Himmels Willen! Dr. Höchterl! Wer hat das getan?«, fragte der Hausmeister und wurde blass beim Anblick des Opfers.

»Würden Sie uns bitte die Wohnung des Herrn Dr. Höchterl zeigen? Sie haben doch einen Schlüssel dazu?«

»Selbstverständlich!«, beeilte sich der Hausmeister zu sagen und klopfte dabei an seinen Schlüsselbund, den er immer bei sich trug.

»Sie können sich auch sein Kellerabteil ansehen. Aber der Dr. Höchterl hat es nicht hier. Eine Familie brauchte dringend ein doppeltes Kellerabteil. Drum ist seines vorne in dem Haus im Fuchsgäßchen, wo ich wohne!«

Da schlug sich der Köstlbacher mit der flachen Hand gegen seine Stirn:

»Zifix!«, ließ er erst einmal Dampf ab. »Sag bloß, wir haben alle Keller vergessen!«, maulte der Köstlbacher zum Liebknecht hin, als trüge der die Schuld an diesem Fehler, und bekam spontan einen Schweißausbruch.

»Für was hältst du uns?«, fragte der Norbert Liebknecht und machte dabei eine Miene, die eindeutig beleidigt wirken sollte. »Selbstverständlich haben unsere Leute jeden Keller akribisch gecheckt.«

»Bis auf den von Herrn Dr. Höchterl!«, schaltete sich der Hausmeister ein. »Da habe ich noch keinem Ihrer Kollegen aufgesperrt!«

Für einen Moment schien der Köstlbacher etwas gestresst. Die Verknüpfung mit dem Fuchsgäßchen schien ihm nicht sonderlich zu gefallen. Die daraus resultierende Ausweitung der Durchsuchungen ins Fuchsgäßchen hinein, auch wenn es sich vorerst nur um ein Kellerabteil dort handelte, würde den Ermittlungsradius unerfreulich erweitern.

»Ich glaube kaum, dass der Armbrustschütze mit seiner ungewöhnlichen Waffe rauf ins Fuchsgäßchen oder runter in die Keplerstraße gelaufen ist. Das wäre viel zu auffällig gewesen. So eine Armbrust ist schließlich keine Pistole, die sich leicht unterm Sakko oder der Jacke verbergen lässt. Außerdem, wenn wir die Armbrust hier nicht finden und der Täter tatsächlich unbemerkt die Metgebergasse verlassen konnte, dann könnte er jetzt quasi überall in der Stadt sein!«, äußerte sich der Köstlbacher. Und direkt an den Hausmeister gerichtet fragte er:

»Sie kennen sich doch hier perfekt aus! Haben Sie vielleicht eine Idee, wo jemand eine Armbrust verstecken könnte, außer in einer Wohnung oder in den Kellerabteilen?«

Zum Antworten kam der Hausmeister aber nicht, weil in dem Moment aus einem Innenhof von der Metgebergasse der Jubelruf eines Polizisten zu hören war:

»Hier ist sie! Im Sandkasten! So wie die verbuddelt war, da hätten wir sie nie gefunden!«

»Ja nicht anrühren!«, schrie der Köstlbacher viel lauter, als du ihm das zugetraut hättest und hechelte erstaunlich flink in den Innenhof, in dem der Polizist fündig geworden war. Zwei von der Spurensicherung schlossen sich dem Einsatzleiter der Mordkommission an.

»Der Junge da«, erklärte der Polizist und deutete dabei auf einen etwa 7 Jahre alten Knirps, der den Tränen nah mit seinem grünen Spielzeugbagger am Rand der Sandkiste stand, »der Bub hat beim Spielen die Armbrust entdeckt. Wenn er sie mit seinem Bagger nicht ausgegraben hätte, würden wir vermutlich noch lange vergeblich nach dem Teil suchen!«

»Gut gemacht!«, lobte der Köstlbacher den Kleinen. »Wohnst du in dem Haus?«, fragte er noch, weil der Köstlbacher so schnell wie möglich an die Mutter des Jungen kommen wollte. Es war dem Kriminaler natürlich sehr wichtig, ein paar Fragen beantwortet zu bekommen. Und wie schnell man ihm Schwierigkeiten machen würde, wenn er den Jungen ohne Beisein oder zumindest Erlaubnis der Eltern befragte, das glaubst du nicht. Am Schluss sagt der Knirps was, womit du als Kripo echt was anfangen könntest, aber du darfst es nicht verwenden, weil die Befragung illegal war.

Kap. 12

Und genau in dem Augenblick passierte es! Der Zeitpunkt konnte wirklich nicht schlechter sein, weil der Junge gerade zu einer Antwort ansetzen wollte.

»Max! Komm sofort her!«, ertönte eine hysterische, weibliche Stimme, während die dazugehörige Person laut polternd über die Holztreppe des Außenaufgangs zum ersten Stock herunter eilte, fast möchte man meinen herunter sprang.

Der Köstlbacher hob seine Hand und wollte damit der heranstürmenden Frau ein ›*Stop!*‹ andeuten. Und diese Geste verstand die offensichtlich grundlegend falsch.

»G'langens ja ned mein Max o! Sunst lerna's mi kenna!«, fauchte die Furie den Köstlbacher an.

Nicht dass du jetzt denkst, der Köstlbacher hat Angst vor Frauen. Aber die Reaktion von der Mutter des Jungen ließ ihn trotzdem spontan zurückweichen. Zudem war seine Schrecksekunde einfach zu lang, um mit einer Antwort reagieren zu können. Er hatte seinen Mund noch nicht einmal ansatzweise offen, da kreischte die Frau erneut los:

»Bolizei! Bolizei! Holt's Bolizei! Hoalts'n fest! Der wui mein Max schlong!«

Spätestens jetzt wurde jedem der Anwesenden im Hof die Komik der Situation bewusst. Kaum ein Gesicht blieb ernst. Der eine oder andere Beamte konnte sich nicht mehr zurückhalten und lachte laut los.

Der kleine Max hatte sich hinter seiner Mutter versteckt und hielt sich an ihrer Schürze fest, die sie vermutlich zur Hausarbeit zum Schutz ihrer Kleidung vor Verschmutzung trug.

Schon wollte die Mutter erneut ihre Stimme erheben, da sah sie einen in Uniform gekleideten Beamten durch das offene Tor den Hof betreten. Mit wenigen Schritten stürmte sie spontan auf den Polizisten zu, offensichtlich hoch erfreut, so schnell einen Gesetzeshüter hier aufkreuzen zu sehen, packte den verdutzten Mann am Ärmel und deutete erneut auf den Köstlbacher, wo ich schon sagen muss, fast wie in einer Szene in so einem Bauerntheater.

»Festnema! Nemas 'n fest den Kinderschläger!«, schrie sie mit einer Stimme, die sich gleich mehrfach zu überschlagen drohte.

Der Polizist begriff zwar nicht wirklich, um was es ging, aber dass der Chef der anwesenden Kriminaler-Kollegen gemeint war, das war offensichtlich.

»Das ist Kriminalhauptkommissar Köstlbacher von der Mordkommission! Da muss wohl ein Missverständnis vorliegen!«, entgegnete der Polizist auf die Aufforderung zur Festnahme des Kriminalers und schob gleichzeitig mit etwas angeekelter Miene die Hand der Frau energisch von seiner Uniformjacke, in die sie sich festgekrallt hatte.

Vergleichbar der Metamorphose eines Schmetterlings breitete sich ohne Übergang eine gewisse dings im Gesicht der Mutter aus, fast möchte ich sagen Ehrfurcht. Der Name Köstlbacher schien ihr nicht unbekannt zu sein. Unvermittelt fasste sie nach hinten, wo sich immer noch ihr Bub an ihrer Schürze festhielt, zerrte ihn grob nach vorne und gab ihm vor allen, die wie gebannt die sich abspielende Szene beobachtet hatten, eine Ohrfeige.

»Woas host'n wieder ausgfressn, du Saubua du elendiger?«, unterstrich sie ihre Züchtigung mit Worten.

Zum Köstlbacher gewandt fügte sie noch hinzu:

»Entschuldign'S, Herr Kommissar! Duad ma leid! Mei, dass i Sie ned erkannt hob! Duad ma ja so leid!«

Ohne auf die wechselhaften Reaktionen der Frau näher einzugehen, fragte der Köstlbacher:

»Ihr Sohn? Ein Glücksfall für uns! Er hat beim Spielen in dem Sandkasten diese Armbrust ausgegraben!«

Dabei deutet der Köstlbacher auf die vermutliche Tatwaffe.

»Belohnen sollten Sie ihn! Ohne ihn hätten wir vermutlich noch lange vergeblich nach dem Teil gesucht!«

»Ja mei, der Max! So kloa wiar a no is, aber a Hund is a manchmol scho!«, sagte die Mutter des Kleinen und fuhr ihm dabei lobend mit einer Hand über seinen Kopf.

»Darf ich dem Max eine Frage stellen?«, bat der Köstlbacher die Mutter.

»Ois derfas frong, Herr Kommissar, ois! Gel Max! Ois derf er di frong!«, antwortete die Mutter.

»Hast du gesehen, wer die Armbrust hier vergraben hat?«, wollte der Köstlbacher vom kleinen Max wissen.

Aber der Max gab keine Antwort, zumindest keine verbale. Er schüttelt nur schüchtern seinen Kopf.

»Eizt mach hold dei Mal af!«, schrie die Mutter fast schon wieder in den vorangegangenen hysterischen Tonfall verfallend. Ihre Ungeduld verdeutlicht sie dem Kind gegenüber durch drohendes Anheben ihrer rechten Hand. »Sunst fangst glei nomol oane!«

Dem Köstlbacher war klar, dass diese Unterhaltung so zu nichts führen konnte. Und das verneinende Schütteln des Kopfes von dem Jungen deutete zudem unmissverständlich darauf hin, dass von ihm keine Beobachtungen gemacht worden sind, die hilfreich sein könnten. Darum bestand der Köstlbacher auch nicht weiter auf einer Antwort. Stattdessen sagte er:

»Lassen Sie's gut sein! Der Junge hat nichts gesehen. Ich glaube, es ist jetzt besser, wenn Sie ihn rauf zu sich in Ihre Wohnung mitnehmen. Wir müssen hier noch einige Spuren sichern. Da stört jede nicht als Täter infrage kommende Person.«

»Hob scho kapiert! Schee, dass ma uns kenna gleant ham. Und wenn's uns no braucha, dann wissen's ja, wo's uns fina!«, sagte dazu die Mutter, nahm den Max grob an der Hand und wandte sich zum Gehen.

»Halt Frau….? Ihren Namen bräuchten wir noch!«

»Marion! Marion Bierschneider!«

»Danke Frau Bierschneider! Wir werden Sie wahrscheinlich nochmal kontaktieren müssen. Vielleicht fällt Ihrem Jungen ja doch noch was ein. Möglicherweise brauchen wir auch noch seine Fingerabdrücke, damit wir ausschließen können, welche der Abdrücke auf der Armbrust nicht dem Mörder gehören können«, rief der Köstlbacher der Marion Bierschneider noch hinterher.

»Geil! Fingerabdrücke! Wia im Grimi! Klar! Basst scho! Sie wissen ja, wo'S mi fina!«, antwortete die Bierschneider freundlich. Ihre ganze Erregung vom Anfang schien sich in Wohlgefallen aufgelöst zu haben, weil der vermeintliche Kinderschläger letztendlich der stadtbekannte Kriminaler Köstlbacher war.

»Was sagst du zu der?«, fragte der Köstlbacher den Liebknecht, der, so wie's aussah, die ganze Szene miterlebt hatte, auch wenn der Köstlbacher ihn erst in diesem Augenblick bewusst hinter sich registrierte.

»Ich glaub's nicht! Für mich spinnt die!«, antwortete der Liebknecht.

»Kann schon sein! Ganz ohne ist die sicher nicht. Kümmer' dich mal ein wenig um sie. Familienstand, Beruf, Kinder, einfach so querbeet. Wie immer, wenn wir nach nichts Konkretem suchen!«, ordnete der Köstlbacher an.

»Ich nehme an unauffällig?«, fragte der Liebknecht sicherheitshalber noch nach.

»Und wie! Ja keine schlafenden Hunde wecken! Die Frau hat Haare auf den Zähnen. Wenn die sauber ist, macht sie uns die Hölle heiß, wenn sie sich von uns aus ihrer Sicht grundlos für was auch immer verdächtigt fühlt!«, antwortete der Köstlbacher.

»Und wie soll das hier jetzt weiter gehen? Wir haben zwar die vermutliche Tatwaffe, aber ansonsten konnten bei all den Durchsuchungen keine neuen Erkenntnisse gewonnen werden«, fragte der Liebknecht.

»Die Spurensicherung ist mit ihrer Arbeit fertig. Im Moment können wir hier nichts mehr machen. Blas' du zum Halali! Die Kollegen werden wo anders sicher dringender gebraucht. Ich rede noch einmal ein paar Takte mit dem Dr. Frank. Wenn du soweit bist, melde dich bei mir. Du musst mich noch wohin fahren!«, antwortete der Köstlbacher.

Der Kommissar Liebknecht war es gewohnt, nicht nachzufragen. Der Chef würde ihm später schon sagen, wohin er ihn noch fahren soll.

»Herr Dr. Frank«, begann der Köstlbacher.

»Michael! Kannst mich Michael nennen!«, sagte der Dr. Frank und reichte dem überraschten Köstlbacher seine rechte Hand.

»Edmund!«, sagte der Köstlbacher und fügte hinzu: »Es sind vermutlich die Toten, die uns zu Freunden machen«.

»Ja, wenn du's so siehst. Irgendwie schon«, erwiderte der Dr. Frank.

»Mit einem deiner Vorgänger, dem Dr. Kroner, mit dem war ich lange befreundet. Eigentlich bin ich immer noch mit ihm befreundet, nur sehen wir uns seit seiner Pensionierung nur noch selten«, meinte der Köstlbacher.

»Heute Abend auf ein Bier in der Kreuzschänke?«, fragte der Dr. Frank, weil er spontan Lust darauf verspürte, mit dem Köstlbacher auch in der Art wie dieser Dr. Kroner befreundet zu sein.

»Um acht?«, antwortete der Köstlbacher fragend und bekam den Termin durch ein Nicken vom Dr. Frank bestätigt.

Bei der Gelegenheit wollte sich der Köstlbacher ganz privat auch noch beim Walter Buric, dem Wirt von der Kreuzschänke, für all die Unannehmlichkeiten entschuldigen, die dem im Zusammenhang erst mit dem Mord und dann auch noch mit den

Ermittlungen entstanden sind. Von einer Entschuldigung konnte sich der Buric zwar nichts kaufen, aber so etwas gebot einfach der Anstand. Zumal die Kreuzschänke ja auch eines der Stammlokale vom Köstlbacher war. Im Winter verbrachte er dort so manchen Donnerstagabend am Stammtisch. Und das wollte sich der Edmund auch weiterhin nicht nehmen lassen, nur weil er dort vielleicht unliebsam geworden wäre.

»Ich nehme an, du wolltest jetzt gleich noch etwas wissen, oder? Zumindest hat es für mich danach ausgesehen«, sagte der Dr. Frank und hob dabei erwartungsvoll seine Augenbrauen.

»Ja! Meine Frage mag dir seltsam vorkommen, aber was hältst du von dem Schuss? Ich meine, war das ein Präzisionsschuss?«, antwortete der Köstlbacher.

»Du stellst Fragen! Der Bolzen hat den baumlangen Kerl jedenfalls niedergestreckt. Vielleicht nicht so schnell wie eine Kugel, aber auch nicht viel langsamer. Ob das ein Zufallstreffer war oder eine echte Meisterleistung, wer kann das sagen?«

»Hm!«, brummte der Köstlbacher. »Dann kann's praktisch jeder gewesen sein, der so eine Armbrust bedienen kann.«

»Abschießen kann sie jedes Kind. Schwieriger dürfte das Spannen der Armbrust für jemanden ohne Erfahrung und eine gewisse Kraft sein, ohne die die Sehne kaum zum Einrasten gebracht werden kann. Außer man verfügt über eine entsprechende Spannvorrichtung. Die Hebelwirkung erleichtert das Spannen ungemein. Aber wie gesagt, das setzt Erfahrung, beziehungsweise Können voraus«, antwortete der Dr. Frank.

»Woher weißt du das alles?«, fragte der Köstlbacher erstaunt.

»Ich bin zufälligerweise selber im Besitz eines solchen Teils und schieße ab und zu damit in einem Bogenschützenverein, draußen in Oberhinkofen.«

»Aha!«, sagte der Köstlbacher und kratzte sich dabei am rechten Ohrläppchen. »Interessant!«

Also nicht dass du das jetzt falsch verstehst. Der Köstlbacher findet es interessant, dass der Dr. Frank auch eine Armbrust und so. Alles andere, was der Mediziner ihm erzählt hat, alles andere engt den Täterkreis zwar irgendwie ein, aber auch nur irgendwie, weil Tatsache, wenn sogar so einer wie der Dr. Frank Armbrustschütze, warum dann nicht jeder x-Beliebige.

Kap. 13

Lange würde es die Susanne nicht mehr aushalten. Wegen der konstanten Dunkelheit hatte sie inzwischen auch jedes Zeitgefühl verloren. Die zweite Tür war tatsächlich vorhanden. Susanne hatte sie schneller gefunden, als du glaubst. Aber gebracht hat die zweite Tür nichts, weil dahinter nur eine Toilette. Nicht dass die Toilette zu sehen gewesen wäre. In dem Raum natürlich auch kein Licht und schon dreimal kein Fenster. Nur Geruch! Wie auf einem Männerklo, das vor 100 Jahren erbaut und seitdem nie mehr renoviert worden ist.

So eine zweite Tür finden und dann doch nichts damit anfangen zu können, das frustriert ungemein, frage nicht.

Einziger, fraglicher Vorteil: Susanne konnte jetzt zivilisiert pinkeln, wenn man das Pinkeln auf so einem Klo noch als zivilisiert bezeichnen kann. Im Vergleich zu dem Eimer, den man ihr in ihr Verließ gestellt hatte, aber vielleicht doch.

Du glaubst ja gar nicht, was in so einem Köpfchen alles an Gedanken auftauchen, wenn das Gehirn null Peil hat, wie es die Situation einschätzen soll. Die Susanne hatte ja wirklich keinerlei Ahnung, warum sie hier war, auch wenn sie inzwischen die Befürchtung hatte, dass dieser Simon Bauer, ihr Ex-Lover, hinter alledem steckte. Seit dieser fragwürdigen Erkenntnis sind ein paar Stunden oder auch etwas mehr an Zeit vergangen. Immer größer sind die Zweifel seitdem geworden, ob sie sich bezüglich seiner Stimme nicht vielleicht geirrt hatte. Selbst das, dass sie einen zweiten Mann gesehen zu haben glaubte, selbst das erschien ihr nicht mehr sicher zu sein. Schließlich ist es ja bekannt, dass einem in Grenzsituationen die Sinne leicht Streiche spielen können.

In eine Ecke gekauert und nervös, fast möchte ich sagen neurotisch, mit ihren Fingerkuppen den Boden links und rechts neben ihr massierend, begann die Susanne einen fiktiven Zettel zu schreiben. Als Reporterin hat sie gelernt, auch ohne Stift und Papier auszukommen.

Weil eines musst du wissen, wenn du unterwegs bist und dir eine geile Story über den Weg läuft, dann kannst du nicht einfach wegsehen und so tun, als würde dich das nicht interessieren, nur weil du nichts zum Schreiben dabei hast. Zumindest nicht, wenn du beruflich Reporter uns so. Weil Journalist ist fast so etwas wie Arzt oder Polizist, von mir aus auch Priester. So richtig dienstfrei hast du in solchen Berufen nie. Zumindest nicht, wenn du deine Arbeit ernst nimmst.

Was aber im Falle eines Reporters durchaus wirklich einmal passieren kann, das ist ein fehlender Stift samt dem dazugehörigen Block. Darum Gehirntraining, Fachausdruck ›*brainjogging*‹! So ein Journalistengehirn muss in der Lage sein, den Stift und das Papier ersetzen zu können. Und die Susanne ein eins a Journalistengehirn, was glaubst du. Das hat sie auf der ›*Freien Journalistenschule Berlin*‹ gelernt.

Der gedachte Zettel hatte zwei Spalten. Wie beim Canasta-Spiel, wo links die Punkte der einen und rechts die der gegnerischen Spielergruppe notiert werden. Nur notierte die Susanne keine Spielerpunkte. Zahlen kamen da nur im Zusammenhang mit Uhrzeiten vor. Also links, da schrieb die Susanne alles auf, was passiert war, angefangen ungefähr eine Stunde vor ihrer Entführung unten am Fischmarkt. Rechts, und das ist die schwierigere Spalte, rechts schrieb sie neben den Ereignissen ihre Vermutung dazu, warum das so oder so war oder zumindest, warum das so oder so hätte gewesen sein können.

Das mit den Uhrzeiten war möglich, weil die Susanne eine Armbanduhr mit Leuchtziffern hatte, die immer noch zu sehen waren, wenn auch inzwischen nicht mehr besonders hell.

Anstrengend war das schon, bis der Zettel voll wurde, frage nicht. Weil auf einmal sind der Susanne Sachen eingefallen, das glaubst du nicht.

Je mehr die Susanne überlegte, desto klarer erschienen ihr die Zusammenhänge. Das war einerseits verwunderlich, andererseits durchaus nachvollziehbar.

Sollte man meinen, so abgeschottet von der Umwelt, da kann ein Gehirn ausnahmsweise einmal ganz ungestört von allen äußeren Einflüssen arbeiten, die im Alltag im Übermaß darauf einprasseln.

Glaubst du! Aber Tatsache, Dunkelheit und Stille auch Beeinflussung. Und sogar Beeinflussung der übelsten Sorte, weil wegen genau dieser Kombination Angstzustände. Und nicht zu knapp!

Darum hat die Susanne anfangs auch nicht klar denken können. Wegen der Angstzustände. Aber die Susanne keine von denen, die allzu schnell wirklich hysterisch und so. In ihrem Beruf hat sie schon oft über schlimme Dinge schreiben müssen, oft menschliche Tragödien und Abgründe, das kannst du dir gar nicht vorstellen. Wenn die Susanne da am Recherchieren war, da kam sie dabei schon das eine oder andere Mal in Situationen, die nicht ganz ungefährlich waren. Passiert ist ihr aber nie was. Von dem Überfall damals in ihrer Wohnung einmal abgesehen. Bestimmt weil die versierte Reporterin professionell, umsichtig und immer drauf bedacht, sich den Rücken frei zu halten.

Angst hat sie natürlich trotzdem gehabt. So eine Angst ist ja auch eine ganz normale Reaktion. Die würdest du genauso haben, wenn du dich in Sachen einmischt, die dich eigentlich nichts angehen und wo du deshalb schnell zwischen die Mühlsteine und so.

Aber Angst hat auch einen tollen Nebeneffekt. Da schütten die entsprechenden Stellen in deinem Körper in null Komma nix eine Extradosis Adrenalin aus. Und das wirkt dann fast wie eine Droge. So eine Aufputschdroge. Keine, bei der du einzuschlafen drohst oder die deine Reaktionen nur verlangsamen.

So ein Adrenalinschub Leistungssteigerung pur! Und nicht nur körperlich, quasi muskelmäßig. Nein! Auch gehirnmäßig!

Und genau das passierte jetzt mit der Susanne Stadler in dem dunklen Kellerverließ. Die Angst war zwar bei weitem noch nicht völlig weg, aber sie behinderte und lähmte ihr Denken nicht mehr. Und deswegen wurde ihr auf einmal dieses ganze dings irgendwie klar. Zumindest klarer! Dachte sie!

Kap. 14

»Warum Armbrust? War das nicht etwas riskant?«

»Nein! Wieso? Er interessierte sich sehr fürs Armbrustschießen. Da habe ich ihm versprochen, ihn mal nach Oberhinkofen auf den Schießstand mitzunehmen. Als ich ihn mit der Armbrust in der Hand vor seiner Wohnung abpasste, glaubte er, ich hole ihn ab. Bis er merkte, was los ist, war's schon passiert!«

»Nicht übel! Auch die Idee mit der Zweitarmbrust im Sandkasten, einfach genial!"

»Ist meine alte gewesen! Bei der neuen hätt' ich's nicht übers Herz gebracht, sie dem Sand auszusetzen.«

»Ich würd' sie trotzdem verschwinden lassen. Man weiß schließlich nie, welche Wohnungen der Köstlbacher noch durchsuchen lässt.«

»Keine Panik! Hab das Teil längst wieder bei den Vereinswaffen in Oberhinkofen deponiert, wo sie sonst auch steht. Da ist sie am besten aufgehoben!«

»Ich schlage vor, wir brechen jeden weiteren Kontakt für unbestimmte Zeit ab. Für den Höchterl muss erst ein Nachfolger gefunden werden.«

»Wie Sie wünschen! Wenn Sie mich wieder brauchen, Sie wissen, wo Sie mich finden!«

Kap. 15

Ja, die Stimme war die vom Simon, ihrem Ex-Lover! Sie hatte Simon kennen gelernt, als sie diese Reportage über unheilbar an Krebs erkrankte Personen gemacht hatte. Die Namen der Personen hatte sich die Susanne illegal aus der Kartei ihres Bruders besorgt.

Oh, jetzt hätte ich beinahe vergessen, dich darüber aufzuklären, dass der Dr. Wilhelm Höchterl ihr Bruder ist. Inzwischen besser war. Aber das weißt nur du, das mit der Ermordung! Die Susanne hatte davon noch keine Ahnung. Wie auch? Sie war weggesperrt!

Warum der Dr. Höchterl nicht Stadler wie seine Schwester hieß, dafür gibt es eine einfache Erklärung. Der Wilhelm hat bei seiner Hochzeit den Namen seiner Frau angenommen, weil die beiden ganz besonders modern sein wollten. Dass ihm so schnell von der Frau nur noch der Name bleiben würde, hatte er natürlich nicht erwartet. Aber da steckst du nicht drin. Auch eine junge Frau stirbt schnell mal einfach so weg!

Vielleicht hast du dir den Dr. Höchterl ja als einen Mann so um die 40 oder 50 vorgestellt. Und ganz ehrlich gesagt, 40 ist der auch bestimmt schon. Aber er sieht höchstens aus wie Mitte 30. Deshalb hat er die russische Haushälterin auch so schnell bekommen. Aber nicht nur deshalb! Hauptsächlich eher aus dem Grund, weil er ihr geholfen hat, deutsch zu werden.

So richtig radikal Schluss gemacht mit dem Simon hat die Susanne eigentlich nie. Manchmal waren die beiden zusammen, dann wieder nicht. Modern eben!

Die Susanne hat sich zwar nie irgendwas drein reden lassen, aber was den Simon Bauer betrifft, da hat ihr Bruder Wilhelm immer wieder versucht, die beiden auseinander zu bringen.

Wie die Russin dann nicht mehr zuverlässig ihrem Bruder den Haushalt geführt hat, da hätte die Susanne irgendwie gerne trotzdem wieder öfter beim Wilhelm vorbeigeschaut.

Du fragst, warum sie's dann nicht getan hat? Na ja, die beiden hatten grundlegende Differenzen. Aber da will ich jetzt nicht vorgreifen.

Nur eines sollst du trotzdem wissen, der Simon der beste Stecher, den die Susanne je hatte. Und das war bestimmt einer der Hauptgründe, warum sie immer wieder zumindest zeitweise zu ihm zurück gegangen ist, was ihr Bruder gar nicht gern gesehen hat.

Umso unverständlicher war es jetzt der Susanne, dass der Simon auf einmal so grob. Und da fand sie nur eine einzige sinnvolle Erklärung dafür: Der Simon spielte seine Rolle nur, damit der andere hinter ihm nicht merken sollte, was los ist.

Glaub's oder glaub's nicht, aber wenn du in so einem Schlamassel steckst, wie die Susanne, dann findest du einfach für alles eine logische Erklärung, nur damit du nicht durchdrehst.

In dem Moment, wie sich die Susanne zu glauben entschieden hat, dass der Simon gegen seinen Willen das mit ihr hier abzog, hörte sie plötzlich undeutlich zwei Stimmen vor ihrer Türe. Eine davon klang wie die vom Simon. Die andere klang verstellt und sie hatte sie noch nie gehört. Zumindest glaubte sie das im ersten Moment. Später bildete sie sich dann ein, sie doch zu kennen, konnte sie aber mit keiner ihr bekannten Person in Verbindung bringen.

»Du weißt, was der Chef gesagt hat! Sie steckt überall ihre Nase hinein. Deshalb sollten wir sie aus dem Verkehr ziehen. Du kannst mit ihr reden! Aber falls sie vorhat, an die Öffentlichkeit zu gehen oder zur Polizei zu rennen, bleibt nur ein Ausweg! Schuld bist allein du! Du hättest verhindern müssen, dass sie das Kleinkalibergewehr zu Gesicht bekommt! Jetzt kann sie alle möglichen Rückschlüsse ziehen. Und die von der Kripo auch, wenn sie dich verpfeift. Wie willst du dich dann aus der Sache herausreden?«

»Sie war in meiner Wohnung! Okay, sie hat es gesehen. Ich hatte es gerade zum Reinigen in der Hand, als sie bei mir auftauchte. Aber ich bin in einem Schützenverein. Das weiß Susanne. Wozu also die Aufregung?«, wehrte sich der Simon.

Zwischen dem Simon, dem zweiten Mann und der Susanne war eine feuerfeste Sicherheitstüre. So eine Tür ist dafür konstruiert, einen eventuellen Brand an der Ausbreitung zu hindern. Geräusche lässt sie in gewissem Umfang hindurch. Das hatten die beiden bei ihrer Unterhaltung vermutlich nicht bedacht. Konnte natürlich sein, sie wollten von der Susanne verstanden werden. Aber aus welchem Grund hätte das geschehen sollen?

»Außerdem war das vor zwei Wochen! Warum sollte sie jetzt deswegen zur Polizei rennen?«, ergänzte der Simon noch.

»Weil inzwischen zweimal innerhalb von 3 Tagen jemand mit einem Kleinkalibergewehr umgelegt worden ist und sie eins und eins zusammenzählen kann. Auch wenn's ein Schmarrn ist, einen Apfel und eine Birne zusammenzuzählen. Deine Wohnung gegenüber der Alten Linde, deine Waffe, das reicht jedenfalls für eine einfache mathematische Addition«, antwortete der Unbekannte.

»Ich war's aber nicht! Und ganz ehrlich, ich weiß nicht einmal, wer's hätte gewesen sein können«, sagte der Simon.

Die Susanne konnte das natürlich nur hören. Hätte sie den Simon gesehen, seinen Gesichtsausdruck hätte sie vermutlich irgendwie unpassend im Zusammenhang mit seiner Behauptung empfunden. Was aber auch nur im Lampenlicht des Kellers so ausgesehen haben kann.

»Egal! Sie wird sich trotzdem ihre Gedanken machen!«, meinte der andere.

»Ich lass mir was einfallen!«, beendete Simon die Unterhaltung.

Die Susanne lauschte angestrengt weiter. Schritte waren nicht zu hören. Was aber nichts zu sagen hatte. Die Stimmen waren ja auch nur sehr undeutlich zu verstehen gewesen.

›*Dann ist es also jetzt klar, warum ich hier bin*‹, dachte Susanne. ›*Simon steckt in der Klemme und die Leute, mit denen er zu tun hat, die sehen in mir eine gefährliche Zeugin! An das Kleinkalibergewehr kann ich mich recht gut erinnern. Simon hat es normalerweise in einem Stahlschrank eingesperrt. Behauptete er zumindest. Er schießt damit in einem Schützenverein. Aber doch nicht auf Menschen! Doch nicht der Simon! Dass es ein anderer gewesen sein muss, das glaube ich ihm! Aber wer?‹*

Ganz konnte die Susanne diese Überlegungen nicht zu Ende denken, obwohl es so mäuschenstill wurde. Genau in dem Moment ging nämlich plötzlich die Tür auf. Geblendet vom Licht hat die Susanne den Kopf weggedreht und zusätzlich eine Hand vor ihre Augen gehalten. Das dauerte aber nur ein/zwei Sekunden an, dann hat auf einmal die Deckenleuchte das Zimmer allgemein hell gemacht. Ganz normal eingeschaltet vom Lichtschalter neben der Türe aus. Irgendwer musste inzwischen den Strom hierfür wieder angestellt haben. Im Zimmer stand nur einer. Der Simon. Keiner hinter ihm!

»Komm schnell, ich bring' dich von hier weg!«, sagte der Simon nur, packte die Susanne am Arm und versuchte sie nach draußen zu ziehen.

»Sag', spinnst du?«, fragte die Susanne nur und widersetzte sich störrisch. »Du hast sie doch nicht mehr alle!«

»Zick' jetzt nicht rum, Susanne, ich erklär's dir unterwegs!«

Und weil die Susanne immer noch keine Anstalten machte, mitzukommen, fügte er noch hinzu:

»Wenn du hier bleibst, kann es gut sein, dass andere in diesem Raum etwas mehr ausknipsen, als nur das elektrische Licht!«

Im Zusammenhang mit dem, was die Susanne kurz zuvor mitbekommen hat, schien es ihr plötzlich doch ratsam, nachzugeben. Hier hatte sie es zumindest mit einem Mann zu tun, den sie gut kannte. Mit ihm würde sie reden können. Die Vorstellung, wer anders könnte jeden Moment auftauchen, machte ihr jedenfalls so viel Angst, dass sie ihren Starrsinn aufgab und dem Simon folgte.

Du musst wissen, der Simon eigentlich eine imposante Erscheinung. Wenn du neben dem gehst, womöglich noch an seiner Hand oder untergehakt, dann quasi Begleitung und Bodyguard in einer Person. Gut zwei Meter groß, breitschultrig, ein vorspringendes Kinn, Hände, bei denen dir um jede Porzellantasse Angst und Bange geworden wäre.

Jetzt allerdings fühlte sich die Susanne an seiner Seite nicht so sicher wie sonst, wenn sie nächtens mit ihm durch Regensburg gezogen ist. Aber egal! Auch wenn ihr alles inzwischen sehr ding erschien, vor allem, weil sie keine Ahnung hatte, wo sie waren, Hauptsache weg aus dem Gefängnis.

Nur wie sie dann im Auto gesessen hat und ein bisschen Abstand zu der Angst gewonnen hat, die ihr vor Minuten noch in den Knochen steckte, da ist sie erst einmal ausgeflippt, die Susanne.

»Was bist du nur für ein Mistkerl!«, hat sie den Simon angeschrien. »Was sollte denn diese Aktion? Entführung war das, verstehst du? Eine knallharte Entführung mit anschließender Freiheitsberaubung. Und du Arsch hast das auch noch mitgemacht! Du kotzt mich an!«

Am liebsten hätte die Susanne auf den Simon mit ihren Fäusten eingeprügelt, aber das war ihr zu gefährlich, weil der Simon ja am Steuer saß.

»Sag doch was! Warum sagst du nichts?«

»Weil du einen Scheiß laberst! Hast keine Ahnung!«, verteidigte sich der Simon.

»Dann klär mich auf!«, schrie die Susanne mit schriller, sich fast überschlagender Stimme.

»Beruhige dich erst einmal! Ich erklär's dir, wenn wir da sind.« beschwichtigte der Simon.

Trotz der Finsternis draußen erkannte die Susanne bald, wo sie sich befanden. Die hell erleuchtete Walhalla. Da war eigentlich alles klar.

»Wo bringst du mich hin?«, fragte die Susanne den Simon, als der an einer Abzweigung nicht die erwartete Richtung nach Regensburg wählte.

»Erst mal in die Stadt!«, antwortete der Simon.

»Da wär's aber da hinten rechts abgegangen!«, gab die Susanne erneut misstrauisch werdend zu bedenken und wendete verständnislos ihren Kopf zur verpassten Abzweigung.

»Falls wir verfolgt werden, dann biegen die genau dort rechts ab, weil die völlig richtig vermuten, dass ich mit dir in die Stadt will. Drum fahre ich einen Umweg. Wir nehmen die Autobahn ab Wiesent.«

»Und dann?«, wollte die Susanne wissen, weil damit ja immer noch nicht klar war, wohin es gehen sollte.

»Die suchen uns in deiner, meiner oder vielleicht auch in Wilhelms Wohnung. Ich habe einen Schlüssel zum Michael seiner Wohnung! Das weiß niemand. Der Michael hat mich gebeten, seine Blumen zu gießen, bis er vom Urlaub zurück ist.«

»Wo? Droben am Ramwoldsplatz?«

»Genau! Wir waren beide schon mal zusammen dort!«, bestätigte der Simon.

Geparkt hat der Simon das Auto im Parkhaus am Arnulfsplatz. Da würde es so leicht keiner stehen sehen und irgendwelche Rückschlüsse daraus ziehen.

Weil eines musst du wissen, so ein großes Auto ist heutzutage zwar nichts Besonderes mehr in Regensburg, aber auffälliger als ein vergleichsweise kleinerer Wagen ist es trotzdem. 100-prozentig sicher ist so ein Stellplatz im öffentlichen Parkhaus zwar auch nicht, aber was ist schon 100-prozentig?

Jetzt denkst du dir bestimmt: ›*Ja hat denn die Susanne unterwegs im Auto gar nichts gefragt?*‹ Immerhin hat sie ja der Simon vor kurzem in dem Keller noch mit ›*blöde Kuh*‹ tituliert und brutal gefangen gehalten. Ob er sie auch gekidnappt hatte, konnte sie nicht sicher sagen, weil wer auch immer ihr da von hinten ein Tuch mit irgendwas vor Nase und Mund gehalten hat, worauf sie erst wieder in dem Kellerloch wach geworden ist, sie hat die Person nicht gesehen.

Simon hat da bestimmt nicht freiwillig mitgemacht. Hätte er ihr sonst zur Flucht verholfen? Nachher in der Wohnung würde genug Zeit sein, über alles zu reden. Und ein bisschen was konnte sich die Susanne nach dem mitgehörten Gespräch sogar schon vorstellen.

Kap. 16

Der Kriminalhauptkommissar Edmund Köstlbacher hatte heute miese Laune. Beim allmorgendlichen Briefing sollte der Stand der Ermittlungen aufgezeigt werden. Die Abteilungsleiterin Frau Dr. Renate Sieber und der Polizeichef Dr. Herbert Greiner waren anwesend, weil im Anschluss eine Pressekonferenz stattfinden sollte.

Eigentlich hatte der Polizeichef ja gar keinen Doktortitel. Aber weil er mit seiner Brille und seiner vergeistigten Erscheinung akademisch angehaucht wirkte und sich auch so benahm, nannten ihn alle nur den ›*Dr.*‹ Greiner. Natürlich nicht, wenn er persönlich anwesend war.

Bevor der Köstlbacher damit beginnen konnte, alle Anwesenden über den augenblicklichen Stand der Ermittlungen bezüglich der aktuellsten Fälle zu informieren, trat der ›*Dr.*‹ Greiner an die Seite vom Köstlbacher, der sich vor seiner Pinnwand positioniert hatte und richtete ein paar Worte an die erwartungsvoll dreinschauenden Beamten:

»Liebe Kollegen und Kolleginnen, die Presse sitzt uns im Nacken. Was da zurzeit in Regensburg an Kapitalverbrechen verübt werden, das schreit zum Himmel. Wenn nicht bald Licht wenigstens in die eine oder andere Angelegenheit kommt, wird mein Stuhl anfangen zu wackeln!

Kollege Köstlbacher, lassen Sie hören, wie der aktuelle Stand der Dinge ist! Hoffentlich gibt es Neuigkeiten, mit denen wir die Presse etwas milder stimmen können!«

Du kannst dir denken, dass es allen hier im Raum am Arsch vorbei geht, ob dem ›*Dr.*‹ Greiner sein Stuhl zu wackeln beginnen wird oder nicht. Besonders beliebt war der Polizeichef ohnehin nicht, der übrigens demnächst pensioniert werden sollte. Bestimmt würde ein neuer kaum schlimmer werden. Und irgendwo waren diese Chefs doch sowieso alle nur karrieregeile Typen, die sich für die Arbeit anderer loben lassen, wenn's eine erfolgreiche Arbeit war, und die nur selten hinter ihren Leuten stehen, wenn sie mal Mist gebaut haben.

Der Köstlbacher hat auf den Druck, den der ›*Dr.*‹ Greiner da zu machen versuchte, aber gar nicht reagiert. Diese Sprüche hörte er schließlich nicht zum ersten Mal. Auch keiner von den anderen reagierte, die Dr. Sieber ausgenommen, die dem ›*Dr.*‹ Greiner immerhin einen bösen Blick zugeworfen hat.

»Bevor wir uns Gedanken machen, was ratsam erscheint, dass es die Presse an die Hand bekommt, und wie wir weiter vorgehen sollen, möchte ich einmal zusammenfassen, was bisher passiert ist und was wir ermitteln konnten:«

Breitbeinig stand der Köstlbacher vor der Pinnwand. Nicht seiner eigenen in seinem Dienstzimmer. Die hier war noch etwas größer. Aber vom Prinzip her stellte sie eine Kopie seiner Arbeitspinnwand dar, die der Köstlbacher jeden Morgen beim Briefing auf den neuesten Stand brachte. Ein Drittel ungefähr nahm eine detaillierte Karte der Regensburger Innenstadt ein.

Links neben der Pinnwand befand sich noch eine weitere Karte, die ganz Regensburg und auch noch den gesamten Landkreis der Stadt zeigte. Die anderen zwei Drittel rechts neben dem Stadtplan waren nur mit Namensschildern und dazu laminierten Infos bestückt. Nicht so viel, dass die Pinnwand schon voll gewesen wäre. Aber immerhin! Der Köstlbacher begann chronologisch zu berichten und deutete dabei auf die entsprechenden Namen, Infos und die Fähnchen, die auf dem Stadtplan steckten.

»Konrad Pielmeier«, begann der Köstlbacher und alle folgten gespannt seinen Ausführungen. »Konrad Pielmeier, 40 Jahre alt, unheilbar an Leberkrebs erkrankt, Manager der bekannten Regensburger Musikgruppe ›*Scherbentanz*‹ wird im Biergarten der Kreuzschänke mitten im Biergartenbetrieb gegen 18.00 Uhr von einer Kleinkaliberkugel tödlich getroffen. – Drei Tage später stirbt nach dem gleichen Muster der 50jährige Bänker Werner Krüger im Biergarten der Alten Linde. Laut Prof. Dr. Listl, Chefarzt der Notfallchirurgie am Uniklinikum Regensburg, hatte Werner Krüger Bauchspeicheldrüsenkrebs im Endstadium. – Sandra Riemann, 33 Jahre, dem Kollegen Pirzer persönlich bekannt, meldet einen Mord ohne Leiche. Offensichtlich unter Drogen stehend bezichtigt sie ihren Vater, einen Mord begangen zu haben und verdächtigt ihn, dass er es wieder tun würde. Ermittlungen ergaben allerdings, dass ihr Vater, Herr Viktor Riemann, bereits vor 5 Jahren verstorben ist. Zufällig fiel uns im Haus der Riemanns in der Hoppestraße 7 dieses Foto in die Hände, das die beiden Ermordeten Konrad Pielmeier und

Werner Krüger zusammen in dem Zimmer zeigt, in dem wir mit Sandra Riemann gesprochen haben.«

Auf das erstaunte Aufblitzen in Frau Dr. Renate Siebers Augen reagierte der Köstlbacher nicht. Momentan hatte er keine Lust, über sein illegales Verhalten zu diskutieren, das die Konfiszierung des Fotos zweifellos darstellte. Da die Abteilungsleiterin Dr. Sieber dem Köstlbacher blind vertraute, kamen auch von ihrer Seite keine Fragen zu dem Thema.

So fuhr der Köstlbacher auch ohne erkennbare Unterbrechung fort:
»Immer noch keine Spur gibt's vom Leichenschänder. Ist nicht unsere Abteilung, ich weiß! Aber es gibt Anzeichen für einen Zusammenhang zu den Biergartenmorden. Denen muss ich aber erst noch genauer nachgehen. Ein gewisser Richard Hammerbruck, 46 Jahre, mir aus meiner Schulzeit persönlich bekannt, behauptet, Drohanrufe zu bekommen, die ihn der Leichenschänderei bezichtigen. Ich habe den Richard gestern auf der Beerdigung unseres gemeinsamen Schulkameraden Peter Reider getroffen. Dieses zufällige Treffen, das Richard dazu benutzte, mir von seinen Drohanrufen zu erzählen, brachte mich auf zwei mögliche Verknüpfungspunkte zu den Biergartenmorden:

- Peter Reider verstarb an einem unheilbaren Krebsleiden. Man munkelt von einem Suizid. Eventuell wurde auch nachgeholfen. Wir werden das noch überprüfen müssen.

- Außerdem scheint es im Zusammenhang mit den Drohanrufen eine Verbindung zur Musikgruppe ›*Scherbentanz*‹ und somit zu dem ermordeten Manager der Gruppe zu geben. Am Ende eines jeden Drohanrufs zitiert der Anrufer aus einem Song der Gruppe: ›*Bist am Ende wieder schlauer, wenn einstürzt deine Lügenmauer!*‹

Und jetzt kommt's, meine Kolleginnen und Kollegen! Sehen Sie hier, auf der Rückseite von dem Bild, das die beiden Ermordeten zeigt!«

Weil's natürlich auf die Entfernung keiner lesen konnte, hat der Köstlbacher den Text laut vorgelesen:

»Auch hier dieser Satz: ›*Bist am Ende wieder schlauer, wenn einstürzt deine Lügenmauer!*‹«

Ein Murmeln ging durch die Anwesenden. Einige wollten gerade zu Fragen ansetzen, als der Köstlbacher abwinkte und sagte:

»Ich bitte noch für ein paar Minuten um Ihre geschätzte Aufmerksamkeit!«

Nicht dass du jetzt denkst, der Köstlbacher drückt sich immer so geschwollen aus. Eigentlich machte er das heute nur wegen dem ›*Dr.*‹ Greiner. Das fiel natürlich der Dr. Sieber auf. Drum spielte auch spontan ein ironisches Lächeln um ihre Lippen, wie der Köstlbacher das sagte.

»Wie Sie alle wissen, ist in der Metgebergasse vorgestern mehr oder weniger vor dem Haus, in dem er wohnt, der Allgemeinarzt Dr. Wilhelm Höchterl von einem Armbrustbolzen tödlich getroffen worden. Die Tatwaffe konnten wir sicherstellen. Die Spurensicherung fand leider nichts, was einen Rückschluss auf den Besitzer oder die Besitzerin der schon älteren Waffe zuließe. Seine Praxis hatte Herr Dr. Höchterl in der Unteren Bachgasse.

Die Tat stand zunächst in keinerlei Verbindung zu den Biergartenmorden. Vor wenigen Minuten ging in meinem Vorzimmer allerdings ein anonymer Anruf ein. Eine Männerstimme. Ob es sich um dieselbe handelt, die den Mord in der Alten Linde anonym gemeldet hat, muss noch abgeklärt werden. – Was der Anrufer gesagt hat, dürfte momentan fast noch interessanter sein«, sagte der Köstlbacher mit wichtiger Miene und spielte über Lautsprecher den von der Technik vorbereiteten Mitschnitt des Anrufers vor:

›*Leider musste das sein! Er hätte sonst weiter getötet!*‹

An der Stelle stoppte der Köstlbacher und kommentierte:

»Vor allem folgender, inzwischen uns allen bekannter Nachsatz gibt uns ein zusätzliches Rätsel auf!«

Dann ließ er die Aufzeichnung bis zum Ende weiter laufen.

›*Bist am Ende wieder schlauer, wenn einstürzt deine Lügenmauer!*‹

Das anschließende Schweigen in Zimmer war ein todsicheres Zeichen dafür, dass es in allen Köpfen zu arbeiten begann. Jeder sortierte die Fakten erst einmal für sich, bevor er bereit war, eine Meinung dazu abzugeben.

Im nachfolgenden Briefing hielt sich der ›*Dr.*‹ Greiner am meisten zurück. Also nicht, dass du mich jetzt falsch verstehst, der Polizeichef ist nicht nur wegen dem Vitamin B, das er allerdings in der Tat reichlich hat, zu diesem Posten gekommen.

Aber dass der selber Ermittlungsarbeit und so, das lag so lange zurück, dass auf seine Meinung gerne verzichtet werden konnte. Wenn der ›*Dr.*‹ Greiner nichts gesagt hat und stattdessen aufgestanden ist und unter einem Vorwand den Raum verlassen hat, dann ist das also quasi normal.

Jetzt was ist nicht normal? Nicht normal ist sein Telefonat, das er mit seinem Privathandy geführt hat. Und zwar nicht von seinem Dienstzimmer, sondern vom Innenhof aus, wo sich in den Mittagspausen bei schönem Wetter etliche Beamte auf Bänken unter ein paar Kastanien erholen. Jetzt aber keine Mittagspause. Auch kein umwerfend schönes Wetter. Und deswegen momentan kein einziger Beamter im Innenhof, außer dem ›*Dr.*‹ Greiner.

Kap. 17

Wenn man's genau nimmt, dann steckten die Ermittlungen vom Köstlbacher noch im Anfangsstadium. Vieles war passiert, aber wenig war bisher klar! Man möchte meinen nichts leichter als Zusammenhänge herstellen und dann reagieren. Aber wie sollst du Zusammenhänge herstellen, wenn nur Bruchstückhaftes polizeilich bekannt?

Gut, wer der anonyme Anrufer war, das würde für den Köstlbacher mit einem Sprachvergleichsprogramm vielleicht noch relativ schnell ermittelt werden können. Aber alles andere?

Zum Beispiel die ganze Geschichte mit ›*Scherbentanz*‹. Da lag noch so einiges völlig im Dunklen.

Oder die Todesschützen. Der Köstlbacher ging natürlich davon aus, dass der Schütze mit dem Kleinkalibergewehr nicht identisch war mit dem Armbrustschützen. Aber war das so? Oder waren es am Ende vielleicht drei voneinander unabhängige Schützen? Dass die auch weiblich sein könnten, vereinfachte die Überlegungen nicht.

Von dem Flyer hatte der Köstlbacher überhaupt noch keine Ahnung. Wobei sich allerdings die Frage stellte, ob das nicht ein ganz normaler Flyer ohne jeden Hintergedanken war und der Segerer da aus seiner Situation heraus nur etwas hineininterpretiert hatte, was so gar nicht gemeint war. Und dann wären die Flyer auch keine Spur sondern eben nur Flyer.

Ob die Tatsache, dass die beiden Kleinkaliber-Opfer todkrank waren, nur Zufall war, oder ob dahinter ein mögliches, verstecktes Motiv gesehen werden muss, quasi ein Auftragsmord als Ersatz für eine unerlaubte Todesspritze, der Gedanke kam dem Köstlbacher natürlich auch noch nicht. Ich fände die Idee ja selbst irgendwie abartig. Die Vermutung, nur der Segerer könnte so etwas in Erwägung gezogen haben, scheint mir auf alle Fälle näherliegend.

Und dann noch die Geschichte mit dem Leichenschänder. Zwar ursprünglich kein Fall, der über den Schreibtisch vom Köstlbacher gegangen ist, aber nach den Drohanrufen beim Richard Hammerbruck mit dem ›*Scherbentanz*‹-Zitat, zumindest eine Querverbindung, die nicht außer Acht gelassen werden durfte, auch wenn sich keinerlei weitere Berührungspunkte heraus schälen sollten.

Dass der Kommissar Pirzer die Sandra Riemann von früher kannte, war auch nicht sonderlich hilfreich. Da wäre er eher befangen oder würde von jedem Richter zumindest schnell dazu erklärt.

Überhaupt noch nicht unterrichtet war der Köstlbacher zum Zeitpunkt des Briefings über das Geschehen rund um die Susanne Stadler. Und selbst wenn schon eine Vermisstenanzeige eingegangen wäre, einen möglichen Zusammenhang mit den Mordfällen hätte das mit Sicherheit nicht automatisch impliziert.

Und dann war da noch das Opfer Dr. Wilhelm Höchterl, Susannes Bruder, der in der Metgebergasse wohnte und im Fuchsgäßchen ein Kellerabteil hatte, für das sich am Ende aber keiner mehr interessierte. Ganz zu schweigen von der Frau

Marion Bierschneider, die sich durchaus auch als wichtige Person entpuppen könnte.

Alles in allem nicht gerade ein idealer Zeitpunkt für eine Presseerklärung, da nur sehr wenige Fakten und kaum brauchbare Ermittlungsergebnisse auf dem Tisch lagen.

Kap. 18

Aber dann kam zumindest etwas Licht in die verworrene Situation, in der es für die Morde bisher nicht einmal im Ansatz nachvollziehbare Mordmotive gab.

Nicht mehr rechtzeitig für die Pressekonferenz, die zur Erleichterung aller trotzdem ruhiger als erwartet ablief. Zu verdanken war das völlig überraschend dem Polizeichef ›*Dr.*‹ Greiner, der es sich nicht hatte nehmen lassen, die Konferenz persönlich zu leiten. Er speiste die anwesenden Journalisten mit Allgemeinplätzen ab, verpackte die aber so gut, dass am Ende alle das Gefühl hatten, die Kripo sei an allem nahe dran, dürfe aber wegen der laufenden Ermittlungen nicht mit näheren Details aufwarten.

Das ›*Licht in die verworrene Situation*‹ brachte einer, mit dem der Köstlbacher noch nie gerne zusammengearbeitet hat. Aber ohne Leute, wie der einer ist, kommt die Kripo oft einfach nicht aus. Du kennst ihn schon! Er war droben im Kneitinger Keller mit dabei. Der frühere Oskar Lischka, jetzt Roland Zeller!

Nach dem Briefing, das zwar viele Denkanstöße gebracht hat, von denen aber kaum einer wirklich erfolgversprechend geklungen hat, zog sich der Köstlbacher erst einmal in sein Büro zurück und ließ sich von der Klein einen starken Kaffee machen. Manchmal hilft so einer, um den grauen Zellen im Gehirn auf die Sprünge zu helfen.

Und ob du es jetzt glaubst oder nicht, fast hätte der Kaffee seine Wirkung getan. Der Köstlbacher wusste zwar nicht, an was er da dran war, aber er spürte, dass er da wo dran war und zwar verdammt nah!

Bestimmt kennst du so ein Gefühl. Du ringst nach einem Begriff, einem Namen, irgendwas, was du im Normalfall eigentlich sofort parat hättest. Aber es bleibt irgendwo in deinem Gehirn hängen und lässt sich nicht abrufen. Vielleicht befürchtest du sogar, die ersten Vorboten von Alzheimer und so. In Wirklichkeit gehen dir aber nur so viele Gedanken gleichzeitig durch den Kopf, von denen jeder vorrangig gedacht werden will, dass es auf den Gedankenautobahnen zu Staus kommt, die es erst einmal aufzulösen gilt.

Man möchte meinen, mit Hilfe einer guten Pinnwand, nichts leichter als das. Weil interessant, alles was der Köstlbacher sauber und übersichtlich optisch geordnet hat, das gab dann meistens auch die Sicht auf Zusammenhänge frei, die vorher noch im Dunklen gelegen haben.

Diesmal aber Fehlanzeige! Der einzig halbwegs erkennbare Faden, der sich durch alles zog, waren Krebserkrankungen. Aber genau diese Gemeinsamkeit, die im Übrigen auch nur bei den Erschossenen in den Biergärten zutraf, machte keinerlei Sinn, der irgendwelche Rückschlüsse zugelassen hätte. Aber immerhin interessant!

Der Köstlbacher hatte das Gefühl, dass er nur noch ein Verbindungsstück bräuchte, das irgendwo ganz offensichtlich herum gammelte, auf das aber bisher noch keiner gekommen war. Aber dann hätte er zumindest ein Motiv gehabt!

Keiner wird ohne Motiv umgebracht! Und wenn du erst einmal so ein Motiv hast, dann ist da meistens schnell einer gefunden, der daraus Nutzen zieht. In dem Fall müsste dann schon wirklich alles schief laufen, um im Anschluss daran den Mörder oder die Mörderin nicht schnell aufstöbern zu können.

Aber ich sage immer, gewisse Dinge lassen sich nicht erzwingen. Wenn dir was nicht einfällt, dann hilft es gar nichts, dein Hirn zu martern und eine Tasse Kaffee nach der anderen hinunter zu schütten. Wenn du dich aus dem Gedankenlabyrinth befreien willst, dann musst du zwischendrin was anderes tun und was anderes denken.

Der Köstlbacher war noch nicht bei dieser Einsicht angelangt. Aber unterbrochen worden ist er trotzdem, weil auf einmal die Türe aufgegangen ist und gleichzeitig mit der Klein, die nur sich entschuldigend beide Hände gehoben hat, der Roland Zeller ins Zimmer gerauscht ist.

»Entschuldigung, Herr Köstlbacher, Herr Zeller ließ sich nicht abweisen!«, versuchte die Klein den ungebetenen Auftritt vom Roland zu rechtfertigen.

Wenn du jetzt glaubst, der Köstlbacher hat auf diesen Überfall grantig reagiert, dann kann ich dir zumindest zwei Gründe nennen, warum er das nicht getan hat.

Erstens ist er dieses ungehobelte Benehmen inzwischen vom Kommissar Liebknecht schon so gewohnt, dass es ihm irgendwie fast normal vorkommt. Und zweitens war es ihm, als hätte er auf den Roland direkt gewartet. Der Roland war bestimmt nicht dieses verdammte Verbindungsstück, das ihm noch fehlte.

Aber er war einer der wenigen im Moment, der ihm auf der Suche nach diesem Verbindungsstück helfen konnte.

»Hallo Roland! Respekt, deine neue Identität!«

Damit spielte der Köstlbacher emotionaler, als du das von ihm gewohnt bist, auf das völlig neue Aussehen an, das der Roland im Vergleich zu seiner letzten Identität angenommen hatte.

»Was führt dich zu mir?«, fragte der Kommissar den ungebetenen Gast.

»Hallo Edmund! Du überrascht mich mit deiner Freundlichkeit!«, antwortete Roland Zeller und streckte dem Köstlbacher zur Begrüßung eine Hand hin.

Der Köstlbacher reagierte mit keinem Wort auf diese Äußerung. Der Roland war für ihn schon in der Vergangenheit als Oskar Lischka oft ein rotes Tuch gewesen. Von ein paar Ausnahmefällen abgesehen, wo er ihm gute Dienste geleistet hatte. Und trotzdem traute der Köstlbacher dem Zeller nicht über den Weg. Der hatte seine eigenen Methoden, um an Informationen zu kommen. Manche behaupteten sogar, dass der Zeller mitunter auch die Seiten wechseln würde. Auf alle Fälle aber immer nahe an der Grenze zur Legalität operiere.

»Machst du mir einen Freundschaftsbesuch oder gibt es einen speziellen Anlass für deinen Überfall?«, fragte der Köstlbacher.

Das mit dem ›*Freundschaftsbesuch*‹ betonte er ganz besonders, um gute Stimmung zu verbreiten. Der Roland konnte sehr kooperativ sein, aber auch genau das Gegenteil, wenn er nicht hofiert wurde.

»Ich glaube, ich hätte da was für dich, das dich sehr interessieren dürfte!«, antwortete der Roland. »Natürlich komme ich auch unserer alten Freundschaft wegen!«, fügte er noch mit einem verschmitzten Lächeln hinzu.

»Kaffee?«, fragte der Köstlbacher.

»Hast kein Bier da?«, fragte der Roland zurück.

Der Köstlbacher hat es sich verkniffen, eine Bemerkung zu machen, weil der Roland Zeller offiziell ja kein Staatsbeamter und so. Aber auch als Fahrlehrer durfte er selbstverständlich zu Arbeitszeiten kein Bier trinken.

Dass der Roland ein Undercover, das wussten nur eine Handvoll Leute. Weil es sehr schwer war, vor der Klein etwas geheim zu halten, wusste natürlich auch sie, zumindest so in etwa, was der Roland Zeller machte, wenn er einmal nicht Fahrunterricht gab oder als Schlagzeuger für den passenden Rhythmus sorgte.

Für spezielle Anlässe war draußen im Kühlschrank bei der Klein auch immer ein kleiner Vorrat an Bier gebunkert, weil Motto, lieber vorbereitet als unvorbereitet, wenn Not am Mann ist.

So konnte die Halbe für den Zeller auch schnell auf dem Tisch stehen, auch wenn sich die Klein mehr für den Kaffee, als fürs Bier zuständig fühlte, und auch wenn es nur ein normales Bier war und nicht das vom Roland bevorzugte Weißbier.

»Du hast ziemlich viel am Hals, wie man hört!«, begann der Roland, nachdem er einen kräftigen Schluck aus der Flasche genommen hatte. Das von der Klein dazu servierte Glas ließ er unbenutzt stehen.

»So, hört man das?«, antwortete der Köstlbacher nur, obwohl er sich natürlich gut vorstellen kann, dass es inzwischen in ganz Regensburg die Spatzen von den Dächern trällerten, wie hilflos die Kripo die Toten einsammelt und bei der Aufklärung der Morde mehr oder minder im Dunkeln tappt.

Und dann platzte die Bombe:

»Ich weiß, nach wem ihr suchen müsst und auch sonst alles, was ihr Pfeifen wissen müsst, wenn ihr dem Spuk ein Ende bereiten wollt!«

Das mit den ›*Pfeifen*‹, das hat der Köstlbacher einfach überhört, weil natürlich spontan auf Hochspannung, frage nicht.

Ohne auf eine Aufforderung vom Köstlbacher zu warten, dass er weiter sprechen sollte, fuhr er fort:

»Wenn ich nicht von höchster Stelle beauftragt worden wäre, in einer Steuersache undercover zu ermitteln, dann wäre ich der Sache nie auf die Spur gekommen. Und ihr? Da habe ich ehrlich gesagt meine Zweifel. Die Typen haben ein ausgeklügeltes System, legen ständig falsche Fährten, um abzulenken und scheuen auch vor Mord nicht zurück. Mafia, wenn du so willst. Aber ausnahmsweise keine aus Sizilien und auch keine aus Russland. Hausgemacht, verstehst du? Deutsche Mafia!«

Dem Köstlbacher kam dieses Geschwätz sehr ding vor. Mafia! Immer wenn's was gibt, was komplex ist, zum Beispiel eben kein simpler Raubmord oder einer aus Eifersucht, dann war's gleich die Mafia! Ob nun italienisch, russisch oder deutsch! Mafia bleibt Mafia! Letztendlich der Überbegriff für ›*Organisiertes Verbrechen*‹, das sich fast nie an der Wurzel fassen lässt. Wenn's hoch kommt, rollen ein paar vorgeschobene Köpfe. Und selbst die pauken geniale Rechtsverdreher wieder frei.

»Na toll! Wenn da was dran ist, wird mir das LKA die Mordfälle bald wegnehmen«, seufzte der Köstlbacher.

»Nicht, wenn du vorab deine Mordfälle löst und die Katze erst später aus dem Sack lässt! Außerdem wiegst du dadurch die ganze Sippschaft in Sicherheit. Um keine Aufmerksamkeit auf sich zu lenken, werden sie dich deine Arbeit machen lassen. Der Täter ist nach meinen Informationen ein bezahlter Killer. Er kennt seine Arbeitgeber nicht wirklich. Was er wissen muss, erfährt er über ein abhörsicheres Handy. Und seine Bezahlung erfolgt über ein ausgeklügeltes System, das selbst Steuerfahndern noch fremd sein dürfte. Schnapp dir den Mann und dann übergib die ganze weitere Scheiße dem LKA!«

Dem Köstlbacher gefiel es nicht besonders, wenn ihm einer Anweisungen gab, wie er vorgehen soll. Aber in diesem Ausnahmefall, da hatte der Roland Zeller gar nicht einmal so unrecht. Wenn sich wirklich herausstellen sollte, dass dieser Fall etwas für das LKA sein würde, dann würde man ihm den Fall in der Tat gnadenlos wegnehmen.

Manche Leute behaupten, der Köstlbacher sei ein richtiger Bluthund, weil Motto: Nie aufgeben, auch wenn es noch so schwer wird! Daran musste der Kriminaler jetzt denken. Nein, die vom LKA würde er auf keinen Fall mitmischen lassen!

»Du erzählst mir das alles doch nicht aus alter Freundschaft?«, fragte der Köstlbacher den Zeller misstrauisch, weil sich da plötzlich so ein ungutes Gefühl meldete, das ihn zur Vorsicht mahnte.

»Ich wusste, dass du alter Fuchs so fragen wirst. Ich hab' in einer anderen Sache Mist gebaut. Nichts wirklich Illegales! Vielleicht ein bisschen grenzwertig. Zumindest solange es ein Richter wohlwollend so sieht. Hat nichts mit deinen Fällen zu tun.«

»Und was könnte ich da tun?«, fragte der Köstlbacher wenig begeistert.

»Du kannst gut mit der Dr. Sieber. Und die kann's noch besser mit der für mich zuständigen Richterin!«, antwortete der Roland und blinzelte dabei vielsagend mit einem Auge.

Natürlich verstand der Köstlbacher sofort, worauf der Zeller da hinaus wollte.

»Ich kann's versuchen! Versprechen kann ich aber nichts!«, antwortete er.

»Danke, Edmund! Das reicht mir schon!«

Der Zeller und der Köstlbacher duzten sich zwar schon seit Jahren, aber so herzlich mit ›*Edmund*‹ angesprochen hatte der Roland den Köstlbacher noch nie.

»Also, lass hören, wen muss ich wegen Mordes verhaften?«, fragte der Köstlbacher, der es gar nicht mehr erwarten konnte, endlich Fakten zu erfahren.

Während der Roland Zeller nun erzählte, dazwischen immer wieder einen Schluck aus seiner Bierflasche nahm, da hat der Köstlbacher still da gesessen und seinen Kaffee kalt werden lassen. Nur die Schweißperlen wischte er sich ab und zu von der Stirn. Nicht weil es an diesem Nachmittag zu heiß in seinem Büro gewesen wäre. Der Schweiß war mehr eine Reaktion auf das, was er da alles zu hören bekam.

»Und denk' dran! Zieh den Täter aus dem Verkehr, aber misch

dich sonst in nichts rein! Auch wenn du jetzt weißt, worum es geht! Lass denen vom LKA auch ihren Spaß! Außerdem ist dein Zuständigkeitsbereich viel zu begrenzt, um effektiv genug arbeiten zu können«, beendete der Roland seine Ausführungen und leerte mit einem letzten Schluck sein Bier.

»Noch eins?«, fragte der Köstlbacher, weil er sich zu dem eben Erfahrenen nicht spontan äußern wollte und mit der Frage nach einem zweiten Bier erst einmal Zeit zu gewinnen suchte, um seine Gedanken ein wenig zu ordnen.

»Gern!«, antwortete der Roland.

Die zweite Halbe heizte den Redefluss vom Roland noch mehr an. Anfangs ja noch interessant, was er von sich gab. Aber irgendwann, möchte man meinen, eher Märchenstunde. Zumindest wäre es dir so vorgekommen, wenn du Mäuschen hättest spielen können, so wie die Klein, die alles mitbekommen hat, weil der Köstlbacher bei der Bestellung vom zweiten Bier die Gegensprechanlage aus Versehen nicht mehr ausgeschaltet hat.

Kap. 19

»Die Situation hat sich grundlegend geändert!«

»Inwiefern?«

»Das müssen Sie nicht wissen.«

»Warum dann dieser Anruf?«

»Der Köstlbacher kennt Ihre Identität!«

»Unmöglich!«

»Leider doch!«

»Und? Was schlagen Sie vor?«

»Sie müssen verschwinden!«

»Den Teufel muss ich! Wenn Sie es nicht schaffen, mich zu beschützen, lasse ich Euch alle hoch gehen!«

»Lächerlich!«, sagte die Stimme und nahm dabei einen warnenden Tonfall an. *»Sie wissen nichts. Und Leute, die Sie kennen, die wissen noch weniger und können höchstens Sie belasten. Selbst die Anweisungen auf Ihr Konto lassen sich nicht zurück verfolgen. Also unterlassen Sie bitte Ihre Drohungen!«*

»Und Susanne?«

»Vergessen Sie sie!«

Kap. 20

Kaum hat der Simon zusammen mit der Susanne die Wohnung vom Michael betreten, die Susanne ist erst einmal auf der Toilette und verschwunden, da läutete auch schon Simons Handy.

Kann mir gut vorstellen, dass du dir denkst, dass an einem Ende der Leitung der große Unbekannte gewesen ist und an der anderen der Simon Bauer. Und weil ich dir deine kriminalistischen Überlegungen nicht madig machen will, bestärke ich dich sogar in diesem Glauben, auch wenn ich dir nicht versprechen möchte, dass du mit deiner Vermutung richtig liegst.

Natürlich kann ich mir schon denken, was dir jetzt durch den Kopf geht. Du bist sauer, weil du schon jetzt zu erfahren glaubst, wer die zwei in den Biergärten erschossen und dann auch noch den Schuss aus der Armbrust abgegeben hat.

Aber erstens hast du das beim Michael Segerer auch schon gedacht und zweitens, betrachte die ganze Geschichte doch einmal aus einer anderen Warte! Je nachdem, auf welcher Seite du stehen möchtest, kannst du jetzt dem Köstlbacher bei seiner Jagd nach dem Simon geistig zur Seite stehen oder, falls du eher an der Psychologie des Verbrechens interessiert bist, dann kannst du jeden Schritt vom Simon verfolgen, den der macht, um sich aus der Schlinge zu ziehen. Falls er es denn tatsächlich gewesen ist.

Der Susanne ist natürlich sofort aufgefallen, dass mit dem

Simon was nicht stimmte, wie sie von der Toilette zurückgekommen ist. Allerdings, gut gehen würde es ihr an seiner Stelle auch nicht gerade. Jetzt würde ihm schließlich nichts anderes mehr über bleiben, als ihr zu erklären, was die ganze Aktion sollte.

»Und?«, fragte sie nur knapp.

»Und? Und? Was soll die Fragerei. Das alles ist eine große Sauerei. Ich glaube nicht, dass du das wirklich wissen möchtest«, antwortete der Simon.

Da kam es der Susanne spontan in den Sinn, dass alles vielleicht mit Simons Krankheit zusammenhängen könnte.

»Geht es dir wieder schlechter?«, fragte sie besorgt.

»Quatsch! Alles in Ordnung!«, antwortete der Simon unfreundlich.

Kap. 21

Der Roland hat nach dem zweiten Bier und seinem nicht enden wollenden Redefluss dann endlich das Feld geräumt und damit im Bürozimmer vom Köstlbacher wieder Ruhe einkehren lassen, die der Kommissar jetzt so dringend benötigte, um das Gehörte zu ordnen.

Um nicht gleich wieder gestört zu werden, hat der Köstlbacher die Sprechtaste hinaus zur Klein drücken wollen, um sie anzuweisen, einstweilen niemanden durchzustellen. Auch nicht am Telefon.

»Haben Sie das jetzt alles mitgehört?«, fragte der Köstlbacher die Klein über die Sprechanlage, weil er plötzlich gesehen hat, dass die Sprechtaste immer noch auf grün war.

»Ja! War ja nicht zu vermeiden! Schlimm, wenn's wahr ist. Aber ich fand's eigentlich eher unterhaltsam!«, antwortete die Klein.

»Mein Kaffee ist kalt geworden. Bringen Sie mir bitte einen neuen?«

»Kommt sofort Chef!«, sagte die Klein und stand wenig später auch schon vor dem Schreibtisch vom Köstlbacher, um den dampfenden Kaffee gegen den abgestandenen, kalten auszutauschen.

»Bleib doch einen Moment hier, Edith!«, bat der Köstlbacher seine Sekretärin.

Es kam nicht oft vor, dass die beiden sich duzten, so wie sie es früher einmal regelmäßig getan hatten. Als dann zwischen dem Köstlbacher und der Klein sich im Bereich der unbegrenzten und kaum vorstellbaren Möglichkeiten was anbahnte, da kehrten beide sicherheitshalber wieder zum ›*Sie*‹ zurück. Ein Rückfall ins ›*Du*‹, so wie heute, passierte ab und zu immer wieder, aber in aller Regel nicht um zu flirten. Meistens bediente sich der Köstlbacher dann des Scharfsinns seiner Sekretärin, den sie umso bereitwilliger zur Verfügung stellte, wenn es in einem vertrauensvollen Gespräch passierte. Und ein ›*Du*‹ signalisiert eben mehr Vertrauen als ein ›*Sie*‹!

Wenn du das nicht glaubst, weil du andere Erfahrungen und so, dann denk' einmal drüber nach, wie die Gläubigen mit ihrem Gott sprechen. Obwohl der doch ein Wesen sein müsste, dem der allerhöchste Respekt gebührt, redet so einen Gott in seinen Gebeten jeder mit ›*Du*‹ an. Siehst du! So ein ›*Du*‹ schafft tatsächlich Vertrauen. Sogar zu einem Gott, den es vielleicht gar nicht gibt.

»Was hältst du von dem Roland Zeller?«, fragte der Köstlbacher.

»Ich hab' ja nur den zweiten Teil seiner Märchenstunde mitbekommen, also das, was er zum zweiten Bier von sich gegeben hat!«, antwortete die Klein und drückte durch das Wort ›*Märchenstunde*‹ aus, wie sie Rolands Erzählungen einstufte.

»Mehr oder weniger weißt du dann trotzdem alles, weil er sich immer wieder wiederholt hat. Ist schon der Wahnsinn, wie gern sich der reden hört!«, antwortete der Köstlbacher.

»Es wird dir nichts anderes über bleiben, als dich mit diesem Simon zu beschäftigen.«

»Und du meinst tatsächlich, er war's?«, fragte der Köstlbacher und zog erstaunt seine Augenbrauen nach oben, weil er eigentlich eine andere Einschätzung erwartet hatte.

»Ich meine, für gewisse Leute soll er's zumindest gewesen sein! Und drum musst du ihn aus dem Verkehr ziehen. War er's wirklich, ist der Fall für dich gelöst. Und falls nicht, erweckst du zumindest nach außen den Eindruck, einen Täter gefunden zu haben. Der wirkliche Täter wiegt sich dann in Sicherheit und macht Fehler!«, meinte die Edith Klein.

»Du meinst, es war nur einer?«, fragte der Köstlbacher.

»Ist das im Moment der Punkt? Ich finde einen ganz anderen Aspekt interessant. Alle Opfer sind männlich. Da fehlt es mir am Weiblichen, wenn du verstehst, was ich meine. Da muss irgendwo auch eine Frau im Spiel sein. Und dann kommen vielleicht auch Motive zum Vorschein, die nicht so hanebüchen sind, wie die, die dir dieser Roland Zeller aufs Butterbrot geschmiert hat. Oder kommt dir die Story vom Vertuschen eines großangelegten Steuerbetrugs nicht seltsam vor?«

Typisch Klein! Sie hasst es, wenn's immer nur um Männer geht, weil sie der festen Meinung ist, hinter jedem Mann steht eine Frau, die ihn zum Handeln veranlasst, egal zu welchem Handeln.

Da huschte plötzlich ein Aufleuchten über das Gesicht vom Köstlbacher, so eines, das nur ein Geistesblitz optisch dorthin zaubern kann.

»Von einer Frau hat er tatsächlich geredet! Erinnerst du dich?«

»Nein! Das muss dann beim ersten Bier gewesen sein. Da konnte ich noch nicht mithören«, bedauerte die Klein und hob fragend ihren Kopf.

»Stadler! Susanne Stadler! Angeblich steckt sie irgendwie mit in der Sache drin, weiß zu viel oder so etwas in der Art. Außerdem soll sie in der Vergangenheit mit dem Simon Bauer ein Verhältnis gehabt haben.«

»Echt? Da scheine ich ja tatsächlich was versäumt zu haben!«

»Ich hab's in Gedanken unter ›*unwichtig*‹ einsortiert, bei allem, was mir der Roland aufgetischt hat«, sagte der Köstlbacher.

»Vielleicht ist es das auch! Aber immerhin wäre da jetzt schon mal eine Frau im Spiel. Und wenn du diese Sandra Riemann noch mit ins Boot holst, dann sind es sogar schon zwei Frauen! Wer weiß, vielleicht lassen sich sogar noch Eifersuchtsmotive finden?«, mutmaßte die Klein, ganz in ihrem Element, die Welt nur allzu gerne und unvoreingenommen in den Farben einer Rosamunde Pilcher zu sehen.

Aber auch ohne die Pilcher ein absolutes Lieblingsthema der Klein. Eifersucht! Anlass für den Köstlbacher, das Gespräch mit der Klein zu unterbrechen. Die Edith würde im Zusammenhang mit Eifersucht nicht nur zur Märchenerzählerin werden. Sie wäre sogar in der Lage, unerschöpflich viele Märchen dazu neu zu erfinden.

»Ja! Ja! Kann schon sein! Jetzt muss ich aber erst einmal das alles zusammenschreiben, was mir der Roland berichtet hat. Dann sehen wir weiter! Geben Sie bitte inzwischen eine Fahndung nach dem Simon Bauer raus! Ob er's nun gewesen ist oder nicht, nach all den Anschuldigungen müssen wir ihn erst einmal in Gewahrsam nehmen.«

Überraschend schnell hatte der Köstlbacher wieder zum ›*Sie*‹ zurück gewechselt. Zeichen für die Klein, sein Zimmer zu verlassen, auch wenn er's nicht ausdrücklich verlangt hatte.

Kap. 22

»Tot? Ermordet? Mein Bruder? Wilhelm? Sag', dass das nicht wahr ist! Und warum?«, schrie die Susanne mit wütender und gleichzeitig weinerlicher Stimme.

»Ich weiß es nicht! Ich weiß es wirklich nicht!«, antwortete der Simon.

Er hatte es der Susanne nicht erzählen wollen. Zumindest noch nicht. Doch es blieb ihm nichts anderes über.

Die Susanne hatte vor wenigen Minuten darauf bestanden, zu ihrem Bruder in seine Wohnung in die Metgebergasse begleitet zu werden. Nicht weil sie die große Geschwisterliebe mit ihm verbunden hätte. Dass sie mit dem Wilhelm nicht grün war, wusste jeder. Aber im Moment war eben Blut doch dicker als Wasser. Und beim Wilhelm würde sie sich sicherer fühlen, als hier in dieser fremden Wohnung.

Und weil es aktuell unmöglich war, in die Wohnung vom Wilhelm zu gehen, da ist es dem Simon eben raus gerutscht. Wobei's egal war, weil irgendwann hätte die Susanne das mit der Ermordung ihres Bruders Wilhelm sowieso erfahren.

»Was willst du dort? Er ist tot!«, hatte er auf ihr ewiges Flennen hin gefragt.

Und den Rest, dass der mit einer Armbrust erschossen worden ist, das hat er ihr im Anschluss auch nicht vorenthalten. Warum auch? Hatte ja dick und fett in allen Zeitungen gestanden.

»Du weißt nicht warum! Du weißt nichts! Steckst selber mitten drin und weißt nichts!«, äffte die Susanne den Simon nach. Am liebsten wäre sie auf ihn los gegangen und hätte ihm seine Augen ausgekratzt. Aber sich körperlich mit dem vor Kraft strotzenden Simon anzulegen, erschien ihr dann doch nicht ratsam.

»Ich stecke selber mitten drin! Genau! Aber deswegen weiß ich trotzdem nichts! Keiner erfährt mehr, als er selbst zu tun hat! Keiner!«

»Blödsinn! Du kannst mir doch nicht weiß machen, dass du den Auftrag bekommen hast, mich zu entführen, ohne eine Ahnung zu haben, warum und was mit mir weiter passieren soll!«

»Es sollte nichts mit dir passieren. Du solltest nur eine Zeitlang aus dem Verkehr gezogen werden, damit …«

»Damit? Was ›*damit*‹? Siehst du, du wusstest sehr wohl, worum es ging!«, setzte die Susanne Simons Satz fort, den er unvollendet abgebrochen hatte.

»Dein Bruder Wilhelm hat Mist gebaut. Durch deine Gefangennahme sollte er unter Druck gesetzt werden, gewisse Dinge wieder gerade zu biegen.«

»Und was dabei lief schief?«

»Irgendein Verrückter hat ihn umgenietet! Was dich betrifft, da war es nicht mehr nötig, dich weiterhin fest zu halten. Frei lassen wollten sie dich jedoch trotzdem nicht. Wenn ich dich nicht raus geholt hätte…«

»Wäre ich jetzt tot? Oder? Mann oh Mann! Wie krank seid ihr!«

»Du hättest dich eben mit deinen Recherchen nicht einmischen dürfen!«, versuchte der Simon zu begründen.

»Mit meinen Recherchen? Dass ich nicht lache! Nur weil ich mich ein wenig umgehört habe, wie Krebskranke zum Thema ›*Würdig sterben*‹ stehen. Was soll daran auszusetzen sein? Wo bitte hätte ich mich da ›*eingemischt*‹?«, antwortete Susanne in einem überaus aggressiven Tonfall.

»Du hast die falschen Krebskranken erwischt!«

»Was soll das jetzt wieder heißen? ›*Die falschen Krebskranken*‹?«

»Dein Bruder hat ihnen nach eingehenden Untersuchungen beste Gesundheit bestätigt«, antwortete der Simon.

»Mein Bruder hat was? Was soll das jetzt wieder heißen, ›*beste Gesundheit bestätigt*‹?«, fragte die Susanne in fast normaler Tonlage, weil sie das Gehörte fast mehr interessierte, als aufregte.

»Du begreifst es nicht! Du willst es nicht begreifen! Je mehr du weißt, desto größer die Gefahr für dich! Mitwisser können die nicht brauchen!«, zischte der Simon, den es zu ärgern schien, schon viel zu viel Infos preisgegeben zu haben.

»Mehr als in Todesgefahr zu schweben, geht ja wohl nicht! Ich versteh's einfach nicht! Sag schon! Was habe ich aufgedeckt? Mir kam jedenfalls nichts ungewöhnlich vor!«

Da seufzte der Simon.

Ob's echt war? Wer kann das schon sagen? Bei der Susanne meldete sich jedenfalls kein Misstrauen. Immerhin hatte er sie aus ihrem Gefängnis befreit. Dass er sie aber zuvor vermutlich eigenhändig hin gebracht und dort unter unwürdigen Umständen fest gehalten hatte, daran schien sie sich im Moment zumindest nicht mehr zu erinnern oder es auch einfach nicht wahrhaben zu wollen.

»Vielleicht hast du noch nichts aufgedeckt. Aber du hättest es spätestens, wenn du das mit den Medikamenten erfahren hättest. Und bei deiner akribischen Art zu recherchieren war das abzusehen«, sagte der Simon.

»Was sollte ich ›*mit den Medikamenten*‹ in Erfahrung bringen? Kannst du auch einmal etwas präziser werden?«, fragte die Susanne, der alles mehr und mehr verworren vorkam.

»Es ist besser, du erfährst es nicht. Vielleicht kann ich ›*die*‹ dann davon überzeugen, dass es nicht nötig ist, dich aus dem Wege zu räumen!«

»Wow! Mein ehemaliger Liebhaber legt gnädigerweise ein Wort für mich ein, mein Leben zu schonen! Großartig! Soll ich der Polizei gegenüber dafür vielleicht verschweigen, dass du mich gekidnappt hast. Ganz abgesehen von dem, wofür du vielleicht sonst noch verantwortlich bist?«

Susanne entwickelte mit ihren Worten wieder ihren alten Kampfesgeist, der sie als Journalistin so sehr auszeichnete.

»Überlege dir gut, wie's weiter gehen soll und in was du mich einweihen willst oder nicht! Ich werde eine Story draus machen! Oder zur Polizei gehen! Oder beides! Mich bis zu meinem Lebensende verstecken jedenfalls nicht! – Und jetzt brauche ich erst einmal eine Dusche. Dank deiner feudalen Unterbringung in diesem Loch auf dem Lande stinke ich wie ein Iltis! Such' mir aus dem Segerer seinem Kleiderschrank ein T-Shirt und eine Sporthose heraus. Irgendwas muss ich ja schließlich anziehen!«

Das war typisch Susanne. Selbst in dieser mehr als nur schwierigen Situation dachte sie erst einmal an ihr Äußeres, bevor sie weitere Entscheidungen treffen wollte.

Der Simon ist erst noch eine Weile da gesessen und hat sinniert, weil Motto, nichts Übereiltes machen. Und ob du es jetzt glaubst oder nicht, er hat zwischendurch sogar mit dem Gedanken gespielt, die Karten offen auf den Tisch zu legen.

Wie dann vielleicht 20 Minuten später die Susanne splitterfasernackt aus der Dusche gekommen ist, da hatte er noch immer nichts zum Anziehen für sie raus gesucht. Obwohl er sich bei ihrem Anblick ganz etwas anderes hätte vorstellen können, weil spontan Erinnerungen an heiße Stunden mit der Susanne und so, kramte er ihr aber jetzt trotzdem schnell noch das gewünschte T-Shirt und die Sporthose aus Michaels Kleiderschrank hervor.

Die Susanne hat in den Augen vom Simon natürlich sofort das gierige Aufblitzen gesehen und überlegt, ob es nicht vielleicht sogar Sinn machen würde, den Simon wieder etwas näher an sich zu binden, um besser auf ihn einwirken zu können. Frauen haben da ja bisweilen ihre eigene Logik.

Letztendlich hat sie auf alle Fälle die Sachen vom Michael nicht sofort übergezogen. Der Simon hat das Zeichen umgehend kapiert, frage nicht. Wie auf Kommando hat er das abgespult, wozu die Susanne ihn durch optische Reize und ein paar laszive Bewegungen eindeutig veranlasst hat. Das Verhältnis zwischen den beiden entspannte sich daraufhin spontan deutlich und ein weit weniger spannungsgeladenes Gespräch konnte folgen.

Was der Simon allerdings im Zuge dieser Unterhaltung noch

so alles vom Stapel gelassen hat, das wurde deswegen auch nicht glaubhafter.

Kap. 23

Dass der Simon mit der Susanne nicht in seine Wohnung ›*Am Wiedfang*‹ gefahren ist, das war eine gute Entscheidung. Simon hatte völlig zurecht vermutet, man würde dort nach ihnen suchen. Und man hatte gesucht. Offensichtlich nach mehr, als nur nach zwei Personen. Sonst wäre es wohl nicht nötig gewesen, alle Schubladen heraus zu reißen, Regale umzustürzen, Matratzen aufzuschlitzen. Eben das ganze Programm!

Wobei ich allerdings schon dazu sagen muss, dass es durchaus Menschen gibt, die eine Durchsuchung zum Anlass nehmen, ihre Lust am Vandalismus auszuleben.

Und was die einen in ihrem blinden Eifer noch nicht kaputt gemacht hatten, das erledigten dann anschließend dem Köstlbacher seine Leute. Übrigens nicht in Susannes Wohnung. Von der wusste ja niemand was. Nur in der vom Simon!

* * *

»Woher hat der Roland eigentlich seine Informationen?«, fragte der Liebknecht, der den Köstlbacher gerade mit Blaulicht dem Einsatzkommando hinterher hinunter zum Haus ›*Am Wiedfang*‹ fuhr, unweit vom Fischmarkt, wo der Simon Bauer seine Wohnung hatte.

»Das ist so eine Geschichte, die mir Kopfzerbrechen bereitet. Roland Zeller versteckte sich lange Zeit als ›*Oskar Lischka*‹ hinter seiner Maler-Firma. Ich dachte eigentlich, das wäre noch immer so. Inzwischen bin ich besser informiert. Der Roland hat jetzt eine eigene Fahrschule: ›*RoSi's Fahrschule*‹. Den Lappen dazu hat er wohl noch aus seiner Zeit als Berufssoldat. Irgendwie war seine Identität als Malermeister wohl nicht mehr sicher«, erklärte der Köstlbacher.

»Du meinst der Oskar Lischka ist identisch mit dem Roland Zeller?«, fragte der Liebknecht, weil der den Roland ja nicht gesehen hatte und ihm dieser Zusammenhang somit entgangen war.

»Ja! Du weißt doch, dass diese Agenten öfter mal ihre Identitäten wechseln müssen, wenn Gefahr besteht, dass sie auffliegen«, antwortete der Köstlbacher.

»Und was hat das mit der Story zu tun, die er dir aufgetischt hat?«, fragte der Liebknecht.

»Mehr als du denkst! Oskar hat sein Aussehen völlig verändert. Wenn du ihn nur so auf einem Bild sehen würdest, ich möchte wetten, du würdest ihn nicht wiedererkennen. Jetzt ist er eben Roland. Ein völlig Anderer!«, erklärte der Köstlbacher.

»Das gehört zu seinem Job! Neue Identität! Auch optisch! Was ist daran besonders?«, fragte der Liebknecht.

»Er musste geahnt haben, dass mir der Zusammenhang schnell klar sein würde. Vermutlich war es sogar seine Absicht, dass sich mir dieser Zusammenhang aufdrängt. Darum bereitet es mir jetzt ja auch Kopfzerbrechen«, sagte der Köstlbacher.

»Welcher Zusammenhang? Du sprichst in Rätseln?«, fragte der Liebknecht und musste in dem Moment scharf abbremsen, weil ein Radfahrer an der Kreuzung Adolf-Schmetzer-Straße/Weißenburger Straße glaubte, noch vor dem schwarzen Audi mit Blaulicht über die Straße zu müssen.

»Blöder Arsch!«, schrie der Liebknecht zornig. »Radfahrer!«, fügte er noch hinzu und legte in dieses Wort alle Verachtung hinein, die er aufbringen konnte.

Der Köstlbacher kommentierte den Ausbruch vom Liebknecht nicht. Viel anders hätte er selbst am Steuer auch nicht reagiert.

»Was wolltest du wissen?«, fragte er wenig später den Liebknecht, weil ihn die brenzlige Situation den Faden hatte verlieren lassen.

»Ich kapier' den Zusammenhang nicht: Oskars neue Identität und unsere Mordfälle!«, antwortete der Liebknecht.

»Hat was mit ›*Scherbentanz*‹ zu tun!«

»Woher hast du eigentlich gewusst, dass die Textstelle ›*Bist am Ende wieder schlauer, wenn einstürzt deine Lügenmauer*‹ aus einem Lied von denen stammt?«, fragte der Liebknecht den Köstlbacher, der diesen Zusammenhang im Briefing angesprochen hatte.

»Das war eher zufällig! Ich hab' mir die Akten mit nach Hause genommen, um sie in aller Ruhe nochmal durchzusehen. Diese Zeile habe ich ein paarmal halblaut gemurmelt. Überrascht hat mich da der Karl, der auch im Zimmer war, gefragt, seit wann ich mich für ›*Scherbentanz*‹ interessieren würde. Ohne meinen Sohn wäre ich da nie drauf gekommen!«

»Echt?«, fragte der Liebknecht ungläubig.

»Das geb' ich ganz ehrlich zu! Ohne meinen Karl hätte ich diese Verbindung nie gesehen!«

Der Vaterstolz war bei diesen Worten weder zu überhören, noch zu übersehen. Beim Liebknecht ist es trotz intensivster Übungen bisher nie zu einer Vaterschaft gekommen, weil der quasi seine Übungen immer so angelegt hat, dass am Schluss der Übungscharakter erhalten geblieben ist. Aber trotzdem konnte er die Vatergefühle seines Chefs gut nachvollziehen. Und er hat sich auch gefreut, dass im Hause Köstlbacher der Haussegen auch zwischen Vater und Sohn gerade hing. War ja während der Pubertät vom Karl nicht immer so, frage nicht! Kein Kriminaler, der schon am Morgen von einer nervigen Familie gestresst in die Arbeit kommt, kann so einen Scheißjob ohne bleibende Schäden durchstehen. Auch kein Köstlbacher!

»Um zu deiner Frage zu kommen, welche Rolle der Roland dabei spielt: Der Roland Zeller ist der Schlagzeuger von ›*Scherbentanz*‹!

»Wow!«, stieß der Liebknecht hervor.

»Roland Zeller, Schlagzeuger bei ›*Scherbentanz*‹! Ach du Scheiße! Wie hast du das raus bekommen? Wieder dein Karl?«, fragte der Liebknecht.

»Nein! Kurz bevor er mir diesen Überraschungsbesuch abgestattet hat, habe ich mir zufällig im Internet auf der Homepage der Band die Jungs mal angesehen! Wir haben nicht drüber gesprochen. Er hat es nicht erwähnt und ich habe ihn nicht danach gefragt. Irgendwas an dem Zusammenhang stinkt!«

»Wie Hundescheiße im Keller!«, bekräftigte der Liebknecht. Wieder einmal einer seiner bekannten Versuche, drastische Vergleiche zu bringen.

Weiter konnten die beiden ihr Gespräch nicht vertiefen, weil sie inzwischen am Bestimmungsort angekommen waren, wo sie schon vom Spezialkommando erwartet wurden.

»Schau dir die an!«, sagte der Köstlbacher und deutete auf den wartenden Trupp. »Besser sehen die vom LKA auch nicht aus!«

Es bedurfte nur weniger klärender Worte mit dem Einsatzleiter. Dann stürmte das Kommando mit schusssicheren Westen, Helmen und schwerer Bewaffnung Simons Wohnung, die vorab auf ein Läuten hin niemand geöffnet hatte. Das Türschloss war nur eingeschnappt. Ein Aufbrechen erübrigte sich daher.

Eingeschnappte Türschlösser sind vielleicht für dich ein Hindernis, wenn du in deine Wohnung nicht mehr zurück kannst, weil du dich ausgesperrt hast. Für den Fachmann des Einsatzkommandos reichte seine Checkkarte. Fast wie im Fernsehkrimi.

»Da war wohl schon einer vor uns da!«, brummte der Köstlbacher, nachdem er den mit Sturmgewehren bewaffneten Beamten folgend die Wohnung vom Simon betreten hatte.

»Wenn da irgendwas war, jetzt ist es bestimmt weg!«, ergänzte der Kommissar Liebknecht, der seinem Chef auf den Fuß gefolgt war.

»Vielleicht! Vielleicht auch nicht! Den PC haben sie jedenfalls mitgenommen. Da, schau, abgesteckte Anschlusskabel! Aber vielleicht liegt noch irgendwo ein USB-Stick rum. Es soll Leute geben, die regelmäßig Sicherungskopien von ihren Daten machen!«, meinte der Köstlbacher, glaubte an so einen Glücksfall aber selbst nicht.

»Werden wir noch gebraucht?«, fragte in dem Moment der

Einsatzleiter der fünf schwer bewaffneten Beamten, die der Köstlbacher aus Sicherheitsgründen beordert hatte.

Ganz in Gedanken versunken winkte der Köstlbacher ab und meinte:

»Hier? Nein! Danke! Danke für eure Hilfe! Ihr habt das super gemacht!«

Der Einsatzleiter hat sich über dieses Lob vom Köstlbacher gefreut, frage nicht. Aber noch mehr hat er sich gefreut, dass alles so reibungslos abgelaufen ist. Schließlich war vorher bekannt, dass es um mehrfachen Mord geht. Und da kann ein in die Enge getriebener Verdächtiger schon einmal ausrasten. Umso besser, wenn der gar nicht zu Hause und so.

Kaum war der Sturmtrupp draußen, da pfiff der Liebknecht plötzlich durch seine Zähne und rief:

»Edmund, schau dir einmal das an!«

Unter etlichen Ausgaben des Regensburger Magazins ›*filter*‹ lag ein Stoß Blätter, bei denen es sich offensichtlich um eine Textsammlung der bisher aufgenommenen Lieder der Gruppe ›*Scherbentanz*‹ handelte. Interessant, weil der Konrad Pielmeier, das erste Opfer droben im Biergarten der Kreuzschänke, der Manager dieser Regensburger Band gewesen ist. Interessant, weil die Textzeile ›*Bist am Ende wieder schlauer, wenn einstürzt deine Lügenmauer*‹ jetzt schon ein paar Mal aufgetaucht ist. Und ganz besonders interessant, weil der Oskar jetzt der Roland ist und als solcher Schlagzeuger der Musikergruppe ›*Scherbentanz*‹! Allerdings, aus alledem einen sinnvollen Zusammenhang heraus zu arbeiten, da lagen wohl immer noch Welten dazwischen.

Kap. 24

Die Susanne hat's in der Wohnung vom Michael Segerer nicht mehr ausgehalten, als der Simon sie alleine zurück gelassen hat. Klar hat er sie zuvor eingehend gewarnt, die Wohnung ja nicht zu verlassen. Aber wie der Simon dann weg war, da ist in der Susanne so ein komisches Gefühl hochgestiegen, du weißt schon, so ein Unwohlsein, das nicht vom Magen her kommt. Und irgendwie erschien ihr jetzt plötzlich wieder alles sehr ding. Auch wenn sie sich gerade noch mit ihm verlustiert hatte. Selbst diese unstreitig überdurchschnittlichen Qualitäten vom Simon konnten nicht darüber hinweg täuschen, dass sie ihm seine Geschichte, mit der er ihr seine Unschuld an der ganzen Misere beweisen wollte, einfach nicht wirklich glauben konnte.

Angeblich soll die ganze Angelegenheit zunächst einen ganz normalen Ursprung gehabt haben. Bis dann alles aus dem Ruder gelaufen ist und die Drahtzieher der Meinung waren, mit dem Ausknipsen vom Konrad Pielmeier, dem Manager der Gruppe ›*Scherbentanz*‹, würde alles wieder ins Lot kommen.

Als ob durch einen Mord schon einmal irgendwas wieder ins Lot gekommen wäre!

Nicht dass du jetzt denkst, der Pielmeier hat seinen Tod quasi verdient, weil er eine ganze LKW-Ladung Dreck am Stecken gehabt hat. Ganz und gar nicht! Gerade anders herum ist's gewesen! Zumindest hat der Simon das der Susanne so erzählt.

Angeblich – ich sage ›*angeblich*‹, weil zu dem Zeitpunkt wo der Simon gegenüber der Susanne das mit »*dem Dreck am Stecken*« behauptet hat, da erfuhr der Köstlbacher fast zeitgleich vom Roland alles aus einer gänzlich anderen Perspektive und so – also ›*angeblich*‹ kannte der Pielmeier den Dr. Wilhelm Höchterl recht gut, also den Bruder von der Susanne. Gut kennen ist sogar weit untertrieben. Die beiden waren, laut Simon, sozusagen beste Freunde.

Allerdings, eines musst du wissen, die Susanne und ihr Bruder, also nicht dass du jetzt denkst, die hatten sich noch nie gemocht, aber jeder von den beiden führte sein eigenes Leben. Ganz besonders, seit der Vater der beiden gestorben war. Und wer da mit wem dicke Freundschaft und so, da weihten sie sich gegenseitig nicht in dem Umfang ein, wie du es beispielsweise vielleicht mit deinen Geschwistern eher gewohnt bist.

Weil die Susanne nun aber von dieser Freundschaft praktisch nichts wusste, zweifelte sie auch an den Darstellungen vom Simon erst einmal nicht. Hätte ja durchaus sein können! Und war vielleicht ja auch so!

Ich will dich jetzt nicht länger auf die Folter spannen und dir endlich auch dem Simon seine Version erzählen, selbst wenn sie dir sehr ding vorkommt und außer ein paar Schnittpunkten mit der vom Roland nicht besonders viel zu tun hat.

Einem Toten was in die Schuhe zu schieben ist natürlich immer leicht. Schließlich dürfte es dem schwer fallen, das Gegenteil zu behaupten. Und wenn sich da nicht einer wie der Köstlbacher die Mühe machen würde, Dichtung von Wahrheit zu trennen, dann bliebe alles schnell bei der Dichtung.

Ja, wie fange ich da jetzt am besten an, um möglichst genau die Wortwahl zu treffen, die der Simon gegenüber der Susanne getroffen hat?

Am besten ich gebe einfach das wieder, was ich mir von der Susanne später, als alles vorbei war, persönlich anhören durfte. Nur durch das große Glück, den Köstlbacher zum Freund zu haben, der mir dieses Gespräch vermittelt hat, kam ich ja überhaupt in den Genuss, beide Versionen des Geschehens zu Gehör zu bekommen. Welche die richtige war, oder ob vielleicht eine dritte Version am Ende der Realität entsprochen hat, das möchte ich dir jetzt allerdings trotz allem noch nicht verraten.

Eines solltest du vorab doch noch wissen, sowohl der Roland als auch der Simon haben von einem Unbekannten im Hintergrund geredet, der die Fäden in der Hand hält und auf dessen Kommando gehandelt worden ist. Aber ich sage dir, dass ich da nicht so blauäugig bin und alles glaube. Von einem großen Unbekannten zu reden ist immer die einfachste Möglichkeit, Verantwortung abzuwälzen. Aber warten wir ab!

Beim Simon war eine ganz zentrale Figur der Dr. Wilhelm Höchterl. Irgendwer brachte den eines Tages auf die Idee mit den Medikamenten. Eine verrückte, abgefahrene Idee. Aber wenn du so eine Allgemeinpraxis wie die vom Dr. Höchterl hast, so eine mit extrem wenigen Privatpatienten, quasi so eine, wo du dir als Arzt jeden Monat überlegst, ob du nicht auch mit zwei Angestellten anstatt mit drei auskommen könntest, weil das Einkommen sonst gerade mal die Ausgaben deckt, dann gehörst du als Arzt schneller als du denkst zu der Risikogruppe, die schon mal für eine faule Sache offen ist, sofern sich irgendwo eine zusätzliche, lukrative Einnahmequelle eröffnet.

Also nicht dass du mich jetzt falsch verstehst, der Dr. Höchterl war eigentlich ein grundehrlicher Mensch. Aber was hilft dir deine ganze Ehrlichkeit, wenn du auf alles verzichten sollst, was dir Freude macht, sogar aufs Golfen oder deinen Jahresurlaub auf Mauritius, nur weil die Krankenkassen alles Geld einschieben und du quasi aus humanitären Gründen arbeiten sollst. Sozusagen für Gottes Lohn! Da hättest du ja gleich Pfarrer werden können! Und selbst der steht finanziell nicht schlecht da, weil das mit dem *›für Gottes Lohn‹* auch ein Priester nicht so wörtlich nehmen muss.

Jedenfalls hat der Dr. Höchterl schweren Herzens schon seit längerem damit begonnen, seine Abrechnungen zu manipulieren. Sein größter Fehler war dann wahrscheinlich der, dass er einen Patienten abgerechnet hat, der bereits im Quartal zuvor verstorben war. Ein Missverständnis, möchte man meinen! Doch weil's funktioniert hat, bald ein regelmäßiges *›Missverständnis‹*. Jeder Verstorbene bekam noch eine saftige Schlussrechnung hinterher. Das fiel niemandem auf. Aber weil zu wenige Patienten den Löffel abgegeben haben, um so von ihnen, beziehungsweise von ihren Hinterbliebenen nochmal absahnen zu können, hat der Dr. Höchterl nach weiteren Einnahmequellen geforscht. Nicht ohne Erfolg, was glaubst du. Ein bisschen makaber vielleicht, das mit den krebskranken Patienten. Aber immerhin konnte er jetzt sein Jahresabo für den Golfclub wieder bezahlen. Und bald war sogar eine vierte Hilfskraft, allerdings nur halbtags, drin. Auch vom geliebten Mauritius konnte er wieder mehr als nur schwärmen.

Ausprobiert hat er seine Geschäftsidee an Kassenpatienten, die ihre Krebsdiagnose zum ersten Mal von ihm selbst bekamen. Unter Umgehung der Apotheken hat er ihnen hochwirksame, teure Präparate verschrieben, die er ihnen selbst aushändigte. Placebo Präparate! Medikamente, die seinem Reden nach nur Privatpatienten bezahlt bekämen. Angeblich aus Klinikpackungen entnommen, an die er über Beziehungen günstig heran käme, was einen großzügigen Preisnachlass ermögliche.

Der Umsatz blühte. Bald erweiterte der Dr. Höchterl seine Geschäftsidee. Er ging dazu über, selbst unheilbare Krebsarten zu diagnostizieren und eine erfolgversprechende Behandlung mittels seiner Placebo Präparate anzubieten. Der eine oder andere Patient holte sich eine zweite Meinung ein. Weiter kein Beinbruch! Dr. Höchterl rekrutierte neue! Bald sind bei ihm nur noch Krebspatienten aus- und eingegangen. Du glaubst ja gar nicht, wie dreist einer werden kann, wenn ihm keiner einen Riegel vorschiebt!

Bis er dann diesen ominösen Anruf bekommen hat. Da ging dem Wilhelm sein Arsch erst einmal auf Grundeis! 80% vom Gewinn hat er abdrücken müssen, wollte er ohne Anzeige davon kommen. Und eine Umsatzsteigerung von 100 % wurde ihm ans Herz gelegt. Nicht von heute auf morgen, aber in einer absehbaren Zeit. Er sollte *›innovative Ideen‹* entwickeln. Viele andere Kollegen hätten da auf den unterschiedlichsten Gebieten schon große Vorstöße unternommen.

Der Dr. Höchterl tat sein Bestes. Das Geschäft blühte. Irgendwann kam dann mit der Post dieses Päckchen mit 5000 Flyern. Natürlich ohne Absender. Als man ihm dann auch noch ans Herz legte, zur aktiven Sterbehilfe, die im Flyer unterschwellig angeboten werde, seinen Beitrag zu leisten, da trat zum ersten Mal echter Widerspruchsgeist auf.

Wie du dir schon denken kannst, war die Antwort darauf die Entführung der Susanne, seiner einzigen Schwester. Hätte man ihn als Antwort bei der Ärztekammer angeschwärzt oder bei der Polizei, wäre damit diese Einnahmequelle unwiderruflich versiegt. Aber wer gräbt sich schon das eigene Wasser ab? Daran waren die Drahtzieher nicht interessiert. Offensichtlich wollte man ihm nur einen Warnschuss vor den Bug setzen, ihn weich kochen.

Die Entführung musste der Simon erledigen, der aufgrund seiner permanenten Geldknappheit schon öfter für die *›graue Eminenz‹* im Hintergrund Auftragsjobs erledigt hatte. In der Version vom Simon waren diese Jobs zwar durchaus illegaler Natur, aber nicht wirklich kriminell. Zumindest nicht so kriminell, dass das beispielsweise durch einen Mord einen Köstlbacher auf den Plan gerufen hätte.

In diesem Zusammenhang betonte es der Simon ganz besonders, dass die beiden Morde, der eine in der Kreuzschänke und der andere in der Alten Linde nicht auf sein Konto gingen und er auch nicht glauben könne, dass sie in einem direkten Zusammenhang mit dem Wilhelm und seinen Machenschaften stünden.

Hingegen faselte er wirres Zeug vom Roland Zeller. Zunächst nichts Konkretes. Aber dann doch wieder so, als wäre der

Roland für alles verantwortlich zu machen. Die Susanne kannte den Roland oberflächlich von der Biergartenclique her. Das wusste der Simon natürlich, ging aber nicht darauf ein.

Unabhängig davon gingen der Susanne aber zwei Fakten nicht aus dem Kopf. Die zwei Fakten, die sie nicht so ohne weiteres schlucken konnte und die ihr viel mehr, als du glaubst, zu denken gaben, waren die Wohnung vom Michael Segerer mit gutem Blick auf den Biergarten der Kreuzschänke und Simons eigene Wohnung mit freiem Schussfeld hinüber zur Alten Linde.

Und dann wäre da ja auch noch dieses Kleinkalibergewehr vom Simon! Sie hatte es in seiner Wohnung schon ein paar Mal gesehen. Einmal am Tage ihrer Entführung, an dem er vermutlich mehr daran herum putzte, als in seiner Wohnung im ganzen Jahr.

Interessant war Simons Meinung zur Ermordung vom Bruder der Susanne, vom Dr. Wilhelm Segerer, mit der er selbstredend auch nichts zu tun haben wollte.

Die ›*graue Eminenz*‹ im Hintergrund hatte ein weit verzweigtes Netz an organisiertem Verbrechen innerhalb der Ärzteschaft aufgebaut. Ein einzelner Arzt, der nicht spurte, konnte das ganze Unternehmen gefährden. Das wird, so Simon, der Auslöser gewesen sein, den Dr. Höchterl über die Klinge springen zu lassen.

Im Anschluss sollte die Susanne als Risikofaktor auch liquidiert werden. Und das ausnahmsweise vom Simon höchst eigenhändig. Aber weil er sie so sehr liebte und blablabla, habe er sie befreit.

Um die Beantwortung der Frage nach dem zweiten Mann,

hinten in der Nähe von Altenthann, wo man die Susanne in einem dunklen Keller festgehalten hatte, drückte sich der Simon herum, weil zu viel Wissen für die Susanne nur eine zusätzliche Gefahr bedeuten würde.

Eines musst du wissen, die Susanne ist eine ausgefuchste Journalistin und hat sich bei Recherchen schon viele schräge Geschichten anhören müssen. Darum brauchst du auch keine Angst haben, dass sie vom Simon alles unreflektiert schluckte. Ganz im Gegenteil! Schon allein das Befreiungsmanöver war alles andere als logisch, auch wenn's der Simon sozusagen mit einem Akt der Liebe zu ihr begründete. Was sollte überhaupt das plötzliche Gefasel von Liebe? Wenn sie je was wirklich mit dem Simon verbunden hat, dann war das ein guter Fick. Mehr nie! Und das dürfte auch der Simon immer so gesehen haben.

Kap. 25

Simon hatte gar kein gutes Gefühl. Auch wenn er in diesem Moment noch kaum etwas von der Fahndung nach ihm ahnen konnte. Trotzdem konnte sein nächster Schritt sehr gefährlich werden.

Die Befreiung Susannes würde man nicht so einfach hinnehmen. Sie und vermutlich nun auch er selbst, dürften inzwischen Risiken darstellen. Um jemanden mundtot zu machen gibt es außer Geld immer noch die Radikallösung. Und Simon hoffte, dem noch zuvorkommen zu können.

Auch dass er soeben die Susanne wohl nicht wirklich von seiner Version überzeugen konnte, war ihm durchaus unliebsam bewusst.

Beim Verlassen der Wohnung oben am Ramwoldsplatz hatte ihn niemand beobachtet. Ein gutes Zeichen! Ein Zeichen, dass ihn niemand hier vermutet hatte. Insofern würde auch Susanne in der Wohnung vom Micheal Segerer sicher sein. Und Michael? Gedanken an ihn verdrängte er. Es war alles schon kompliziert genug.

Sein Auto ließ der Simon im Parkhaus am Arnulfsplatz stehen. Zu Fuß würde er sich an seine Wohnung weitaus effektiver heimlich heranschleichen können. Regensburgs Gässchen gerade in diesem Viertel der Altstadt boten unzählige Varianten, sich ungesehen vorwärts zu bewegen. Vor allem, wenn man für den Ernstfall die Ein- und Ausgänge der vielen Hinterhöfe kannte. Simon war hier aufgewachsen. Wer sollte sie also kennen, wenn nicht er?

Einer inneren Eingebung folgend strebte er zuerst auf die Wollwirkergasse zu, um dann über die Winklergasse hinunter zur Brunnleite zu gelangen. Bis vor zum Fischmarkt wollte er dann direkt an der Donau entlang gehen, wo außer ein paar Spaziergänger mit ihren Hunden und einige Jungendliche, die sich schon jetzt am Mittag mit Alkohol zu dröhnten, höchstens Touristen zu erwarten waren. Trotzdem ließ es der Simon nicht an der nötigen Vorsicht mangeln und sondierte das Terrain mit wachem, fast möchte ich sagen ängstlichem Blick, sobald er einige Schritte vor sich hatte, die von verschiedenen Seiten eingesehen werden konnten.

Dennoch hätte er beinahe den Typen auf dem Eisernen Steg übersehen, der lässig und scheinbar gelangweilt mitten auf der Brücke am Brückengeländer lehnte. Auffällig war höchstens, dass er seine Langeweile einmal stromaufwärts und einmal stromabwärts im Wechsel von höchstens einer Minute zur Schau stellte. Hätte der große, grau-blond-gesträhnte, langhaarige Typ, der einen rotblonden Vollbart mit in zwei Zöpfchen geflochtenem Kinnbart trug, seinen Kopf mit einer seltsamen, schwarzen Mütze bedeckte und unentwegt eine lange Lesepfeife zum Qualmen brachte, weniger auffällig ausgesehen, Simon hätte ihm wohl kaum Beachtung geschenkt. Aber spätestens beim Aufblitzen der vier breiten, silbernen Ohrringe war das Bild abgerundet, und Simon wusste todsicher, wen er hier vor sich hatte. Roland! Roland Zeller! Der Fahrlehrer! Der Schlagzeuger von ›*Scherbentanz*‹! Und gleichzeitig der, den Simon am meisten fürchtete. Von der ›*grauen Eminenz*‹ einmal abgesehen, diesem Mr. Unbekannt, der die Fäden zog.

Ob das nun Zufall gewesen ist oder ob der Roland dort oben auf der Brücke genau auf den Simon gewartet hat, darüber hat sich der Simon keine unnötigen Gedanken gemacht. Durchaus nötige Gedanken gemacht hat er sich dagegen, wie er es anstellen sollte, weiterhin unentdeckt zu bleiben. Denn eines war sicher, der Roland hatte ihn unter den Bäumen am Ufer bisher noch nicht erspäht.

Langsam, so als wäre er ein Spaziergänger, der sich entschlossen hat, die Richtung zu wechseln, drehte sich der Simon um und schlenderte, seinen gewöhnlichen Gang ganz bewusst verändernd, wieder zurück in Richtung Brunnleite.

Das Wendemanöver ist dem Roland auch allem Anschein nach entgangen. Mag sein, seine Pfeife qualmte in diesem Augenblick ein wenig zu fest. Vermutlich bekam er von Simons Anwesenheit tatsächlich nichts mit.

Warum auch immer dieser Roland auf der Brücke Position bezogen hatte, der Simon wollte ihm auf keinen Fall über den Weg laufen. Der Roland würde nicht ewig da oben stehen bleiben. Am besten würde es sein, noch ein paar Stunden in Michaels Wohnung abzuwarten.

Dass er wenige Minuten später die Wohnung leer vorfand, die Susanne trotz aller Warnungen ausgeflogen, versetzte dem Simon innerhalb kürzester Zeit einen zweiten Schock.

Kap. 26

Lange hat die Susanne erst einmal aus dem einen Fenster geschaut, von dem aus sich ein herrlicher Blick hinunter in den Biergarten der Kreuzschänke bot. Den Toten, den es dort unten gegeben hat, auf den der Simon kaum eingegangen ist, sollte der mit alledem, ganz besonders mit dieser Wohnung, nichts zu tun haben? Würde man nicht von hier aus gut in den Biergarten runter schießen und auch leicht treffen können?

›*Spekulation!*‹, meldete sich Susannes Vernunft. ›*Dies ist nicht die einzige Wohnung rund um den Biergarten mit freier Sicht hinunter!*‹

Dass die Susanne dann nicht mehr länger in Michaels Wohnung geblieben ist, weißt du ja schon, obwohl ihr beinahe nichts anderes übrig geblieben wäre. Da war nämlich die leidige Angelegenheit mit ihrer Bekleidung. Was sie in Altenthann in dem Keller getragen hatte, davor ekelte es ihr. Und das, was ihr der Simon aus dem Bestand vom Michael raus gesucht hatte, das war nicht wirklich stadttauglich für eine Frau, die es gewohnt ist, nur gepflegt außer Haus zu gehen.

Nun war guter Rat teuer. Ein Blick in Michaels Schrank schaffte Gott sei Dank Abhilfe. Warum auch immer, aber im Schrank war ein Teil mit Frauensachen belegt. Susanne hatte schon so etwas gehofft, weil im Bad auch Kosmetikartikel und diverse Utensilien rum lagen, die eigentlich kein Mann für sich braucht. Michael schien eine Freundin zu haben, die zumindest ab und an bei ihm übernachtete. War er mit ihr zusammen in

Urlaub? Das würde zumindest erklären, warum Simon einen Schlüssel zum Blumengießen für die Wohnung hatte und das nicht sie erledigte.

Und ob du es jetzt glaubst oder nicht, die weiblichen Klamotten passten der Susanne. Zufall! Mit Sicherheit! Aber warum soll es nicht auch einmal Zufälle geben, die was Gutes bewirken? Susanne entschied sich, wie konnte es anders sein, für ein kurzes schwarzes Teil. Genau richtig für die hohen Temperaturen, die der Tag allen Erwartungen nach bringen würde. Weniger wegen der Farbe natürlich!

Frisch eingekleidet und mit den fremden Utensilien geschminkt, hat sich Susanne dann auf dem kürzesten Weg zum Biergarten der Alten Linde aufgemacht.

Was auch immer der Simon ihr alles aufgetischt hatte, sie war zwar höflich genug gewesen, ihm wortlos zuzuhören. Das bedeutete aber noch lange nicht, dass sie ihm widerspruchslos Glauben schenkte. Zweifellos, Simon konnte sehr überzeugend reden. Aber Susanne war, ich hab's dir schon einmal gesagt, eine ausgefuchste Journalistin. Ankommende Informationen passierten erst einmal eine Art Sieb, bevor sie im Gehirn an entsprechende Knotenpunkte weitergeleitet wurden. Und dieses Sieb hat dem Simon seine Geschichte ganz und gar nicht homogen durchgelassen. Einige Ungereimtheiten bedurften zumindest einer Überprüfung. Völlig unglaubwürdig schienen ihr Simons Äußerungen, was den Roland betraf.

Natürlich befürchtete Susanne, dass sie sich tatsächlich in Gefahr befand, wenn sie die Wohnung verließ. Aber wer sagt, dass sie nicht auch in der Wohnung in Gefahr war. Letztendlich war der Micheal Segerer zwar angeblich irgendwo in Urlaub, aber mit seinem Auto und nicht etwa mit dem Flieger.

Wenn du mit dem Auto in Urlaub fährst, wer sagt dann, dass du dort auch so lange wie geplant bleibst? Da gibt es tausend Möglichkeiten, die dich dazu veranlassen können, deinen Urlaub abzubrechen und dich auf dem kürzesten Weg nach Hause zu begeben. Und wenn es nur die Ungewissheit ist, die in dir nagt, weil du dir nicht mehr sicher bist, ob du das eine Fenster ganz geschlossen hast, zu dem es immer rein regnet, wenn ein Gewitter mit Sturm und Regen kommt und du im Wetterbericht hörst, dass über deinem heimatlichen Wohnort eine Front nach der anderen hinweg fegt.

So gesehen war das Ausharren in Michaels Wohnung für die Susanne keine wirkliche Alternative, was ihre Sicherheit betraf. Hinzu kam noch, dass sie dem Simon nicht vollständig traute. Und der Michael Segerer? Simon hatte den irgendwie in seiner Version ausgelassen. Was allerdings nichts heißen musste. Konnte ja gut sein, der Michael hatte in der Tat keine Bedeutung. Wäre ja andererseits auch schlimm, wenn jeder, der irgendwie und irgendwann mit dem Simon zu tun hatte, in einem Zusammenhang mit den Morden gesehen werden müsste.

Es war erst 11.00 Uhr vormittags. Die Sonne schien, und der Biergarten ›*Alte Linde*‹ wurde gerade erst eröffnet. Außer ein paar ganz Hartgesottene, die hier schon um diese Zeit ihr erstes Bier zischten, eher im hinteren Teil des Biergarten sitzend, wo sie nicht gleich jeder erkannte, wuselte im Biergarten nur eifrig das Bedienungspersonal herum, rechte das Laub der Linden zusammen, das in der gewittrigen Nacht der stürmische Wind von den Bäumen gerissen hatte, und deckten die Tische ein. Die Salattheke wurde bereits vom Koch bestückt und auch am großen Grill stand schon einer, um ihn für den Mittagsansturm der Gäste vorzubereiten. Zwischendurch war immer wieder der Wirt des Biergartens und natürlich auch des dazu gehörigen Gasthauses ›*Alte Linde*‹ zu sehen.

Eines musst du wissen, selbst wenn der Bernhard Wiesbeck mal gerade nicht vor Ort sein kann, sein Personal ist auch ohne ihn immer auf Zack. Nicht so gestresst wirkende Kellner, wie du sie manchmal in der einen oder anderen Gastwirtschaft antriffst, die dich total unfreundlich bedienen, weil ihnen alles zu viel zu werden beginnt.

In der Alten Linde hast du immer das Gefühl, es freut sich jeder, der in dem Laden arbeitet, dass gerade du da bist, du ganz speziell. Und das auch, wenn der Biergarten proppenvoll ist und die Arbeit fürs Personal wirklich grenzwertig anstrengend wird. Selbst da haben die immer noch ein Lächeln für dich übrig und einen Scherz auf der Zunge.

Nach einem wachsamen Rundumblick, der die Susanne sehr zufrieden stellte, betrat sie den Biergarten und nahm vorne an der Mauer Platz, von wo aus dieser einmalige Blick über die Donau hinüber zur Altstadt, zur Steinernen Brücke und zum Dom gegeben ist. Jeder, der die Susanne jetzt da um diese Zeit so sitzen sah, dachte bestimmt, dass sie eine Touristin wäre, die mit ihrer Saftschorle die grandiose Aussicht und überhaupt den herrlichen Tag im Biergarten genießt und vielleicht noch auf Freunde wartet, mit denen sie sich hier verabredet hat.

Die alten, ausladenden Linden, die dem Biergarten den Namen gegeben haben, warfen keinen Schatten auf Susanne. Nach den Tagen im lichtlosen Kerker lechzte die junge Frau geradezu nach Sonne und genoss die warmen Strahlen auf ihrer Haut.

Aber nicht dass du jetzt denkst, die Susanne hat sich nur wegen einer Saftschorle und wärmenden Sonnenstrahlen in die Alte Linde begeben. Ohne Saftschorle hätte sie Sonne auch im Stadtpark haben können. Und dahin wär's weniger weit gewesen und sie hätte sich dort auch bestimmt unbeobachteter fühlen können.

Aber ich frage dich, was sollte die Journalistin im Stadtpark, wenn sie doch hier, vom Biergarten der Alten Linde aus die Sicht überprüfen wollte, die man von hier zu mindestens einem Fenster vom Simon seiner Wohnung ›*Am Wiedfang*‹ auf der anderen Donauseite eventuell haben kann.

Wenn ich sage ›*Journalistin*‹, dann nenne ich sie jetzt ganz bewusst so. Der Reporterinstinkt war in ihr erwacht. Irgendwie nahm sie es gar nicht mehr wahr, dass sie selber in dieses Komplott verwickelt sein musste. Sonst hätte man sie wohl kaum aus dem Verkehr gezogen. Ob nun in der Art, wie der Simon es ihr Glauben machen wollte oder auf eine andere Art.

Dem Simon seine Wohnung kannte die Susanne selbstverständlich. Das eine oder andere Mal hatte sie auch schon mehr oder weniger bewusst von dort zur Alten Linde herüber geschaut. Möchte man meinen, dann bräuchte sie jetzt eigentlich gar nicht hier sitzen und die örtlichen Verhältnisse aufmerksam betrachten. Aber denk doch mal nach, damals ist ihr beim Schauen bestimmt nicht die Frage durch den Kopf gegangen, ob man von der Wohnung aus einen im Biergarten der Alten Linde sitzenden Menschen erschießen kann oder nicht. Warum auch?

Zu einem echten Ergebnis schien Susanne durch diesen Ortstermin allerdings nicht zu kommen. Ihre ballistischen Kenntnisse reichten nicht aus, um die Möglichkeit in Betracht ziehen zu können.

›*Kann sein! Vielleicht aber auch nicht!*‹, dachte sie, schüttelte dabei ihren Kopf von rechts nach links und strich eine widerspenstige Haarsträhne aus dem Gesicht.

In dem Moment stand er vor ihr. Nicht direkt, sonst wäre er ihr bestimmt schon eher aufgefallen. Aber auch nicht weit weg. Ein paar Schritte vielleicht. Neben dem mächtigen Stamm der alten Linde, dem einzigen Baum, der in dieser Richtung noch zwischen der Susanne und der Gastwirtschaft stand. In seiner Linken hielt er seine typische Lesepfeife, ohne die er nur selten anzutreffen ist. Die Rechte war gerade damit beschäftigt, den Inhalt des Pfeifenkopfs mit einem Stopfer mehr Konsistenz zu geben.

Susanne hätte ihn auch ohne seine typische, schwarze Kopfbedeckung erkannt, die vier silbernen Ringe im linken Ohr und den roten Bart, den er mal zu einem oder mal, wie jetzt gerade, zu zwei Zöpfchen geflochten trug.

Wie der Roland so da gestanden hat und die Susanne nur wortlos angestarrt hat, in dem Augenblick, da fühlte sich die Susanne völlig grundlos ertappt! Ertappt, bei dem, was sie gerade dachte.

»Lange nicht mehr gesehen!«, sagte der Roland und hob zur Begrüßung seine Pfeife ein paar Zentimeter an.

»Vor ein paar Wochen im Kneitinger Keller?«, antwortete die Susanne in Form einer Frage.

»Hm!«, erwiderte der Roland. »Du spähst so verträumt über die Donau hinüber? Verliebt in das Panorama?«

Irgendetwas an Rolands Auftreten, seiner Mimik, seiner Gestik, irgendetwas ließ bei Susanne die Alarmglocken läuten.

›*Was will der von mir?*‹, dachte Susanne und hielt schützend, als würde sie vom hellen Sonnenlicht geblendet, eine Hand über ihre Stirn. Sie ärgerte sich, keine Sonnenbrille auf zu haben, hinter der sie ihre bestimmt verräterisch flackernden Augen hätte verbergen können. Aber die Brille war in dem Gucci Täschchen, das sie, seit sie gekidnappt worden war, so sehr vermisste.

»Blendet dich die Sonne?«, fragte der Roland mit einem spöttischen Lächeln im Gesicht, weil es offensichtlich war, dass die Sonne hinter Susanne stand und sie somit unmöglich blenden konnte.

Schnell nahm Susanne ihre Hand wieder herunter und meinte:

»Nein, nein! Gewohnheit! Durch deine Rauchschwaden hindurch bist du ja auch kaum zu erkennen.«

»Was treibt dich so früh am Tag in den Biergarten?«, fragte

Susanne, um das Gespräch in unverfängliche Smalltalkbahnen zu lenken.

Der Roland zuckte mit seinen Schultern und meinte:

»Mittagspause! Hab' meinen nächsten Fahrschüler erst um 13.00 Uhr! Und du? Urlaub?«

»Urlaub? Nein! Ich bin da gerade an einer Story dran. Schau mich einfach ein bisschen um!«, antwortete die Susanne und bereute schon während des Sprechens, das mit der Story erwähnt zu haben. Und wie immer, wenn sie etwas unsicher war, nestelte sie mit beiden Händen an ihren Haaren herum.

»Du meinst den Toten, den es hier gegeben hat?«, fragte der Roland und machte einen Schritt aus dem Schatten des Baumes heraus auf sie zu.

Instinktiv versteifte sich die Susanne, als ihr der Roland näher kam. Ob er das gemerkt hatte?

Wegen der nahen Mittagszeit war der Biergarten inzwischen nicht mehr so leer, wie noch vor einer halben Stunde. Und weil jetzt auch noch ein ganzer Bus voll mit Landfrauen aus dem Bayerischen Wald zu einem stärkenden Mittagessen in den Biergarten drängte, für die ihr Gemeindepfarrer eine interessante, aber anstrengende Kirchenbesichtigungsfahrt nach Regensburg organisiert hatte, baute sich die Spannung zwischen der Susanne und dem Roland sichtlich ab, die beide kurz zuvor auf einen Fremden noch wie streitsüchtige Kontrahenten gewirkt haben mussten, die wie zwei Revolverhelden umgehend ihre Waffen ziehen würden.

»Darf ich mich zu dir setzten?«, fragte der Roland und deutete auf den freien Platz gegenüber der Susanne. »Es wird langsam etwas laut hier!«

Die Susanne sagte nichts, machte aber eine einladende Handbewegung. Der inzwischen halb gefüllte Biergarten gab ihr Sicherheit und nahm ihr die Angst vor Rolands Präsenz. Noch vor ein paar Tagen hätte sie sich gefreut, den Roland zu sehen, selbst wenn es mitten in der Nacht auf der Steinernen Brücke gewesen wäre. Aber heute? Sie brachte einfach Simons Worte nicht aus dem Kopf:

›*Pass auf den Roland auf! Der lacht dich vorne an und sticht dir hinten sein Messer in den Rücken!*‹

Der Simon hatte das zwar im übertragenen Sinn gemeint, aber so etwas stellt man sich auch schnell real vor.

»Was weißt du über den Toten? Hat die Polizei schon eine Spur?«, fragte die Susanne den Roland, der mit der Halben Weißbier, die er zwei Tische weiter stehen hatte, inzwischen bei ihr Platz genommen hatte.

»Auch nur, was in der Zeitung darüber zu lesen war. Werner Krüger! Von Beruf Bänker! So an die 50 Jahre, wenn ich mich recht erinnere. Eine Spur fragst du? Keine Ahnung! Wenn du mich fragst, dann hat hier irgendwer ein großes Interesse daran, den Leuten das Biergarten gehen zu vermiesen.«

»Da habe ich aber was ganz anderes gehört!«, rutschte es der Susanne heraus.

»Echt? Von wem? Und was?«, fragte der Roland sichtlich erstaunt.

»Ich weiß nicht mehr, wo ich's aufgeschnappt habe«, zog sich die Susanne gerade noch aus der Affäre. »Sollen beide Male

Hinrichtungen gewesen sein. Dass es jedes Mal in einem Biergarten passiert ist, war angeblich eher zufällig.«

»Interessante Vorstellung!«, sagte der Roland und pfiff dabei anerkennend durch seine Zähne. »Und warum sollte jemand hingerichtet werden?«

Susanne zuckte nur unwissend mit den Schultern. Natürlich hatte sie eine Ahnung. Zumindest, wenn dem Simon seine Version auch nur annähernd Hand und Fuß hatte. Aber dem Roland gegenüber wollte sie damit nicht heraus rücken. Sie vertraute ihm nicht, auch wenn inzwischen ihre Angst vor ihm nachgelassen hatte. Laut Simon kam es durchaus in Betracht, dass der Roland bei den Morden kräftig mitgemischt hatte. Wenn nicht aktiv, dann zumindest im Hintergrund.

»Übrigens, mein Beileid! Wegen deinem Bruder!«, sagte der Roland auf einmal unvermittelt.

»Wir hatten schon länger keinen Kontakt mehr!«, sagte die Susanne und umschrieb damit das ungute Verhältnis zu ihrem Bruder.

»Aha! Armbrust! War bestimmt ein Unfall!«, kommentierte der Roland, ging aber weiter auf das der Susanne sichtlich unangenehme Thema nicht mehr ein.

»Wie geht's eigentlich dem Simon?«, wechselte der Roland plötzlich spontan das Thema und hatte dabei einen seltsam lauernden Ausdruck im Gesicht.

Der Susanne entging das nicht. Darum antwortete sie ausweichend:

»Keine Ahnung! Hab' ihn schon lange nicht mehr gesehen!«

»Tatsächlich?«, fragte der Roland mit einem bewusst spöttischen Unterton in seiner Stimme.

»Ja! Tatsächlich!«, blieb die Susanne bei ihrer Behauptung. »Warum fragst du?«

»Weil mich deine Antwort wundert. Ist er nicht vor ein paar Stunden zusammen mit dir von Altenthann nach Regensburg gefahren?«

Susanne erstarrte. Sie erstarrte noch heftiger, als vorher, als sie den Roland so plötzlich vor sich im Biergarten hatte stehen sehen. Er wusste es! Er wusste viel mehr! Er wusste alles! Jetzt blieb nur noch eine Möglichkeit: Frech sein und zum Gegenangriff über gehen.

»Wenn du so schlau bist, dann kannst du mir vielleicht auch verraten, was ich in Altenthann zu suchen hatte?«

Die Susanne vermied es bewusst, die Dinge zunächst nicht direkt anzusprechen. Erst einmal herauskitzeln, was ihr Gegenüber im Schilde führte.

»Simon hätte dich nicht laufen lassen dürfen. Jetzt steckt ihr beide bis zum Hals in der Scheiße.«

Die Susanne ist ja eigentlich immer dezent gebräunt, nicht nur um diese Jahreszeit. Aber jetzt war diese Bräune schlagartig wie weggeblasen.

»Simon sagt, die hätten mich umgelegt, nachdem ich als Druckmittel gegen meinen Bruder überflüssig geworden bin!«, sagte die Susanne offen und ehrlich, weil ihr spontan klar war, dass der Roland alles wusste und nicht mit verdeckten Karten spielte.

»Sag'! Du bist doch nicht zufällig hier, oder?«, fragte sie noch, bevor der Roland antworten konnte.

»Dass ich dich hier treffe, ist mehr oder minder schon Zufall. Ich hab' dich von der Steinernen Brücke aus gesehen, wie du runter zur Alten Linde gegangen bist. Mag sein, man hätte dich tatsächlich erledigt. Jetzt, wo du frei bist, stehst du auf alle Fälle auf deren Abschussliste!«

»Du machst mir Spaß!«, antwortete die Susanne und schluckte dabei erschrocken.

»Und was bedeutet dein *›mehr oder minder‹*«?, fragte sie neugierig.

»Ich suche Simon. Genauer gesagt, ich wollte ihn warnen. Er ist der Einzige von dem Haufen, der es noch wert ist, dass man ihm hilft. Seine Wohnung haben sie schon durchgewühlt. Sie und anschließend auch noch die Polizei! Wenn mich nicht alles täuscht, haben sie für die Kripo etwas zurück gelassen, was die sehr interessieren dürfte. Im Fährten lesen sind die eins a! Besser als die Kripo im Lesen.«

»Woher weißt du das alles? Simon sagt, du hast die beiden Morde begangen und den mit der Armbrust vielleicht auch!«, sagte die Susanne, inzwischen frei von jeder Vorsicht und Zurückhaltung. Der Roland strahlte mit einem Male eine Vertrauenswürdigkeit aus, das glaubst du nicht. Die Susanne war davon jedenfalls überwältigt.

»Das musst du nicht wissen. Ich meine, was ich woher weiß. Aber zu deiner Beruhigung: Ich bin einer von den Guten!«, sagte der Roland.

»Das hat der Simon von sich auch behauptet! Sogar fast im gleichen Wortlaut!«, entgegnete die Susanne.

»Im Prinzip stimmt das auch. Aber seine Aktionen sind Gratwanderungen. Der Beweis ist deine Entführung! Erst hat er zugestimmt, um dich aus der Schusslinie zu halten. Er dachte, wenn er das macht, hat er alles im Griff. Wie er dann endlich geschnallt hat, mit wem er sich da eingelassen hat, versuchte er, dich zu retten. Nobel! Aber ein Anruf beim Köstlbacher hätte mehr bewirkt.«

»Köstlbacher? Muss ich den kennen?«, fragte die Susanne.

»Eigentlich schon! Die überwiegende Mehrzahl der Regensburger zumindest kennt ihn. Polizeihauptkommissar Edmund Köstlbacher, Leiter des Einsatzkommandos der Mordkommission, wenn's um besonders verzwickte Fälle geht. Bisher ist seine Aufklärungsrate die höchste innerhalb der Kripo Regensburg!«

»Jetzt, wo du's sagst, von dem habe ich tatsächlich auch schon gehört!«, entsann sich die Susanne.

»Hätte mich auch gewundert. Bestimmt hat Simon ihn schon mal erwähnt.«

Die Susanne konnte sich momentan nicht erinnern, wo oder wann sie den Namen Köstlbacher schon einmal gehört hatte, aber vom Simon, das glaubte sie eher nicht.

»Also jetzt noch einmal: Hast du eine Ahnung, wo der Simon zu finden sein könnte?«

»Nein! Keine Ahnung! Er hat mich allein in der Wohnung zurück gelassen. Vorher bläute er mir ein, ja keinen Schritt aus der Wohnung zu machen!«

»Das kann nicht sein! Du in seiner Wohnung? Dann hättest du die Wohnung ja schon vor ein paar Stunden verlassen müssen, noch bevor die sie durchsucht haben.«

»Redest du von Simons Wohnung? Der da drüben?«, fragte die Susanne und deutete über die Donau hinüber.

»Nicht?«, fragte der Roland. »Wo dann? Bei dir? Droben am Galgenberg?«

»Weder in Simons noch in meiner Wohnung! Dass man dort nach mir suchen würde, das vermutete Simon auch.«

»Wo dann? Bei der Riemann?«, fragte der Roland.

Eine seltsame Frage. Spontan keimte erneut Misstrauen gegen den Roland auf.

»Wie kommst du auf die Sandra? Die habe ich seit Monaten nicht mehr gesehen. Außerdem, woher weißt du, dass ich mit der Sandra befreundet bin?«, fragte die Susanne.

»Du hast es im Biergarten oben im Kneitinger Keller mal erwähnt. Ich glaube du sagtest das, als unsere Clique über das Verbot von Marihuana diskutierte. Kann das sein?«

Rolands Antwort klang aalglatt, eher wie eine Ausrede und doch trotzdem auch irgendwie wieder plausibel.

»Hm! Nein, ich war nicht bei Sandra! Ich war oben am Ramwoldsplatz. Simon hat da den Schlüssel zu einer Wohnung.«

»Ah! Verstehe! Der Michael Segerer ist in Urlaub! Simon ist wieder einmal zum Blumen gießen eingeteilt!«, sagte der Roland.

Da war die Susanne aber nun wirklich baff. Der Roland schien über alles informiert zu sein.

»Du bist überrascht, was ich alles weiß? Verständlich! Aber

Regensburg ist ein Kaff! Und als Fahrschullehrer kommst du mit so vielen Leuten in Kontakt, dass du mittendrin die halbe Stadt kennst«, erklärte der Roland.

Die Susanne wägte zwar erst ein wenig ab, insgesamt gesehen gab sie sich aber dann letztendlich mit seiner Erklärung zufrieden.

»Was hat die Polizei in Simons Wohnung gesucht?«, fragte sie.

»Beweise dafür, dass er geschossen hat? Ein Motiv? Keine Ahnung!«, antwortete der Roland.

»Jetzt überrascht du mich aber! Du weißt doch sonst alles!«

»Alles bestimmt nicht, aber vieles. Und manches interessiert mich brennend«, sagte der Roland.

»Zum Beispiel?«, fragte die Susanne.

»Warum ruft der Simon anonym bei der Polizei an, so wie's aussieht auch noch andernorts, informiert über Mordanschläge, von denen er eigentlich nichts wissen kann, wenn er sie nicht selbst ausgeführt hat? Und vor allem, wieso immer dieses Zitat aus einem unserer Songtexte: ›*Bist am Ende wieder schlauer, wenn einstürzt deine Lügenmauer!*‹ Wieso?«

Die Susanne musste das Gehörte erst einmal verdauen. So wie der Roland das jetzt rüber gebracht hatte, verdächtigte er den Simon tatsächlich des Mordes an den beiden in den Biergärten und traute ihm weiß Gott was sonst noch alles zu. Womöglich dachte er auch, Simon sei für den Tod vom Wilhelm verantwortlich. Das wollte absolut nicht in Susannes Kopf. Nein, so konnte es auch nicht sein! Roland hatte gerade auch betont, der Simon sei einer von den Guten. Zumindest in einem gewissen Ausmaß.

»Stopp! Stopp! Erst mal das mit den anonymen Anrufen! Woher hast du das?«, fragte sie.

»Der Kommissar Köstlbacher hat mich wegen einer Zeugenaussage zu dieser Leichenschänder-Geschichte vorgeladen. Irgend so ein Idiot hat behauptet, ich hätte da was damit zu tun. Der Köstlbacher spielte mir einen Mitschnitt des Anrufers vor, der einen unbescholtenen Bürger bezichtigt hat, dieser üble Bursche zu sein, der eine Leiche... Man glaubte, ich sei der Anrufer gewesen. Ich habe natürlich sofort Simons Stimme erkannt. Und weil die bei der Polizei auch noch andere anonyme Anrufe auf Band hatten, alle mit der gleichen Stimme... Na ja, jedenfalls sind die jetzt ein gutes Stück in ihren Ermittlungen weiter.«

Was die Susanne nicht wissen konnte, alles hatte sich fast so abgespielt, wie es der Roland erzählte. Fast! Du weißt, dass er nicht vorgeladen worden war. Und das mit dem Erkennen von Simons Stimme, das war zwar schon so, aber die Reihenfolge war anders. Der Roland identifizierte den Simon auf die Idee vom Köstlbacher hin, ihm die Mitschnitte des anonymen Anrufers bei der Polizei vorzuspielen. Ein reiner Schuss ins Blaue mit Erfolg. Intuition vom Köstlbacher, wenn du so willst, weil der Roland eben Gott und die Welt kennt.

Den Anruf beim Richard Hammerbruck hatte ja niemand auf Band. Nur das Song-Zitat deutete auf einen Zusammenhang hin. Letztendlich hat dann wenig später allerdings der Richard Hammerbruck selbst bestätigt, dass sein Anrufer stimmlich mit dem auf Band identisch war. Er würde sich genau erinnern!

Soweit der tatsächliche Ablauf. Aber so konnte der Roland das der Susanne nicht erzählen, weil dann sein ›*Undercover*‹ in Gefahr geraten wäre, aufgedeckt zu werden.

»Leichenschänder?«, fragte die Susanne, weil die von dem noch nichts gehört hatte.

»Eine hirnrissige Geschichte! Inzwischen weiß man, dass nichts dran war. Da wollte wohl nur einer eine alte Rechnung begleichen und hat versucht, seinem Erzfeind was anzuhängen.«

»Aber wieso der Simon? Was hat der damit zu tun?«, fragte die Susanne.

»Falsche Fährten legen! Nichts mehr und nichts weniger!«

Die Susanne schüttelte nur den Kopf, weil ihr das alles viel zu kompliziert und undurchsichtig erschien.

»Und das mit dem Zitat aus eurem Songtext? Klingt ja irgendwie schon so, als sollte damit auf irgendwas hingewiesen werden«, meine die Susanne.

»Genau das soll mir der Simon ins Gesicht sagen. Warum zieht er unsere Band mit hinein?«, antwortete der Roland.

»So wie du dich anhörst, glaubst du wirklich, der Simon hat zwei Menschen erschossen?«, stellte die Susanne fragend fest. »Aber warum?«

»Was hat dir der Simon erzählt?«, fragte der Roland anstelle einer Antwort.

»Eine ganze Menge über meinen Bruder und seine Machenschaften. Ich kann's kaum glauben. Aber andererseits, zuzutrauen war's ihm!«

»Hat er gesagt, wer die beiden in den Biergärten umgenietet hat?«, fragte der Roland.

»Simon glaubt, die Morde haben mit meinem Bruder und den ganzen illegalen Geschichten nichts zu tun«, wich die Susanne aus, weil ihr ja der Simon eigentlich andeutungsweise den Roland als potenziellen Mörder genannt hatte, zumindest was die Biergartenmorde betraf.

»So! Glaubt er das? Schau doch einmal da rüber über die Donau! Siehst du das Fenster in dem rosaroten Haus, daneben die Balkontüre? Beides gehört zu Simons Wohnung. Ein guter Schütze mit einem Präzisionsgewehr… Noch Fragen? Du wusstest doch, dass Simon bei der Bundeswehr eine Scharfschützenausbildung gemacht hat, die er als Bester seines Jahrgangs bestand?«

Die Susanne schüttelte nur den Kopf.

»Und die Wohnung oben am Ramwoldsplatz? Hat die nicht auch mindestens ein Fenster mit bestem Blick auf den Biergarten der Kreuzschänke?«, fragte der Roland provokativ.

Die Susanne schüttelte erneut ihren Kopf, als wollte sie sich mit aller Gewalt gegen die Gedanken sträuben, die in ihr erneut hoch zu steigen begannen.

»Jetzt gib's doch zu! Du bist doch hier her gekommen, um die Möglichkeit mit eigenen Augen zu überprüfen!«, sagte der Roland, deutete mit seiner Pfeife auf Simons Wohnung und zeichnete den Weg einer fiktiven Kugel herüber in den Biergarten in der Luft nach.

Die Susanne schwieg dazu erneut, dachte einige Sekunden nach und fragte dann:

»Und meinen Bruder. Hat den auch er…?«

»Die Armbrust ist zwar nicht seine Handschrift, aber denkbar wäre es trotzdem. Er schießt in Oberhinkofen in einem Bogenschützenverein, in dem es auch Armbrustschützen gibt.«

»Was soll ich jetzt machen?«, fragte die Susanne, weil sie nach all dem, über das sie der Roland in Kenntnis gesetzt hatte, nicht mehr ein noch aus wusste.

»Sandra Riemann?«, fragte der Roland.

»Du meinst ich soll…?«

»Ich bringe dich hin, wenn du das wünscht.«

Da der Susanne im Moment keine bessere Lösung einfiel, war sie einverstanden. Roland hatte überraschenderweise Sandras Nummer in seinem Handy eingespeichert. Nach allem, was der Roland so wusste, wunderte das die Susanne aber nicht mehr wirklich.

Sandra war zu Hause. Angeblich würde sie sich über Susanne freuen.

Kap. 27

»Wird Zeit, dass du mir erzählst, was der Roland dir alles gesteckt hat«, sagte der Liebknecht auf dem Rückweg.

»Die Klein schreibt gerade das Protokoll! Da steht alles drin!«, brummte grantig der Köstlbacher, weil die Aktion in Simons Wohnung außer den Songtexten von ›*Scherbentanz*‹ nichts verwertbares gebracht hatte.

»Wusste gar nicht, dass du mir die Fähigkeit zutraust, lesen zu können!«, gab der Liebknecht schlagfertig heraus, weil es ihn wurmte, von seinem Chef so sparsam abgespeist zu werden.

»Mimose!«, antwortete der Köstlbacher. »Wenn das stimmt, was der Roland mir verzapft hat, dann können wir bestenfalls die Kohlen aus dem Feuer holen und den Rest erledigt das LKA. Logischerweise heimsen die danach auch die ganzen Lorbeeren für sich ein.«

»Hm!«, kam es vom Liebknecht nur. Wie sollte er sich auch groß dazu äußern? Schließlich wusste er nicht wirklich, worum es ging, außer dass der Simon Bauer auf die Aussage vom Roland Zeller hin vom Köstlbacher des Mordes in mindestens zwei Fällen verdächtigt wurde und sie ihn soeben vergeblich festnehmen wollten.

»Eine ganz große Kacke ist da am Dampfen, sage ich dir! Überregional! Verstehst du? Überregional! Darum auch das LKA! Wir dürfen nur mitmischen, weil es bei uns diese beiden Toten gegeben hat. Vermutlich Zufall, dass gerade in Regensburg zwei Quertreiber aufgetreten sind, die liquidiert werden mussten.«

»Hm!«, brummte der Liebknecht erneut, weil die Andeutungen vom Köstlbacher seinen Wissenshorizont immer noch nicht erweitern halfen.

»Jetzt schau nicht so grantig! Die Story ist echt zu abgedreht, als dass ich sie dir in allen Einzelheiten hier erzählen könnte. Komm nachher mit in mein Büro, lass dir von der Klein einen Kaffee machen und lies den Bericht. Wenn du dann noch Fragen hast, beantworte ich sie dir vor meiner Pinnwand. Vorab nur so viel: Es geht um Betrug! Ein heikles Thema, weil nach diesem Organ-Skandal offensichtlich schon wieder Regensburger Ärzte beteiligt sind. Zumindest einer.«

»Und das Motiv für die Morde?«, fragte der Liebknecht.

»Werden wir im Einzelfall noch rausfinden müssen. Viele Möglichkeiten gibt's nicht. Habsucht, falls die Ermordeten mehr vom Kuchen abhaben wollten und den Bogen dabei überspannten. Rache, falls der oder die Mörder Geschädigte waren, die ihr Geld wieder haben wollten«, mutmaßte der Köstlbacher.

»Du gehst von mehr Tätern aus? Ich dachte, wir haben den Simon Bauer im Visier?«, fragte der Liebknecht.

»Vorläufig gehe ich davon aus, dass dieser Simon Bauer unser Biergartenmörder ist. Falls Rolands Erkenntnisse korrekt sind. Aber du weißt ja, oft war es am Ende ja doch ganz anders, als es am Anfang ausgesehen hat. Außerdem will mir in diesem Zusammenhang die Zeile aus dem Song von Scherbentanz ›*Bist am Ende wieder schlauer, wenn einstürzt deine Lügenmauer!*‹ nicht aus dem Kopf gehen«, antwortete der Köstlbacher.

»Ob das mit der Armbrust auch auf das Konto vom Simon Bauer geht, werden wir noch rausfinden müssen. Der tödlich getroffene Dr. Wilhelm Höchterl würde bestens ins Schema passen. Die Handschrift des Mörders weniger«, fügte er noch hinzu.

Weiter konnte die Unterhaltung nicht fortgesetzt werden, weil sie auf dem Parkplatz in der Bajuwarenstraße angekommen waren und der Köstlbacher beim Aussteigen direkt dem ›*Dr.*‹ Greiner in die Arme lief. Du kannst dir sicher vorstellen, wie sehr es den Köstlbacher genervt hat, dem jetzt seine Fragen zu beantworten. Dem Liebknecht freute es insgeheim, weil sich der Köstlbacher bei ihm aus reiner Lustlosigkeit am Reden so bedeckt gehalten hatte und jetzt trotzdem seinen Ermittlungsstand detailliert erklären musste.

Der Kommissar Norbert Liebknecht hat die Zeit genutzt, sich einstweilen von der Klein einen Kaffee machen lassen, um dann in aller Ruhe das Protokoll zu lesen, das die Klein schon fein säuberlich geschrieben hatte.

Kap. 28

Seit zwei Stunden hat der Simon nun unentschlossen in Michaels Wohnung herum gesessen und auf den laufenden Bildschirm des eingeschalteten Fernsehers geglotzt. Mehr geistesabwesend, als interessiert. Erst als sie da auf TVA diesen Polizeibricht sendeten, wurde er plötzlich hellwach.

»...Dementsprechend hat die Mordkommission unter der Einsatzleitung des Kriminalhauptkommissars Edmund Köstlbacher eine Großfahndung nach Simon Bauer....«

Simon stieß vor lauter Aufregung das Bier um, das er sich aus Michaels Kühlschrank geholt hatte.

Wie auch immer die Polizei seinen Namen in Verbindung mit den Biergartenmorden bringen konnte, er musste verschwinden. Oder er ging geradewegs in die Höhle des Löwen zu diesem Kommissar Köstlbacher und stellte einige Dinge richtig.

Diesen Gedanken, er drang auch nur sehr flüchtig ins Bewusstsein vor, den verwarf er aber, wie du dir schon denken wirst, sofort wieder.

Weil eines musst du wissen, wenn dich die Polizei sogar schon übers Fernsehen sucht, auch wenn's nur so ein Regionalsender wie TVA ist, dann haben die triftige Gründe. Und wenn du da so locker aufmarschierst und Dementi und so, dann ist das vielleicht mutig von dir, aber bestimmt nicht opportun. Für so eine Fahndung, da haben die mit Sicherheit Rückendeckung vom Staatsanwalt. Und der hat sich wiederum mit einem Haftrichter oder einer Haftrichterin vorher kurzgeschlossen. Man kennt das ja. So schnell schaust du gar nicht und du landest im Knast, wo sie dich dann vergessen und du dich Jahre später noch hart tust, zu deinem Recht zu kommen, auch wenn inzwischen aus deiner Schuld quasi eine nicht mehr zu leugnende Unschuld geworden ist.

So wie der Simon das für sich hingebogen hat, könnte man meinen, er hat befürchtet, am Ende ein zweiter Gustl Mollath zu werden.

Und wegen solcher Gedanken ist die Idee vom Simon, zum Köstlbacher zu gehen, um dem seine Unschuld zu beteuern, auch gar nicht erst richtig zum Ausreifen gekommen.

Nun muss ich dir ganz ehrlich gestehen, dass ich ganz persönlich glaube, dass der Simon in diesem speziellen Fall wirklich gut daran getan hat, nicht zum Köstlbacher zu gehen.

Wenn er tatsächlich unschuldig gewesen ist, dann hätte sein Wort gegen das vom Roland gestanden und über kurz oder lang auch gegen das von der Susanne und von wer weiß wem noch allen. Ich meine, zumindest die Susanne hat er entführt und gefangen gehalten. Warum auch immer! Das könnte er schon mal nicht leugnen. Schon deswegen würde man ihm keinen Glauben schenken bezüglich anderer Anklagepunkte. Kidnapping und Freiheitsberaubung, das allein macht dich schon zum Verbrecher, was glaubst du.

Und wenn er schuldig wäre, wofür durchaus vieles spricht, dann wäre es schon dreimal ein Blödsinn, durch einen Verzweiflungsangriff nach vorne was ausrichten zu wollen.

Nachdem die Entscheidung zum Untertauchen, beziehungsweise zum nicht Auftauchen, getroffen worden war, stellte sich die Frage, wie sicher er hier noch sein würde.

Möchte man meinen, eigentlich recht sicher, weil die Wohnung von der Polizei schon einmal durchsucht worden war und keiner ahnen konnte, dass er einen Schlüssel dazu hatte. Auch wenn er den angeblich nur zum Blumen gießen erhalten hatte.

Nun war aber die Susanne verschwunden. Und falls sie mit den falschen Leuten redete, würde bestimmt diese Wohnung vom Michael Segerer zur Sprache kommen. Von einer weiterhin sicheren Bleibe an diesem Ort konnte für den Simon somit keine Rede mehr sein. Im Grunde genommen lauerte hier sogar mehr Gefahr, als irgendwo sonst.

Sobald sich der Simon zu dieser Erkenntnis durchgerungen hatte, versuchte er in Windeseile alles abzuwischen, wo die Susanne ihre Finger dran gehabt hat. Warum nicht seine Fingerabdrücke? Weil interessant. Warum sollte er seine Fingerabdrücke wegwischen, wo doch ein Grund für seine Anwesenheit bestanden hatte, das Blumen gießen und so.

Aber nicht die Susanne. Da stünde dann Aussage gegen Aussage. Auch wenn sie die Wohnung beschreiben könnte, würde das nichts beweisen. Sie war früher mit ihm zusammen beim Michael auch schon hier. Das würde auch den einen oder anderen übersehenen Fingerabdruck erklären.

Bevor der Simon die Wohnung verlassen hat, ließ er noch ein letztes Mal einen kritischen Blick rundum schweifen. Zum Glück! Weil beinahe hätte er die Klamotten von der Susanne vergessen, die sie im Bad in einen Wäschekorb gesteckt hatte.

Würden sie oben nicht ein klein wenig herausgeschaut haben, bestimmt hätte er sie dann übersehen. Weil der Simon auf die Schnelle keine passende Plastiktüte greifbar sah, steckte er die Teile in seine Sporttasche, mit der er gekommen war, und entsorgte sie unten vor dem Hauseingang in einer Mülltonne.

Das Auto musste im Parkhaus stehen bleiben. Irgendwann würde es zwar auffallen, weil dass ein und dasselbe Auto so lange auf einem öffentlichen Parkplatz in einem Parkhaus steht, das kam schon wegen der Kosten, die so eine lange Parkzeit verursacht, eher äußerst selten vor. Aber sei einmal ehrlich, wer achtet schon auf so etwas? Immerhin kann es sich ja auch einmal um einen Besucher der Altstadt handeln, der lieber etwas mehr ausgibt und sein Auto in einem Parkhaus sicher geparkt weiß, als es irgendwo in einer Seitenstraße außerhalb der Innenstadt abzustellen, wo es dann noch eher auffällt und sich entsprechend vielleicht sogar einer daran zu schaffen macht.

Viel größer als das mit dem Parken im Parkhaus war das Problem, das sich durch die Sendung auf TVA ergeben hatte. Natürlich hatten die auch ein Bild vom ihm gebracht. Und jeder, der die Sendung gesehen hatte, in ganz Regensburg bestimmt ein paar Tausend, der würde ihn jetzt vielleicht erkennen. Zum Glück hatte der Simon eine Joggingjacke an, deren Kapuze er sich über den Kopf ziehen konnte, sodass nur noch ein Teil seines Gesichtes erkennbar war. Wenn er nach unten schaute, quasi fast nichts mehr. Und nach unten geschaut hat er auf dem ganzen Weg, der Simon, weil er den auswendig kannte und auch nicht allzu weit gehen musste.

Bestimmt bist du jetzt sehr neugierig, wohin der momentan

meist gesuchte Mann Regensburgs gegangen ist. Du würdest nicht drauf kommen, wenn ich es dir nicht verraten würde. Und weil ausnahmsweise keiner in Regensburg um diese Zusammenhänge wusste, bestimmt auch der Roland nicht, darum war sich der Simon sicher, bei ihr kurzfristig einen Unterschlupf zu finden, wo ihn niemand entdecken dürfte. Anrufen wollte er sie aber vorab nicht, weil es ja durchaus sein konnte, dass er über sein Handy bereits geortet werden konnte. Darum war das nach den Nachrichten auf TVA auch das allererste, was der Simon gemacht hatte, den Akku aus seinem Handy entfernen.

Am Anfang der Metgebergasse, droben am Fuchsgäßchen, vergewisserte sich der Simon, kein bekanntes Gesicht zu sehen. Schließlich wollte er nicht im letzten Augenblick noch erkannt werden, weil er hier nicht gerade ein Fremder war. Die Metgebergasse lag verwaist vor ihm. Keine Seltenheit, weil das Fehlen von Geschäften und Gasthäusern in dieser reinen Wohngasse nicht zum Flanieren einlädt und sich selbst Touristen nur ab und zu hierher verirren.

Einen prüfenden Blick nach oben, wo aus zwei/drei Wohnungen fast rund um die Uhr beobachtende Augen nach unten gerichtet wurden, Rentneraugen, deren einziges Vergnügen es zu sein scheint, jede Bewegung in der Metgebergasse zu erspähen und sei es nur das Huschen einer Ratte, so einen prüfenden Blick mied der Simon ganz besonders. So würde er zwar gesehen, aber nicht erkannt werden. Und in dem Hofeingang, in den er verschwand, verschwanden täglich auch einige im Hause dahinter wohnende Studenten und Studentinnen, deren

Kleidung nach einer Runde Joggen der seinen nicht ganz unähnlich war.

Mit schnellen Schritten brachte er die Außentreppe im Innenhof hinter sich. Nach einem Klingelzeichen, das sich ganz nach einem verabredeten Zeichen anhörte, wurde ihm schnell geöffnet.

Niemand hatte sein Kommen bewusst registriert. Ohne auch nur zufällig registriert worden zu sein, verschwand er in der Wohnung.

»Du traust dir aber was!«, begrüßte den Simon die Marion Bierschneider. »Ganz Regensburg ist auf den Beinen nach dir!«

»Du wolltest doch schon immer mal einen Promi zum Liebhaber!«, lachte der Simon, nahm die Bierschneider in den Arm, drückte sie und gab ihr einen feuchten Schmatz auf den Mund.

»Mir ist nicht zum Scherzen zumute«, sagte die Bierschneider.

»Kommt er heute noch?«, fragte der Simon.

»Keine Angst! Er hat eine Tour in die Türkei. Wird noch gut eine Woche dauern, bis er wieder da ist«, antwortete die Marion.

»Und Max? Ist er da?«, fragte der Simon.

»Beim Fußballspielen. Er wird sich freuen, dich zu sehen.«

»Er ist ein guter Junge!«, sagte der Simon.

Kap. 29

Was allgemein bekannt war im Umfeld vom Dr. Höchterl und der Susanne, der Dr. Höchterl hatte zu Lebzeiten seit langem kaum noch Interesse an seiner Schwester Susanne und verkehrte mit ihr meistens nur über seinen Anwalt. Beide Geschwister waren seit dem tödlichen Verkehrsunfall ihrer Eltern nur noch in nicht enden wollende Streitigkeiten verstrickt, die sich aus der nicht geregelten Erbschaft ergaben, von der der geldgierige Wilhelm gerne den Löwenanteil für sich abgezweigt hätte.

Auch wenn sich die Streitereien zwischen dem Wilhelm und der Susanne nicht gerade nach Geschwisterliebe anhörten, ein starkes Motiv für einen Mord konnte der Köstlbacher daraus trotzdem nicht ableiten. Zumindest keines, das auch die Staatsanwaltschaft akzeptieren würde. Außerdem war es irgendwie schwer vorstellbar, dass die Susanne mit einer Armbrust und so.

Natürlich hat der Köstlbacher auch darüber nachgedacht, ob die Stadler vielleicht einen Auftragsmörder. Aber bei so einem schwachen Motiv schien ihm so viel kriminelle Energie nicht wirklich vorstellbar.

Trotzdem musste diese Susanne Stadler her. Wenn du so einem Menschen in die Augen schauen kannst, dann ist das ja viel mehr ding. Weil so ein Augenausdruck, der sagt was aus, keine Frage, mehr als das ganze Gerede von tausend Leuten, noch dazu, wenn jeder was anderes sagt.

Routineermittlungen vom Köstlbacher und seinen Leuten ergaben, dass sie weder in ihrer Wohnung oben auf dem Galgenberg, noch fernmündlich zu erreichen war. So kam letztendlich eine regelrechte Suchaktion nach ihr in Gang. Kolleginnen und Kollegen wurden befragt. Da die Susanne aber freiberuflich und als solche nicht regelmäßig irgendwo an einem Schreibtisch in einem Büro, verliefen diese Nachforschungen schnell im Sande. Man vermisste sie nicht direkt, weil eine mehrtägige Abwesenheit bei der Susanne eben nichts Besonderes.

Endlich hatte man doch noch Leute in dem Haus gefunden, wo die Susanne Stadler wohnte, die vielleicht mehr über sie zu erzählen hätten. Was ihr Verhältnis zu ihrem ermordeten Bruder betraf, da brachten die Kripo diese Leute allerdings auch nicht wirklich weiter. Einige von denen wussten nicht einmal, dass die Susanne überhaupt einen Bruder hatte.

Übereinstimmend kam nur heraus, dass sie einen Freund hätte, den sie öfter in ihre Wohnung mitgebracht hätte. Aber die Beschreibungen von diesem ominösen Freund waren derart unterschiedlich, dass beim Köstlbacher der Verdacht aufkeimte, es könnte sich um unterschiedliche Männerbekanntschaften handeln.

Mehr Glück hatten die Beamten der Kripo im engeren Freundeskreis der Susanne. Schnell fand man heraus, dass sie sich mit einigen von ihnen mehr oder minder regelmäßig schon seit Beginn des tollen Sommerwetters an Abenden, an denen die Temperaturen nicht mehr unter 20°C fielen, unweit ihrer Wohnung im Biergarten vom Kneitinger Keller traf. Dass diese Treffen gerade in diesem Biergarten stattfanden, hatte bestimmt mehrere Gründe. Einmal wohnte die Susanne nur einen Steinwurf davon entfernt. Und außerdem ist der Kneitinger Keller nun mal ein Biergarten mit einem ganz besonderen Charme. Weil er immens groß ist, findest du dort immer unter den zahlreichen Kastanien und Linden einen Platz, auch wenn du für mehrere Personen einen suchst. Und das Personal: Aufmerksam, freundlich und flink kann ich nur sagen.

Aber in so einem Biergarten breitet man nur selten seine Verwandtschaftsverhältnisse aus. Dort wird gealbert, gegessen, getrunken und ab und zu einmal das eine oder andere Techtlmechtl in Gang gesetzt. Mehr eher selten. Außer die Älteren unter den Stammgästen im Biergarten. Die können bei einem Wasser, weil sie das Bier aus gesundheitlichen Gründen nicht mehr vertragen, endlos über ihre Krankheiten reden, die letzte Nierenstein-OP oder das Prostataleiden. Letzteres wird immer dann zum zentralen Thema, wenn einer alle fünf Minuten aufsteht und im Eilschritt zur Toilette hastet.

Aber pass auf, weil alles dann urplötzlich eine andere Wendung genommen hat und es von einem Moment auf den anderen plötzlich äußerst wichtig erschien, der Susanne auf schnellstem Wege habhaft zu werden.

Der Kommissar Pirzer und seine Kollegin Koch sollten mit der Marga reden. Du erinnerst dich, die eine aus der Clique, die eine Zwillingsschwester von der Mireille Mathieu hätte sein können.

Die Wirtsleute oben vom Kneitinger Keller, die hübsche

Veronika Gebhard und ihr Mann, der Frank Gebhard, die hatten bei ihrer Befragung übereinstimmend angegeben, dass die Clique der Susanne aus fünf Personen bestanden hätte. Zumindest sollten es angeblich fünf gewesen sein, die regelmäßig da gewesen wären, die Marga, der rothaarige Moritz, der Lukas, die Nicole, an die sie sich ganz besonders erinnerte, obwohl sie doch neu in der Clique war, und die Susanne.

Manchmal fehlte der eine oder andere, meinte die Wirtin, und manchmal brachte der eine oder andere Freunde mit. Dann wären es mittendrin auch schnell mal doppelt so viele oder gar noch mehr gewesen.

Auch das befragte Bedienungspersonal gab ihrer Chefin Recht, was den Umfang der Stammclique betraf.

Und da frage ich dich jetzt, wie das kommt, dass die sich alle so sehr geirrt haben? Ich glaube, dass sich nur die Wirtsleute geirrt haben. Und die Bedienungen haben denen einfach ohne nachzudenken zugestimmt. Ein ganz normales Verhalten. Wem sollte es auch dienen, in so einer unwichtigen Sache klüger als die Chefs sein zu wollen?

So kamen am Ende nur diese fünf Personen heraus, Personen, mit denen seitens der Kripo gesprochen werden musste. Und weil vier von denen momentan irgendwo im Ausland ihren Sommerurlaub verbrachten, konnte man sich einstweilen nur an die einzige noch in Regensburg weilende Marga wenden. Du erinnerst dich an sie. Hat ausgesehen wie die Mireille Mathieu. Aber das sagte ich nun ja schon oft genug!

Erst als der Pirzer und die Koch dann mit der Marga gesprochen haben und die Kommissarin Koch auf die Idee gekommen ist, sich von der Marga einmal die anderen von der Biergartenclique namentlich aufzählen zu lassen, da fiel ein sechster Name. Roland! Umso verwunderlicher, weil der Roland der Auffälligste innerhalb der Clique gewesen sein dürfte. Aber so ist es eben im Leben, gerade das Auffällige vergisst man am ehesten zu nennen, weil man irgendwo im Hinterkopf glaubt, darüber wüsste ohnehin jeder Bescheid. So zumindest erkläre ich mir diesen Umstand. Wenn du eine andere Erklärung hast, soll mir das auch Recht sein!

Man möchte meinen, der Name ›*Roland*‹ hätte den Pirzer und die Koch elektrisieren müssen. Tat es aber nicht. Die beiden waren gerade vom Urlaub zurück. Nicht dass du jetzt meinst, der Pirzer und die Koch haben was miteinander und jetzt waren sie sogar schon gemeinsam in Urlaub. Der Pirzer hätte schon gern was mit der Koch, aber die nicht mit ihm. Und darum waren sie auch nicht gemeinsam im Urlaub. Sie hatten nur zur selben Zeit Urlaub, weil keiner von den beiden mit einem Ersatzpartner Dienst tun wollte.

Jedenfalls waren sie, was die ganze Biergartenmördergeschichte und dann auch noch was die Sache mit der Armbrust betrifft, nicht vollständig informiert. Und dass es sich bei dem Roland um den Roland handeln könnte, der undercover und so, wie hätten sie das ahnen können. Noch dazu, wo sie den Roland kaum kannten. Und wenn doch, dann nur in der Identität vom Oskar Lischka. Und selbst mit dem hatte direkt immer nur der Köstlbacher zu tun gehabt und kaum einer sonst innerhalb der Mordkommission.

Darum hat der Köstlbacher auch erst mit einem ganzen Tag

Verspätung das mit dem Roland mitbekommen, eigentlich erst, als er das Protokoll vom Pirzer und der Koch gelesen hatte. Weil mündlich hatten sie ihm am Abend zuvor nur noch berichtet, dass es nichts Neues gäbe, was die Susanne Stadler beträfe, außer vielleicht, dass man sie beim letzten Treffen vermisst hätte.

Der Köstlbacher ist bei dem Namen Roland hellhörig geworden und hat sich spontan vor seine Pinnwand gestellt, als ob die ihm sagen könnte, was der Roland in diesem Zusammenhang bedeuten könnte.

Du wirst mir jetzt entgegen halten, dass es ein Schmarrn ist, auf den Namen Roland hin gleich an den Roland Zeller und an was weiß Gott was sonst noch alles zu denken, weil in Regensburg bestimmt mehr Männer mit dem Namen Roland herum laufen. Natürlich hast du da richtig gedacht. Aber die Marga hat den Roland beschrieben. Sie hat sich sogar daran erinnert, dass der Roland angedeutet haben soll, dass er mehr wüsste, was die Susanne beträfe, dass die Susanne vielleicht gerne gekommen wäre, aber wahrscheinlich verhindert gewesen sei.

Allerdings sei es damals dabei geblieben, bei dieser Bemerkung. Irgendetwas hatte die Unterhaltung über die Susanne unterbrochen und später hätte keiner mehr nachgefragt, was der Roland denn mit seiner Anspielung hatte sagen wollen.

So genau hat das zwar nicht im Protokoll gestanden. Diese Details hat der Köstlbacher sich soeben beim Briefing erzählen lassen. Natürlich nicht ohne den Pirzer und die Koch wegen dem mageren Protokoll zu rügen, in dem das Wichtigste gefehlt hat.

»Klein!«, rief der Köstlbacher gleich nach dem Briefing durch die nur angelehnte Verbindungstüre hinaus zu seiner Sekretärin.

Die streckte, als hätte sie schon wartend auf Abruf hinter der Türe gestanden, postwendend ihren Kopf ins Zimmer vom Köstlbacher.

»Ja, Chef?«, fragte sie.

»Machen Sie mir doch schnell einen Kontakt zum Roland. Wenn Sie ihn nicht erreichen, so quatschen sie auf seinen AB! Er soll mich sofort zurückrufen!«

Das ›*bitte*‹ hatte der Köstlbacher wieder einmal weg gelassen. Nicht aus Absicht! Aber immer dann, wenn sich eine innere Erregung in ihm breit machte, schien sich seine gute Kinderstube, die ihm seine Anna seit der Hochzeit unermüdlich nachträglich zu vermitteln versucht hatte, in nichts aufgelöst zu haben.

›*Warum zum Teufel hatte der Roland ihm das…?*‹ Weiter konnte der Köstlbacher in Gedanken nicht mehr fragen, weil sein Telefon läutete. Die Klein stellte ihm eine ›*Marga Ullmann von der Biergartenclique*‹ durch.

»Köstlbacher!«, meldete er sich kurz, weil er ja in Gedanken ganz wo anders gewesen war und eigentlich mit dem Roland gerechnet hatte.

»Ja, hallo! Spreche ich da mit Herrn Kommissar Pirzer?«, fragte die Marga etwas verwirrt, weil sie dem Pirzer seine Nummer gewählt hatte, aber jetzt beim Köstlbacher raus gekommen ist.

Weil eines musst du wissen, wenn du einen ganz speziellen Beamten der Kripo vom Köstlbacher seiner Truppe anrufen möchtest und der gerade außer Haus ist, dann wirst du erst einmal automatisch vom Kraus, der seinen Dienst in der Vermittlung schiebt, an den Köstlbacher weiter geleitet.

»Kommissar Pirzer ist momentan nicht erreichbar!«, sagte der Köstlbacher etwas schroff.

»Könnten Sie ihm bitte etwas ausrichten? Er und seine Kollegin Koch waren gestern bei mir. Sie haben mich beim Gehen gebeten, hier anzurufen, wenn mir noch was einfällt. Und mir ist doch tatsächlich noch etwas eingefallen. Keine Ahnung, warum ich das gestern vergessen konnte!«, sagte die Marga.

Der Köstlbacher war noch zu sehr in Gedanken mit dem Roland beschäftigt, als dass er auf die Äußerung der Marga gleich mit großem Interesse hätte reagieren können.

»Sind Sie noch dran?«, fragte die Marga nach, weil der Köstlbacher nichts erwidert hatte.

»Ja, ja! Reden Sie nur. Ich höre Ihnen schon zu!«, antwortete der Köstlbacher.

»Also, es tut mir leid, aber ich habe gestern einen aus unserer Biergartenclique zu erwähnen vergessen. Keine Ahnung wieso! Vielleicht, weil er nur unregelmäßig kommt und beim letzten Mal auch nicht dabei war.«

»Das kann passieren! Gut, dass Sie deswegen noch anrufen. Die meisten Leute sind gegenüber unserer Arbeit nicht so hilfsbereit gestimmt«, sagte der Köstlbacher, weil es wirklich selten vorkam, dass auf den üblichen Schlusssatz nach einer Befragung ›*Falls Ihnen noch was einfällt…..*‹ und der dazu gereichten Visitenkarte sich dann noch jemand gemeldet hat.

»Eigentlich hätte ich ihn ja nicht vergessen dürfen. Immerhin wurde ich vom Herrn Pirzer wegen der Susanne Stadler befragt. Warum ich dann gerade ihren Ex-Lover vergessen habe? Keine Ahnung!«, sagte die Marga. »Vielleicht, weil er schon länger nicht mehr zu unseren Treffen gekommen ist«, fügte sie noch hinzu.

»Immerhin ist Ihnen Herr Roland Zeller eingefallen. War ja schon mal etwas! Und wer ist nun der siebte im Bunde?«, fragte der Köstlbacher. Da es sich um den Ex-Lover der Susanne Stadler handelte, hatte sich sein Interesse nun doch noch geregt.

»Simon! Simon Bauer! Eigentlich keiner, den man vergisst, wenn man ihn einmal gesehen hat. Groß, blond, muskulös! Ein Gott von einem Mann! Leider war er nie meiner!«, sagte die Marga und die Enttäuschung darüber, dass dieser Simon mit ihr nie das Bett geteilt hatte schwang deutlich in ihrer Stimme mit. »Ich muss zu meiner Schande gestehen, dass ich den Simon trotzdem zu erwähnen vergessen hätte, wenn ich nicht soeben zufällig die Fahndung nach ihm auf TVA gesehen hätte.«

Weil der Köstlbacher nicht gleich eine Antwort gegeben hat, fragte die Marga erneut:

»Sind Sie noch dran?«

»Ja, ja! Hab' alles verstanden. Simon Bauer!« Mehr brachte der Köstlbacher nicht heraus, weil es ihm schon irgendwie die Sprache verschlagen hatte. Das mit dem Roland war schon ein Ding. Wobei das aber immer noch zufällig hätte sein können. Aber jetzt auch noch der Simon Bauer? So viel Zufall auf einen Haufen gibt's einfach nicht!

»Haben Sie eine Ahnung, wo sich der Simon Bauer aufhalten

könnte?«, fragte der Köstlbacher, weil ihm gerade vor Verblüffung nichts Besseres einfiel. Dass die Marga keine Ahnung haben dürfte, davon ging er allerdings aus.

»Ne! Keine Ahnung!«, sagte sie. »In seiner Wohnung unten ›*Am Wiedfang*‹ und in der von der Susanne oben am Galgenberg werden Sie ja sicher schon nachgesehen haben.«

Der Köstbacher brummte nur wieder einmal etwas Unverständliches und meinte:

»Gibt es sonst noch irgendwas, was Ihnen bei diesem Simon Bauer aufgefallen ist?«

»Nein! Nichts! Außer dass er verdammt gut aussieht ist an dem alles normal!«, antwortete die Marga.

›*Wie man's nimmt! Ich würde es ja nun nicht gerade als normal ansehen, wenn einer kaltblütig zwei, vielleicht sogar drei Morde begeht*‹, dachte der Köstlbacher. Und laut fragte er:

»Ist Ihnen an der Susanne Stadler in letzter Zeit irgendwas aufgefallen?«

»Nur dass sie nicht zum Treffen gekommen ist. Aber das wissen Sie ja schon«, antwortete die Marga.

Da nichts Weiteres mehr aus der Marga heraus zu bekommen war und das Gespräch sich im Kreise zu drehen begann, beendete der Köstlbacher das Telefonat. Am Schluss hat er sich sogar für den Anruf bedankt.

Na ja, ab und zu trägt die Erziehung seiner Anna ja doch Früchte!

* * *

Kaum hatte er den Hörer aufgelegt, da läutete es auch schon wieder. Die Klein war dran und gab den Roland, den sie soeben erreicht hatte, an ihren Chef weiter.

»Du willst mich sprechen?«, fragte Roland überaus interessiert.

»Warum hast du mir nichts von der Biergartenclique erzählt, mit der du dich regelmäßig oben im Kneitinger Keller triffst?«, fragte der Köstlbacher.

»Warum hätte ich?«, fragte der Roland kurz zurück.

»Weil, weil … es geht um die Susanne Stadler!«, druckste der Köstlbacher herum, weil er nicht so recht wusste, wie er dieses heiße Eisen nun anpacken sollte. Er traute dem Roland nicht 100-prozentig, und das brachte Probleme in der Kommunikation mit sich.

»Die Susanne? Eine aus der Biergartenclique? Was ist an der so wichtig?«, fragte der Roland scheinheilig.

»Dass der Simon Bauer auch zu dieser Clique gehört, dass er der Lover, zumindest der Ex-Lover dieser Susanne ist, dass diese Susanne eine Schwester vom ermordeten Dr. Höchterl ist, dass die beiden enorme Erbschaftsstreitigkeiten hatten und nicht zuletzt, dass du davon gewusst haben musst!«, sprudelte der Köstlbacher ungewohnt wortreich heraus.

»Langsam, langsam! Und selbst wenn ich davon gewusst hätte, was hat das mit der Susanne zu tun? Er hat die beiden in den Biergärten auf dem Gewissen, nicht sie! Was den Dr. Höchterl betrifft, da habe ich dir doch gesagt, dass ich mich da nicht festlegen möchte. Aber mit Sicherheit nicht die Susanne! Da liegst du völlig falsch! Dieses Püppchen kann vielleicht gerade mal eine Armbrust halten, aber mit Sicherheit keine spannen oder gar damit umgehen«, gab der Roland zurück.

»Vielleicht hat's der Simon für sie erledigt. Immerhin ist oder war er ihr Lover!«, vermutete der Köstlbacher.

Der Roland zuckte mit den Schultern, was der Köstlbacher natürlich nicht sehen konnte.

»Du sagst nichts?«, fragte der Köstlbacher.

»Weil ich deine Gedankengänge nicht ganz nachvollziehen kann. Mag ja sein, der Simon war auch das mit der Armbrust. Aber doch nicht auf Geheiß der Susanne hin!«, antwortete der Roland.

»Und warum nicht? Die Susanne ist spurlos verschwunden. Gibt dir das nicht zu denken?«, fragte der Köstlbacher und spielte damit einen weiteren Trumpf aus. Wenn die Susanne weg ist, dann muss es irgendeinen Grund dafür geben. Und es müsste mit dem Teufel zugehen, wenn dieser Alleswisser Roland darüber nichts gehört haben sollte.

»So eine wie die Susanne verschwindet nicht spurlos. Sie ist einfach mal offline, wenn ich es mal so lapidar ausdrücken darf. Ich würde da nicht gleich etwas dahinter vermuten«, log der Roland, der ja ganz genau wusste, wo die Susanne untergetaucht war.

»Dann lass mal deine Beziehungen spielen und mach, dass sie schnellstmöglichst wieder online geht!«, sagte der Köstlbacher, in den Jargon vom Roland einsteigend. »Und, weil ich dich schon mal dran habe: Wohin wird sich der Simon deiner Meinung nach verkrochen haben?«

»Ich hab was läuten hören von der Wohnung des Michael

Segerer. Oben am Ramwoldsplatz! Ihr kennt die Wohnung! Der Segerer befand sich schon mal in eurer Schusslinie!«, sagte der Roland.

»Und warum sagst du mir das erst jetzt?«, fragte der Köstlbacher hörbar verärgert.

»Hab's selber erst soeben erfahren. Aber ganz ehrlich, ich glaube nicht, dass er da noch ist«, sagte der Roland und versuchte es wie eine Vermutung klingen zu lassen.

»Woher hast du deine Weisheiten?«, fragte der Köstlbacher gereitzt.

»Die ganz speziell, was den Simon betrifft?«, fragte der Roland.

»Die und alle anderen!«, fragte der Köstlbacher. Es nervte ihn, dem Roland alles in Einzelfragen aus der Nase ziehen zu müssen. Er befand sich mitten in groß angelegten Ermittlungen und augenblicklich sogar in einer Fahndung nach dem Simon und aktuell auch noch in einer nach der Susanne. Da hasste der Köstlbacher solche Frage- und Antwort-Spiele.

»Du wirst verstehen, dass ich gewisse Quellen nicht preisgeben möchte. Aber was meine ›*Weisheiten*‹, wie du sie nennst, den Simon betreffend angeht, da kann ich eine Ausnahme machen«, antwortete der Roland.

»Wie großzügig!«, sagte der Köstlbacher, jetzt wirklich nahe am Explodieren.

»Als Schlagzeuger bin ich viel in der Musikerszene unterwegs. Simon pflegt enge Kontakte zu der Blues-Band ›*The Spring Kings*‹. Er hat schon den einen oder anderen Auftritt von denen eingefädelt. Vom Drummer der ›*Kings*‹ habe ich erfahren, dass Simon bei seinem Sohn Max ist. Der Drummer ist zufällig ein Halbbruder der Mutter vom Max«, erklärte der Roland.

»Drummer, Sohn, Bruder? Geht's noch etwas verwirrender!«, fragte der Köstlbacher.

»Die Bierschneider Marion hat einen Sohn Max. Der Drummer der ›*Kings*‹ ist der Halbbruder der Bierschneider. Er ist der Einzige, der weiß, dass der Simon der Papa vom Max ist und nicht sein offizieller Vater.

»Ich werd' verrückt! Die Bierschneider Marion und ihr Sohn Max! So klein ist die Welt!«, entfuhr es dem Köstlbacher.

»Jetzt bin ich der, der verwirrt ist«, antwortete der Roland.

»Später! Erst du! Und woher will dieser Drummer von den ›*Kings*‹ wissen, dass der Simon bei der Bierschneider ist?«, hakte der Köstlbacher nach.

»Ganz einfach! Er wollte heute seine Halbschwester besuchen, weil der Mann von ihr auf Achse ist. Und da hat sie's ihm gesagt und gemeint, er solle ein anderes Mal kommen.«

»Und da hatte der Drummer nichts Besseres zu tun, als das gleich wieder dir zu stecken?«, fragte der Köstlbacher misstrauisch.

»Schmarrn! Das war reiner Zufall, dass ich den Max Pauker getroffen habe.«

»Max Pauker? Noch ein ›*Max*‹?«, fragte der Köstlbacher.

»Die Marion hat ihren Buben nach ihrem Halbbruder Max taufen lassen, weil der sein Pate ist!«, erklärte der Simon.

»Hm? Dann ist der Simon also jetzt in der Metgebergasse?«, fragte der Köstlbacher.

»Ja! Aber woher kennst du die Adresse von der Bierschneider Marion?«, fragte der Roland.

»Du wirst verstehen, dass ich gewisse Quellen nicht preisgeben möchte!«, äffte der Köstlbacher den Roland nach, der ihm diese Antwort vor wenigen Minuten auf eine seiner Fragen auch gegeben hatte.

»Sehr lustig!«, maulte der Roland, obwohl er diese Anspielung durchaus verstand.

»Willst du dabei sein, wenn wir ihn hoch nehmen?«, fragte der Köstlbacher, ohne auf dieses Wortgefecht nochmal einzugehen und auch ohne dem Roland seine Frage zu beantworten.

»Ich bin in 15 Minuten da!«, antwortete der Roland.

»Dann schau'n wir mal, wer schneller ist!«, sagte der Köstlbacher, legte auf um gleich darauf einen Eileinsatz mit gefährlichem Zugriff anzuordnen.

Kap. 30

Die Sandra Riemann war zu Hause. Wäre sie es nicht gewesen, der Roland hätte Mittel und Wege gefunden, der Susanne Eintritt in das Haus der Sandra in der Hoppestraße 7 zu verschaffen.

Der Roland war der Sandra kein Unbekannter. Freundlich bat sie ihn und die Susanne ins Haus. Es roch im Gegensatz zu dem Zeitpunkt, als der Köstlbacher hier auf den Anruf der Sandra hin vorbeigeschaut hatte, nicht nach Marihuana. Und die Sandra machte auch nicht den geringsten Eindruck, in irgendeiner Form unter Drogen oder Alkohol zu stehen.

»Ich hab' mir schon gedacht, dass ihr kommen werdet, wenn nicht ihr beide, dann zumindest du, Susanne!«, begrüßte die Sandra die Susanne.

»Dein Auftritt war übrigens wieder einmal Spitze! Der Köstlbacher hat mir davon erzählt. Ich wusste gar nicht, dass du und der Pirzer, dass ihr euch von früher kanntet«, sagte der Roland.

»Sogar mehr als gekannt! Wir waren über ein Jahr ein Paar! Aber jetzt kommt doch erst mal rein!«, sagte die Sandra, umarmte die Susanne, schüttelte dem Roland die Hand und begleitete die beiden ins Wohnzimmer.

»Das ist mir neu! War das in der Zeit vor deinem Engagement am Theater?«, fragte der Roland.

»Lange zuvor! Ich glaube sogar, ich war seine erste Liebe!«, antwortete die Sandra und zwinkerte dabei mit einem Auge.

Du musst wissen, die Sandra schon seit ihrer Kindheit in Regensburg. Mit 20 ging sie dann für ein paar Jahre nach Berlin auf eine Schauspielschule. Nach mehreren kleinen Engagements auf diversen Bühnen der Republik kam sie schließlich zurück nach Regensburg, wo sie inzwischen seit 5 Jahren am Stadttheater ihr regelmäßiges Auskommen hat.

Die Susanne hat sie bei einem Interview kennen gelernt, das die als freie Journalistin einmal mit ihr gemacht hatte. Die beiden haben sich vom ersten Augenblick an sehr sympathisch gefunden und es hat sich schnell eine Freundschaft entwickelt, die über all die Jahre hinweg gehalten hat. Nicht so eine Freundschaft, wo man jeden Tag wie Kletten zusammen hängt. Das nicht! Aber doch immerhin so intensiv, dass man sich so einiges anvertraut hat, was man sich nicht anvertrauen würde, wenn die Freundschaft nur oberflächlich wäre.

So wusste die Sandra mehr oder minder detailliert von allem Anfang an Bescheid, wie die Susanne noch mit dem Simon und so.

Vielleicht hat sie ihr nicht jedes Detail erzählt. Denn manchmal, da ist es besser, einer Freundin nicht gar zu viel zu erzählen. Weil wenn du da zum Beispiel sagst, dass der eine gewaltige Ausstrahlung, dann kann es dir schnell passieren, dass deine Freundin sich auch von ihm anstrahlen lässt. Und weil die von dir natürlich auch weiß, was dein Typ sonst noch für Qualitäten und so, darum freut sie sich ganz ungeniert erst über seine ›*gewaltige Ausstrahlung*‹ und überprüft dann auch noch, ob du das mit den ›*Qualitäten*‹ nicht vielleicht übertrieben hast.

Wie das nun genau mit der Susanne, der Sandra und dem Simon gewesen ist, das weiß ich nicht. Aber ich kann mir gut denken, dass die keine problembehaftete Dreierbeziehung führten. Die Sandra und der Simon sahen jedenfalls nicht danach aus, als würden sie heimlich die Susanne hintergehen. Schon gar nicht in sexuellem Sinn.

»Wie bist du an das Gras gekommen?«, fragte die Susanne.

»Das hat mir ausnahmsweise dein Lover besorgt!«, antwortete die Sandra mit einem schelmischen Schmunzeln.

»Ex-Lover!«, betonte die Susanne.

»Bist du ihm wegen der Entführungsgeschichte nicht böse?«, fragte die Sandra, schon ein bisschen verwundert über Susannes gute Laune.

»Zuerst hätte ich ihm am liebsten die Augen ausgekratzt. Aber so, wie's aussieht, hat es sein müssen.«

Der Roland stand daneben, gab aber keinerlei Kommentar ab.

»Sag doch auch einmal was!«, meinte die Sandra. »Stehst da, als würdest du nicht dazu gehören!«

»Was soll ich sagen? Schließlich habt ihr, du und Simon, alles eingefädelt!«

»Du?«, fragte überrascht und gleichzeitig hörbar empört die Susanne.

»Es ist nicht so, wie du denkst!«, antwortete die Sandra und warf dem Roland einen bösen Blick zu, weil der jetzt damit angefangen hatte.

»Nicht wie ich denke? Was denke ich denn?«, giftete die Susanne, deren Laune sich überraschend schnell gedreht hatte.

»Dass es ganz schön fies ist, wenn die eigene Freundin eine Entführung arrangiert, die einen nahe an den Wahnsinn treiben kann«, sagte die Sandra.

»Und das traust du dir auch noch zuzugeben?«, fragte die Susanne und war jetzt vergleichbar in der Stimmung, in der sie vor kurzem war, als sie der Simon befreite, nachdem er sie erst entführt hatte.

»Tut mir leid! Wir haben darin die einzige Möglichkeit gesehen, deinen Bruder wieder unter unsere Kontrolle zu bekommen. Er war nahe dran, alle auffliegen zu lassen. Nicht auszudenken!«, sagte der Roland.

Du musst wissen, die Susanne kannte zwar in groben Zügen inzwischen die Zusammenhänge, aber die Susanne nicht vergleichbar mit einem Kriminalhauptkommissar Köstlbacher, der nach so einer Faktenlage eine Fahndung nach der anderen heraus gegeben und das ganze Gesockse in null Komma nichts hinter Schloss und Riegel gebracht hätte. Ja, aber eben nur hätte. Weil der Köstlbacher noch weit von diesen Zusammenhängen entfernt.

Wie hätte er auch ahnen können, warum der Pielmeier und der Krüger tatsächlich ins Gras haben beißen müssen?

»Da habt ihr aber schlecht recherchiert! Mein Bruder hätte keinen Finger krumm gemacht, mich zu retten!«, sagte die Susanne.

»Was wir inzwischen auch wissen. Aber Fehler passieren nun mal!«, sagte der Roland.

»Ja, meine Süße!«, mischte sich die Sandra etwas übertrieben liebevoll mit einem gar nicht zu diesem Wort passenden säuerlichen Lächeln ins Gespräch. »Unsere Mittel haben offensichtlich nicht ausgereicht. Wenn dieser Köstlbacher dich oder den Simon in die Hände bekommt, haben wir ein Problem. Der Simon wird singen, um seinen Hals zu retten, und du?«

»Und ich?«, fragte die Susanne und es lief ihr dabei kalt den Rücken hinunter.

»Du? Gute Frage? Was machen wir mit dir?«, fragte der Roland.

In dem Moment läutete sein Handy. Roland holte es aus seiner Hosentasche, sah sich die Nummer des Anrufers an und verließ zum Telefonieren ohne ein weiteres Wort umgehend den Raum.

»Falsche Schlange!«, fauchte die Susanne die Sandra an, sobald beide alleine waren.

»Ich? Da irrst du gewaltig mein Täubchen«, flüsterte die Sandra. »Sei auf der Hut! Vertrau mir, deiner alten Freundin! Niemandem sonst! Am Ende lassen sie dich nur deinen Kopf hinhalten für etwas, was du nie getan hast. Eine beliebte Strategie dieser Typen.«

»Welche Rolle spielst du?«, fragte die Susanne unsicher. Sie wusste nicht mehr, wem sie vertrauen sollte und wem nicht. Nach Simons Version kam die vom Roland und jetzt obendrauf noch eingestreute Andeutungen von der Sandra. Wenn das einen nicht verrückt macht!

»Die zwei in den Biergärten, zuerst der Pielmeier und dann der Krüger, sie mussten dran glauben, weil sie tatsächlich Krebs hatten. Zufall! Die Diagnose die nach sechs Wochen Placebo-Therapie von deinem Bruder gestellt worden ist, krebsfrei geworden zu sein, hat einer zweiten Meinung nicht stand gehalten. Der Pielmeier wollte den Höchterl in der Öffentlichkeit bloßstellen, falls er sich nicht selbst anzeigen würde. Der Krüger wusste als Bänker der Hausbank deines Bruders, welche Gelder da am Fiskus vorbei geflossen sind. Er drohte mit einer Anzeige. Auch er forderte eine Selbstanzeige. Das war's dann! Dumm gelaufen. Die fackeln nicht lange!«, sagte die Sandra.

»Die?«, fragte die Susanne.

Eine Antwort geben konnte ihr die Sandra aber nicht, weil der Roland herein kam und sehr hektisch wirkend sagte:

»Ich muss schnell weg! Verlasst das Haus nicht! Hier seid ihr sicher! Wenn alles gut geht, bin ich in ein/zwei Stunden wieder zurück!«

»Was ist los?«, fragten die Susanne und die Sandra gleichzeitig, als hätten sie dieses Frage abgesprochen.

Doch der Roland winkte nur ab und verschwand im Eiltempo.

»Verstehst du das jetzt?«, fragte die Susanne.

»Nein! Allerdings ist so ein Verhalten beim Roland nicht unbedingt etwas Ungewöhnliches.«

»Da hast du recht! Oben im Kneitinger Keller hat er sich auch schon einmal so komisch Knall auf Fall verabschiedet. Allerdings ist er dann nicht mehr zurück gekommen.«

Kap. 31

Weil interessant. Die Susanne hat's zwar gewusst, der Tatsache aber keine besondere Bedeutung beigemessen. Der Simon Bauer war auch krank! Obwohl die Susanne kein gutes Haar an ihrem Bruder, dem Dr. Wilhelm Höchterl gelassen hat, ist der Simon trotzdem zu ihm gegangen. Das hat zwei Gründe gehabt, behauptete er zumindest bei späteren Vernehmungen.

Erstens lag die Praxis vom Dr. Höchterl in der ›*Unteren Bachgasse*‹, also nicht sehr weit von seiner Wohnung entfernt. Und zweitens hatte der Dr. Höchterl einen Ruf, der Heilungschancen bei Krebs versprach, wo keiner mehr einen Cent auf Heilung verwetten mochte.

Von einem dritten Grund hat er nie etwas erwähnt. Obwohl der vielleicht der ausschlaggebende.

Weil eines musst du wissen, es ist der Marion Bierschneider einfach mal so herausgerutscht, wie sie mit ihrem Max zur Vorsorgeuntersuchung beim Dr. Höchterl gewesen ist. Kann sein es war die U3 oder die U4. Und dann konnt's natürlich keiner mehr ungeschehen machen. Peinlich war es ihr trotzdem, vor allem, wenn ihr Mann zusammen mit ihr und dem Max in der Metgebergasse dem Dr. Höchterl über den Weg gelaufen sind. Leider passierte das viel zu oft, weil der Dr. Höchterl ja quasi im Haus schräg gegenüber von der Familie Bierschneider gewohnt hat. Da waren solche zufälligen Zusammentreffen unvermeidlich.

War aber auch eine blöde Bemerkung, die der Dr. Höchterl in seiner Praxis da gemacht hat.

»Der Max hat aber nichts von seinem Vater!«, hat der Dr. Höchterl damals gesagt.

»Oh doch, Herr Doktor, sehr viel sogar!«, hatte die Marion Bierschneider daraufhin geantwortet.

Den Rest kannst du dir denken. Ein Wort ergab das andere und mittendrin war's gesagt. Auch wenn sie nachher das Gegenteil behauptet hätte, das hätte nichts mehr genützt. Und weil die Marion schon mal am Beichten war, darum hat sie dem Dr. Höchterl auch gleich noch brühwarm erzählt, dass der Simon Bauer der richtige Vater vom Max ist.

Im Nachhinein muss ich sagen, dass sie ihm wenigstens das hätte verschweigen sollen. Natürlich konnte sie nicht wissen, dass der Simon der Stecher von der Schwester vom Dr. Höchterl war und der darüber informiert war. Woher auch?

Den Krebs diagnostiziert haben beim Simon Spezialisten droben in der Uniklinik. Eine Krebsart der eher zahmeren Art, haben die ihm gesagt. Mit gutem Willen und der entsprechenden Behandlung würden sie den Simon wieder hin bekommen.

Das mit dem guten Willen, das hat ihm der Psychologe eingeredet, den sie gleich hinzugezogen haben.

»Nur wer den Krebs auch von ganzem Herzen besiegen will, der schafft das auch!«, hatte der Psychologe gemeint.

Klang ja irgendwie ganz in Ordnung. Man möchte sogar meinen, nichts leichter als das. Aber der Simon eben einer, der hinlangt, wenn er sich wehren will. Dem Gegner eine verpassen, wenn du verstehst, was ich meine. Und diese Einstellung war hier nicht wirklich hilfreich.

Und wie dem Simon dann die Susanne von ihrem Bruder erzählt hat, was der angeblich für Erfolge in der Krebsbekämpfung hätte, da hat der Simon nicht lange überlegt und hat spontan gleich den ersten Chemo-Termin sausen lassen und sich dafür einen Termin beim Dr. Wilhelm Höchterl geholt.

Wie's weiter gegangen ist, das kannst du dir ja vorstellen. Placebo, angesagte Erstverschlechterung, keine Besserung, dann dennoch vier Mal Chemo am Uniklinikum. Gerade noch rechtzeitig, wie die dort oben die späte Entscheidung vom Simon kommentiert haben.

Und der Simon? Eine Stinkwut hat der auf den Dr. Höchterl entwickelt. Am liebsten hätte er ihm eigenhändig den Hals umgedreht, was glaubst du. Aber dann hat er sich doch anders entschieden. Warum eine Kuh schlachten, wenn man sie melken kann? Irgendwie muss man sein Geld ja schließlich verdienen. Bisher erledigte er immer lukrative Aufträge für andere. Warum nicht mal sein eigener Chef sein?

Nach seinem cholerischen Auftritt beim Dr. Höchterl hat der saubere Herr Doktor den Simon erst einmal mit Geld zu beruhigen versucht. Die paar Lappen hat ihm der Simon aber verächtlich vor die Füße geworfen und geschrien:

»Dein Geld kannst du dir in den Arsch stecken! Meinst du, mit ein paar lausigen Kröten kannst du mich alles vergessen machen?«

Nicht dass der Simon mit dem Dr. Höchterl per ›*Du*‹ gewesen wäre. Aber wenn so einer wie der Simon emotional, dann nie per ›*Sie*‹. ›*Sie*‹ in Verbindung mit ›*Arsch*‹ einfach unpassend. Das sieht jeder so!

Dem Dr. Höchterl ist es letztendlich dann doch noch gelungen, den Simon zu beruhigen. Was er aber nur einzig und allein dem Umstand zu verdanken hatte, dass er ausnahmsweise mit seiner Schwester Susanne darüber gesprochen hat, auch wenn die beiden sonst nur über einen Anwalt und so. Und natürlich einer deutlich höheren Summe für den Simon.

Jedenfalls hat der Dr. Höchterl damit Zeit gewonnen. Am nächsten Tag wollte der Simon erneut bei ihm vorsprechen. Er sollte sich langfristig was Vernünftiges einfallen lassen, hatte der Simon gefordert, sonst würde er zur Polizei gehen.

Das Telefonat mit der ›*grauen Eminenz*‹ brachte die Lösung des Problems.

Dass sich der Dr. Höchterl mit seinem Gejammer am Telefon selber ins Bein geschossen hatte, das konnte er nicht ahnen. Und ich denke, er hat danach auch nicht mehr lange genug gelebt, um sich dessen bewusst werden zu können.

Eine Idee, wo ich schon sagen muss, Hut ab! Raffiniert eingefädelt, frage nicht. Die ›graue *Eminenz*‹ hat sich den Simon ans Telefon kommen lassen. Normal ist das dem Dr. Höchterl nicht vorgekommen. Allein schon die Frage, woher die ›*graue Eminenz*‹ gewusst hatte, dass der Simon sich gerade beim Dr. Höchterl aufhielt. Aber ein Wort des Widerspruchs hat er auch nicht gewagt und das Telefon an den Simon weiter gereicht.

Und es hat ihn auch gewaltig gestört, nicht mithören zu können, was die *›graue Eminenz‹* dem Simon für einen Vorschlag unterbreitet hat.

Jedenfalls hat der Simon während des ganzen Gesprächs nur ab und zu so etwas wie »Aha! Okay! Mach ich! Kein Problem!« gebrummt, dazu jedes Mal genickt und schließlich aufgelegt.

Der Dr. Höchterl hat ihn zwar fragend angeschaut, aber der Simon hat ihn nicht beachtet und hat seine Praxis grußlos verlassen.

Wie viele Tage genau vergangen sind, nach diesem Telefonat, das konnte niemand mehr so genau rekonstruieren, weil der Dr. Höchterl dem Simon sein Krankenblatt sicherheitshalber verschwinden hat lassen. Auf alle Fälle waren es einige Tage! Bis dann der Konrad Pielmeier in der Kreuzschänke und so.

Der Roland hat gegenüber dem Köstlbacher behauptet, dass der Simon den Konrad Pielmeier droben bei der Kreuzschänke umgelegt hat. Woher der Roland diese Weisheit hatte, wer kann das sagen? Einer der undercover und so, so einer, der gibt seine Quellen ja nicht preis. In aller Regel verlangt das auch niemand von ihm.

Und wenig später, als der Werner Krüger auch von einer Kleinkaliberkugel .22 Winchester im Biergarten der Alten Linde getroffen worden ist und fast lautlos ins Gras gebissen hat, da soll das laut dem Roland wieder der Simon gewesen sein.

Angeblich, ich sage *›angeblich‹*, weil es aus meiner Sicht nicht sehr glaubhaft klingt, also angeblich waren das Auftragsmorde von einem, der in der Szene als die ›*graue Eminenz*‹ bekannt ist. Von diesem ominösen Typen hörst du ja jetzt nicht gerade zum ersten Mal!

Ganz ehrlich, ich bin Realist. Dass es so etwas wie eine ›*graue Eminenz*‹ wirklich gibt, ich kann's einfach nicht glauben. Klingt mir alles eher danach, dass jeder immer nur auf diese ›*graue Eminenz*‹ verweist, um von sich selber abzulenken.

Kap. 32

Schon vor dem Telefonat mit dem Roland hatte der Köstlbacher eine Dienstbesprechung angesetzt, in der er zusammen mit seinem engsten Mitarbeiter Kommissar Liebknecht seine beiden Vorgesetzten, die Dr. Sieber und den ›*Dr.*‹ Greiner auf den neuesten Stand der Ermittlungen brachte.

Bei dieser Hitze wäre es auch schon stickig im Büro vom Köstlbacher gewesen, wenn keiner drin gesessen hätte. Aber jetzt war es nicht nur leer, es war richtig voll! Die Dr. Renate Sieber, der ›*Dr.*‹ Herbert Greiner, Kollege Liebknecht und, mit einem Tablett Wassergläser in der Hand, die Edith Klein. Diesmal Wasser anstelle von Kaffee, weil die vier eine Abkühlung nötig hatten, auch wenn ihnen das Koffein dabei merklich fehlte. Nicht dass jeder der Anwesenden koffeinsüchtig gewesen wäre. Aber es war schon gegen Abend und von daher auch schon etwas spät für einen Kaffee.

Unangenehm auffällig machte sich die Tatsache bemerkbar, dass nicht jedes Deo einen 9-Stunden-Tag durchhält und auch der Duft der Dr. Sieber und der von der Klein nicht wirklich harmonierten. Nur das weit geöffnete Fenster im Büro vom Köstlbacher konnte Schlimmeres verhindern helfen.

Der Vorgänger vom Polizeichef Herbert Greiner, der hat sich immer dezent im Hintergrund gehalten, weil Motto, ›*Unauffälligkeit minimiert die Arbeit!*‹. Wenn der im Dienst telefoniert hat, dann meistens, um einen Termin beim Golfen auszumachen oder, wenn es ihn mal irgendwo zwickte, einen ausgemachten Golftermin wieder abzusagen, um dafür kurzfristig einen beim Physio zu bekommen. Die wirkliche Arbeit hat er seinen Abteilungsleitern überlassen.

Allerdings musst du wissen, der Vorgänger vom Greiner hatte reich geheiratet und seinen Job über die politischen Beziehungen seines Schwiegervaters bekommen. Und er gehörte zu der Sorte Mensch, die nicht anderen bei der Arbeit dreinreden muss, um dann am Abend von sich sagen zu können, selbst hart gearbeitet zu haben.

Ganz anders der ›*Dr.*‹ Greiner. Der hat sich vom kleinen Polizisten über tausend Lehrgänge hoch gearbeitet bis zum Polizeichef. Wegen seiner Besserwisserei hatte er bald nach seiner Ernennung diesen speziellen Doktortitel ›*honoris rectius scire*‹ vom Köstlbacher bekommen. Zuvor hat der Kriminaler seinen Sohn Karl gefragt, wie man einen ›*Doktor des Besserwissens*‹ auf Latein ausdrücken könnte. Hinter vorgehaltener Hand haben viele darüber sehr gelacht. Dieses ›*honoris rectius scire*‹ konnte sich ja kein Schwein merken, nicht einmal der Köstlbacher selbst. ›*Klugscheißer*‹ wäre einfacher gewesen. Aber du wirst zugeben, doch irgendwo verletzend. So kam es dann, dass es einfach beim ›*Dr.*‹ geblieben ist. Und, es wird dich vermutlich nicht wundern, der Greiner war sogar stolz darauf, weil er darin eine Ehrung seiner Person zu erkennen glaubte. Jedenfalls rückte er jedes Mal, wenn ihn jemand ›*Dr.*‹ nannte, seine Brille zurecht, und fühlte sich besonders wichtig.

Warum dem ›*Dr.*‹ Greiner an diesem Biergartenmörder-Fall

gar so viel gelegen hat, das verstand keiner in der Bajuwarenstraße so wirklich. Da kamen so einige Gerüchte auf. Aber es kann auch gut sein, dass er einfach seine bevorstehende Pensionierung mit einem Aufklärungserfolg gekrönt wissen wollte, mit dem er dann noch hundert Jahre beim Golfen angeben konnte.

Die Dr. Renate Sieber war aus echtem Interesse anwesend. Natürlich war besonders ihr, als Abteilungsleiterin der Kripo, sehr an einer positiven Bilanz in Sachen Aufklärung gelegen, frage nicht. Aber die Dr. Sieber war keine, die vom Ehrgeiz zerfressen über Leichen ging. Sie vertraute voll und ganz dem Köstlbacher und seinen Leuten. Ihre Fragen waren nie provokativ oder gar destruktiv. Und wenn es ihr möglich war, hat sie immer das Ihre dazu beigetragen, dem Köstlbacher schnelle Entscheidungen zu ermöglichen. Wegen ihrer besonderen Beziehungen zur Staatsanwaltschaft und speziell zur Haftrichterin gelang das auch meistens recht unbürokratisch.

Der Kommissar Norbert Liebknecht war kein schlechter Polizist. Besonders schätzte der Köstlbacher an ihm, dass er cool und emotionslos an alles ran ging, was dieser Beruf so mit sich brachte. Einzige Ausnahme Blut! Blut verursachte bei ihm regelmäßig Übelkeit. Er fand's selber für lächerlich, aber das war wie eine Phobie. Zehn erhängte Selbstmörder in einer Reihe hätten ihn nur vorschriftsmäßig zum Handy greifen lassen, um der Zentrale Bericht zu erstatten. Aber eine Leiche in einer Blutlache liegend, da hätte er erst einmal kotzen müssen. War aber das einzige Manko, das der Liebknecht hatte, außer vielleicht sein Hang, vor allem bei jüngeren Frauen auffallen zu wollen.

Wobei die erotischen Erfolge, die er vor wenigen Jahren noch zuhauf hatte, beängstigend rückläufig waren.

Und der Köstlbacher selbst? Seit sein Sohn Karl volljährig geworden ist und die inzwischen immerhin schon bald 13jährige Clara sich als fleißiges Mädchen entwickelt hatte, die weder in der Schule noch privat Anlass zur Sorge gab, seitdem lief das Familienleben der Köstlbachers in dem Einfamilienwohnhaus im Prinzenweg ohne große Höhen und Tiefen ab.

Die Anna war schon immer der Ruhepol der Familie, auch wenn es manchmal gar nicht danach aussah, wenn sie ihren Edmund herum scheuchte, wie einen kleinen Jungen. In der Bajuwarenstraße konnte sich so etwas keiner vorstellen. Aber ein Privatleben läuft eben oft in ganz anderen Bahnen, als so ein Berufsleben.

Natürlich sollte ich an dieser Stelle eigentlich auch noch etwas zu Edith Klein sagen, der Sekretärin vom Köstlbacher. Weil ich da, wie alle Männer, nur wieder endlos ins Schwärmen geraten würde, lasse ich das jetzt lieber weg. Vielleicht bist du ja eine Frau und kannst es schon nicht mehr hören, wenn jeder nur über dieses Superweib Lobeshymnen posaunt, sodass du dir selbst am Ende unbedeutend vorkommen musst.

Der Köstlbacher hatte für diese Unterredung seine Pinnwand auf den neuesten Stand gebracht, um optisch seinen Erklärungen damit eine Stütze geben zu können.

Wenn du da nur redest, dann verrauscht das einfach zu schnell. Weil Motto, optisch und akustisch quasi doppelt gemoppelt.

Dein Gehirn kann alles viel besser erfassen und verarbeiten. Vor allem, wenn deine Konzentration einmal kurz nachlässt.

Nachdem jeder mit einem Glas Wasser von der Klein versorgt war, hat der Köstlbacher mit seiner Zusammenfassung begonnen.

»Das meiste kennen Sie ja alle schon von dem letzten Briefing her!«, sagte der Köstlbacher. Bis auf den ›*Dr.*‹ Greiner war er ja eigentlich mit allen per ›*Du*‹, aber weil ihm das der Greiner noch nie angeboten hatte, bevorzugte er jetzt, solange er alle angesprochen hat, das höfliche ›*Sie*‹.

»Ein paar neue Erkenntnisse haben wir inzwischen, die uns allerdings zum Teil noch recht großes Kopfzerbrechen bereiten, weil sie nicht zueinander zu passen scheinen. Andere hingegen haben uns einige Unklarheiten ausräumen lassen. Mit denen möchte ich anfangen:

Sie erinnern sich an den Satz: ›*Bist am Ende wieder schlauer, wenn einstürzt deine Lügenmauer!*‹ Zuerst dachten wir, das sei sozusagen der rote Faden bei dem Ganzen. Der Satz sollte offensichtlich auf etwas hinweisen. Vielleicht in der Art, dass der Mörder ein Spielchen mit uns treiben wollte. Unser psychologischer Profiler meinte gar, der Täter will gefasst werden und uns über diesen Satz den Weg zu sich zeigen. Bis wir dann in Erfahrung bringen konnten, wer der anonyme Anrufer war. Einer unserer Undercover-Leute identifizierte eindeutig die Stimme des Anrufers. Es war genau der Mann, nach dem wir momentan fahnden: Simon Bauer! Vieles spricht dafür, dass er mindestens zwei der Morde begangen hat. Ich persönlich halte es für wichtig, ihn zu finden, bin mir aber trotzdem nicht sicher, ob er tatsächlich unser Mann ist.«

»Was bezweckte dieser Simon Bauer nun mit dem Satz: ›*Bist am Ende wieder schlauer, wenn einstürzt deine Lügenmauer!*‹? Wollte er tatsächlich auf sich aufmerksam machen, eine Spur zu ihm legen?«, fragte die Dr. Sieber.

»Langsam! Eines nach dem anderen!«, antwortete der Köstlbacher und fuhr fort:

»Noch wissen wir ja auch nicht alles! Bisher haben wir nur die Version unseres Undercover-Agenten. Er kann sich gut vorstellen, dass der Simon Bauer in allem was er tut nur seine Taten verschleiern will, sozusagen falsche Fährten auslegt. Für diese Version spräche, dass an dieser Sache mit dem angeblichen Leichenschänder absolut nichts dran war, wie inzwischen Kollegen hier im Hause heraus bekommen haben. Ein Stalker, wenn sie so wollen. Sie wissen, dass der geständig war und inzwischen vorläufig wieder auf freien Fuß ist. Den Satz unseres Anrufers hat er sich als Trittbrettfahrer, wenn Sie so wollen, aus der Zeitung ›*entliehen*‹. Da sehen Sie wieder, was es bringt, zu Detailliertes zu veröffentlichen!«, sagte der Köstlbacher und nickte zum ›*Dr.*‹ Greiner hin.

Der hob sofort seine Schultern als entlastende Geste und meinte:

»Ich wasche meine Hände in Unschuld! Keine Ahnung, wo hier wieder einmal eine undichte Stelle im Haus gewesen ist!«

»Hm!«, brummte dazu der Köstlbacher nur und fuhr fort:

»Nehmen wir einmal an, dieser Simon Bauer ist tatsächlich unser Mann und hat uns durch falsche Fährten an der Nase herum geführt, dann müsste er eigentlich auch der sein, der auf die Rückseite des Fotos vom Konrad Pielmeier und dem Werner Krüger dieses Zitat geschrieben hat. Wenn dem so ist, bestünde vielleicht auch eine Verbindung zwischen dem Bauer und der Sandra Riemann in der Hoppestraße, wo ich das Foto gefunden habe.«

»Interessant!«, warf die Dr. Sieber dazwischen.

»Durchaus!«, meinte der Köstlbacher. »Zumal der Vater dieser Riemann, der vor 5 Jahren an einem Krebsleiden verstarb, Patient vom ermordeten Dr. Höchterl gewesen ist!«

»Jetzt wird's aber haarsträubend! Wie kommen Sie auf so etwas? Und welchen Zusammenhang soll das nun mit den Morden haben?«, fragte der ›*Dr.*‹ Greiner.

»Das habe ich raus gefunden!«, meldete sich zum ersten Mal der Kommissar Liebknecht. »Der Chef meinte, ich soll mir diese Sandra Riemann mal genauer ansehen. Nicht wegen der paar Krümel Marihuana. Aber wegen dem Foto! Außer den Erkenntnissen, die ihren Vater und den Dr. Höchterl betreffen, hab' ich noch einige interessante Details entdeckt!«

»Wollte ich gerade darauf hinweisen, aber du kannst das gerne selber übernehmen«, sagte der Köstlbacher zum Liebknecht gewandt.

»Der Kollege Pirzer kennt die Sandra von früher. Beide gingen sogar zusammen in die Schule. Ihr alter Herr, der von Clausen, verstarb, das sagte der Edmund schon, vor 5 Jahren an Krebs. Bis hierher alles nicht ungewöhnlich. Bis ich eben dann raus bekommen habe, dass der von Clausen Patient beim Dr. Höchterl war.«

»Und was soll daran ungewöhnlich sein?«, fragte der ›*Dr.*‹ Greiner.

»Daran allein noch nichts! Interessant wurde es, als dem Kollegen Pirzer die Sandra dann bei einem Kaffee im Rosarium, zu dem er sie privat eingeladen hat,« und dabei betonte der Liebknecht das Wort ›*privat*‹ ganz besonders, »erzählte, dass ihre Freundin, die Susanne Stadler, eine Halbschwester des Dr. Wilhelm Höchterl ist.«

»Und?«, fragte der ›*Dr.*‹ Greiner?

»Die Susanne Stadler ist, oder zumindest war, die Freundin vom Simon Bauer, unserem Mann!«, schaltete sich erklärend der Köstlbacher ein.

»Ah! Ich verstehe! Und jetzt glauben Sie…«, sagte der ›*Dr.*‹ Greiner.

Mit diesem unvollendeten Satz wurde der ›*Dr.*‹ Greiner wieder einmal ganz seinem Doktor ›*honoris rectius scire*‹ gerecht. Schlau klingen, aber eigentlich keine Ahnung haben.

Weil eines musst du wissen, der ›*Dr.*‹ Greiner immer noch null Ahnung von Nichts. Aber im schlau klingen Können, da sind gewisse Leute einfach unschlagbar. Und, ich will jetzt nicht rassistisch klingen, aber die Nichtbayern innerhalb der Republik, die können das noch tausend Mal besser. Und zufällig war der ›*Dr.*‹ Greiner so einer. Niedersachsen oder so! Genau weiß ich es nicht. Aber wegen seinem astrein intonierten Hochdeutsch, das sogar grammatikalisch falsche Sätze richtig klingen lässt, würde ich zumindest darauf tippen.

Nicht dass du jetzt glaubst, der Köstlbacher wäre auf dieses Gehabe vom Greiner hereingefallen. Aber immerhin stand da ja auch noch die Dr. Sieber. Und wegen der fuhr er ohne auf den Greiner einzugehen, fort:

»Es kommt noch dicker! Das Foto von den zwei in den Biergärten erschossenen Männern stammt von unserem Undercover-Mann. Das Zitat hat er höchst persönlich drauf geschrieben. Angeblich im Beisein der Sandra Riemann! Ebenso angeblich hat er das Foto der Sandra gegeben, damit sie es über die Susanne an den Simon weiter leiten sollte. Gemäß seiner Darstellung sollte das Foto den Simon aufscheuchen, nervös machen, zu Fehlern provozieren. Ihm sollte klar werden, dass man wisse, was er getan hat.

Dazu kam es aber dann nicht, weil der Simon sich bei einem Besuch bei der Sandra Riemann das Foto nur ansah, es aber mit der Bemerkung liegen ließ, dass das nichts mit ihm zu tun hätte. Wiederum Wissen unseres Undercover. Fast zu viel Wissen, wie mir scheint!«

»Aha!«, schüttelte die Dr. Sieber verwirrt den Kopf.

Der ›*Dr.*‹ Greiner zog es vor, ganz zu schweigen.

»Womit ich bei dem Teil angelangt wäre, der uns Kopfzerbrechen bereitet!«, fügte der Köstlbacher noch hinzu.

»Mir ehrlich gesagt auch!«, ergänzte die Dr. Sieber.

»Unser Undercover-Mann ist in seiner Freizeit Schlagzeuger der Gruppe ›*Scherbentanz*‹!«, sagte mitten in die sich für Sekunden ausbreitende Stille hinein der Köstlbacher.

»Spricht gegen die Theorie mit dem ›*falsche Fährten legen*‹«, meinte der Liebknecht.

»Spräche dafür, dass er selbst ins Geschehen verwickelt ist!«, meinte die Dr. Sieber.

»Könnte auch alles Zufall sein!«, ergänzte der ›*Dr.*‹ Greiner.

»Oder er soll mit dem Zitat bewusst belastet werden, um seine Aussage unglaubwürdig zu machen!«, meinte der Köstlbacher.

»Und die Fahndung nach diesem Simon Bauer? Nichts Neues?«, fragte die Dr. Sieber.

»Er scheint wie vom Erdboden verschluckt. Natürlich läuft nach wie vor alles auf Hochtouren«, sagte der Köstlbacher. »Auch die nach der Susanne Stadler. Aber auch Frau Stadler scheint sich in Luft aufgelöst zu haben!«

»Motiv?«, fragte der ›*Dr.*‹ Greiner.

»Wenn ich meinem Informanten Glauben schenken kann, gäb's durchaus ein Motiv für die Ermordung vom Pielmeier und eines für den Mord am Krüger«, antwortete der Köstlbacher.

»Nämlich?«, fragte der ›*Dr.*‹ Greiner.

»Angefangen hat's mit gefälschten Arztabrechnungen. Weiter ging's mit dem Verkauf teurer Placebo-Präparate. Dann Übernahme des ›*Geschäfts*‹ durch organisierte Kriminalität. Gegipfelt hat sich das, als gutgläubige Patienten verstarben.«

Während der Köstlbacher das erklärte, stand er breitbeinig vor seiner Pinnwand und deutete auf entsprechend veranschauliche Darstellungen.

»Die zwei Ermordeten in den Biergärten hatten beide Krebs in einem Stadium, das kein langes Überleben mehr erwarten ließ. Der Dr. Höchterl hat sie mit seiner Therapie verarscht. Als sie's merkten, wollten sie ihm ans Leder. Laut meinem Undercover-Mann sollte der Höchterl in aller Öffentlichkeit angeprangert werden. Die beiden suchten nur noch nach einer geeigneten Plattform dafür«, sagte der Köstlbacher.

»Und warum erst jetzt? Das muss doch vielen Patienten zuvor genauso ergangen sein«, warf die Dr. Sieber ein.

»Mag schon sein. Aber der Dr. Höchterl war gerissen. Er stellte nie 100-prozentige Heilungschancen in Aussicht. Die Betroffenen lebten in dem Glauben, leider zu den wenigen zu gehören, bei denen die neuen Medikamente nicht anschlugen.«

»Und was war dann beim Pielmeier und beim Krüger anders?«, fragte der ›*Dr.*‹ Greiner.

»Keine Ahnung! Irgendwer musste ihnen den Schwindel gesteckt haben«, meinte der Köstlbacher.

»Oder Ihr Informant hat Ihnen einen Bären aufgebunden!«, gab der ›*Dr.*‹ Greiner zu bedenken.

»Auch diese Möglichkeit habe ich schon bedacht. Wir sind dran, seine Aussagen auf ihren Wahrheitsgehalt hin zu überprüfen!«, antwortete der Köstlbacher.

»Da wäre dann noch die Wohnung droben am Ramwoldsplatz, die wir schon einmal inspiziert haben. Von ihr aus könnte in den Biergarten von der Kreuzschänke hinunter geschossen worden sein«, sagte der Liebknecht, weil sein Chef diesen Umstand anscheinend vergessen hatte.

»Michael Segerer, der Mieter dieser Wohnung, ist momentan verreist. Nachforschungen haben ergeben, dass er wegen illegalem Waffenbesitz schon einmal polizeilich auffällig geworden ist. Alles aber irgendwie ominös, weil er erst eine Waffe gehabt haben soll und dann wieder doch nicht. Angeblich eine Verleumdung«, sagte der Köstlbacher.

»Mein Undercover hat behauptet, der Simon Bauer und die Susanne Stadler hätten kürzlich in dieser Wohnung Unterschlupf gefunden. Übrigens nochmal danke für die schnelle und unbürokratische Besorgung einer Durchsuchungsgenehmigung!«, nickte der Köstlbacher zur Dr. Sieber hin.

»Und?«, fragte der ›*Dr.*‹ Greiner. »Ergebnis?«

»Positiv! Es sieht zwar so aus, als wäre alles fein säuberlich abgeputzt worden, aber einige verwertbare Abrücke konnten von der Spusi sichergestellt werden. Und ein Abgleich mit denen in den Wohnungen vom Simon Bauer und der Susanne Stadler, die wir auch untersucht haben, ergab eine eindeutige Übereinstimmung«, berichtete der Köstlbacher.

»Nicht zu vergessen, dass vom Simon Bauer seiner Wohnung aus freies Schussfeld zur Alten Linde ist!«, ergänzte der Liebknecht.

»Was doch eigentlich alles für den Wahrheitsgehalt der Darstellungen des Undercover sprechen sollte!«, sagte die Dr. Sieber.

»Was den Hinweis mit dem Unterschlupf in der Wohnung am Ramwoldsplatz betrifft, 100 Prozent Wahrheit! Aber kann ich das auf alles andere automatisch übertragen?«, fragte der Köstlbacher. »Würden Sie das tun?«

»Das können wir Ihnen nicht abnehmen! Ihre Arbeit! Halten Sie uns in dieser Angelegenheit auf dem Laufenden!«, meinte der ›*Dr.*‹ Greiner. »Finden sie den Mörder! Lang kann ich das LKA nicht mehr davon abhalten, den Fall zu übernehmen.«

»Da ist noch etwas, was angesprochen werden sollte«, sagte der Liebknecht. »Nach dem Tod vom Dr. Höchterl haben wir seine Wohnung und seine Praxis einer eingehenden Untersuchung unterzogen. Die Wohnung brachte nichts zum Vorschein. Umso mehr seine Praxis. Genauer die Patientenakten. Sowohl beim Simon Bauer als auch beim Michael Segerer, beide seine Patienten, hatte der Höchterl unheilbaren Krebs diagnostiziert und auch behandelt. Und das passt, zumindest was den Simon Bauer betrifft, gar nicht in unsere angedachte Version, wie alles gewesen sein könnte.«

»Genau! Warum nämlich sollte der Simon Bauer für eine ominöse Organisation Scheißarbeit verrichten, die mit dem Dr. Höchterl, wie mit vermutlich vielen weiteren Ärzten auch, Geld machte durch skandalösen Placebo-Tabletten-Verkauf, auf die er letztendlich selbst hereingefallen ist?«, fragte der Köstlbacher.

»Hm!«, sagte da die Dr. Sieber nur. Sie schien diesbezüglich auch etwas ratlos geworden zu sein.

Für den ›*Dr.*‹ Greiner war das alles eher Höhere Mathematik. Er schaute bei dem ganzen Durcheinander am Ende eher wie ein Schuljunge drein, dem der Lehrer eine Aufgabe gestellt hatte, die er nicht einmal im Ansatz lösen konnte.

»Welchen konkreten Zusammenhang könnte es zwischen den Biergartenmorden und dem Mord am Dr. Höchterl geben?«, fragte schließlich noch die Dr. Sieber, weil plötzlich keiner mehr was hinzuzufügen hatte.

»Personelle Zusammenhänge einige! Der Simon Bauer musste ihn hassen. Susanne Stadler hatte Erbschaftsprobleme mit ihm. Kein starkes Motiv für einen Mord. Aber wer kennt schon die Hintergründe solcher Erbstreitereien? Der Michael Segerer hätte zumindest dasselbe Motiv, wie der Simon Bauer. Allerdings kommt er für die Tatzeit nicht infrage, weil er da laut Aussage des Hausmeisters schon in Urlaub war! Aber unabhängig von den uns bekannten Personen dürfte der Kreis derer nicht unerheblich sein, die zumindest dieses Motiv auch gehabt hätten, sie selbst oder zumindest Angehörige von ihnen. Diese ominöse ›*graue Eminenz*‹? Sie könnte den Mord am Dr. Höchterl in Auftrag gegeben haben. Vielleicht wurde er zum Risikofaktor. Wer weiß? Wir treten da noch irgendwo auf der Stelle. Irgendein Puzzle fehlt in diesem Spiel, eines, das entscheidend sein muss«, beendete der Köstlbacher seine Ausführungen.

»Finden Sie es!«, sagte der ›*Dr.*‹ Greiner in einem befehlsmäßigen Ton und hatte dabei ein seltsames Lächeln auf seinen Lippen, das aber auch nur so ausgesehen haben kann.

Seit der Geschichte damals mit dem Abteilungsleiter Dr. Huber, dem Vorgänger von der Dr. Renate Sieber, da stieg im Köstlbacher ja immer wieder einmal ein unbestimmtes Misstrauen gegen alle und jeden hoch. Der Dr. Huber hatte als hochrangiger Polizeibeamter Geschäfte mit der Mafia gemacht. Und noch dazu gleich mit der Mutter aller Mafiosi, nämlich mit der italienischen Mafia. Da kannst du schon mal den Glauben an Recht und Ordnung verlieren. Nicht dass der Köstlbacher jetzt dem ›*Dr.*‹ Greiner misstraute. Aber gefallen wollte ihm dem seine überhebliche Art auch nicht, weil eben Motto, ›*trau – schau – wem*‹.

Nach seiner letzten Bemerkung hat der ›*Dr.*‹ Greiner noch gefragt, ob es noch etwas Wichtiges gäbe. Und weil dem Köstlbacher und dem Liebknecht momentan nichts mehr eingefallen ist, was sie zusätzlich ansprechen könnten oder müssten, ist der Polizeichef gegangen und wenig später auch die Abteilungsleiterin Dr. Sieber. Die war ganz anders drauf als ihr Kollege, berührte den Köstlbacher freundschaftlich an der Schulter und sagte aufmunternd beim Gehen:

»Du machst das schon, Edmund!«

Das tat dem Köstlbacher gut, frage nicht. Seit ihm die Renate Sieber das ›*Du*‹ angeboten hatte, funktionierte die Zusammenarbeit zwischen dem Köstlbacher und seiner unmittelbaren Vorgesetzten ohne jegliche Probleme. Kein böses Wort mehr über sie, nicht einmal ein böser Gedanke. Vor allem wegen der guten Beziehungen, die die Dr. Sieber zu Stellen hatte, deren Wohlwollen dem Köstlbacher seine Arbeit sehr erleichtern konnten, wie zum Beispiel der Staatsanwaltschaft oder der Haftrichterin, war das gute Einvernehmen zwischen dem Edmund und der Renate ein wahrer Segen.

»Was war das jetzt?«, fragte der Norbert Liebknecht.

»Was meinst du? Den Greiner oder die Dr. Sieber? Oder unseren Auftritt?«, fragte der Köstlbacher, als wüsste er nicht genau, worauf der Liebknecht angespielt hatte.

»Vergiss es!«, sagte der Liebknecht und fügte hinzu:

»Aber erzähl du mir nichts mehr, wenn ich mal wieder mit ›*deiner*‹ Klein einen Kaffee trinke!«, maulte der Liebknecht.

Kap. 33

Nach dem Telefonat mit dem Köstlbacher beeilte sich der Roland, von der Hoppestraße in die Metgebergasse zu kommen. Er schnappte sich dafür einfach ein nicht abgesperrtes Fahrrad, vermutlich das von der Sandra, das er vor dem Haus an der Mauer lehnend vorfand. Damit war er in knapp 5 Minuten vor dem Mietshaus, in dem die Familie Bierschneider wohnte.

Von der Kripo war noch keiner da. Auf der Fahrt hier her hatte sich der Roland Möglichkeiten durch den Kopf gehen lassen, was er tun könnte, falls der Köstlbacher vor ihm da sein würde. Mit dieser Entwicklung hatte er nicht gerechnet. Seine Gedanken waren in der Hoppestraße so sehr damit beschäftigt gewesen, welche Schritte als Nächstes zu machen wären, umgeben von den beiden Frauen Sandra und Susanne, dass er sich vom Köstlbacher zur Preisgabe des Aufenthalts vom Simon Bauer hatte mehr oder weniger überrumpeln lassen.

So richtig 100-prozentig war es natürlich nicht, dass der Simon bei seiner Bierschneider sein würde. Aber so gut wie. Ihre Wohnung war die einzige, in der er sich unbehelligt würde fühlen können. Zumindest solange der Mann von der Marion auf Tour war. Und das glaubte der Roland sicher zu wissen, dass der auf Tour war. Er hatte ihn auf einer Schulungsfahrt in seinem Fahrschulwagen erst kürzlich auf die Autobahn in Richtung Passau einbiegen sehen. Wenn der Bierschneider im Brummi seines

Chefs diese Richtung einschlug, dann hieß das mindestens Türkei. Manchmal sogar noch weiter.

Vorstellbar wäre es gewesen, den Simon zu warnen. Eine sehr verlockende Idee. Damit würde der Köstlbacher weiterhin nach ihm fahnden müssen und dieses köstliche Katz-und-Maus-Spiel hätte kein vorzeitiges Ende.

Weil eines musst du wissen, der Roland ein Zocker. Nicht als Fahrlehrer, nicht als Schlagzeuger, aber immer wieder als Undercover. Der Staat bezahlte ihn für seine Dienste ja nicht gerade königlich. Aber immerhin hatte er so eine Art Narrenfreiheit durch diesen Job. Da fragt nicht jeder hundert Mal nach. Und auch mit dem Einholen für Genehmigungen wird das nicht so eng gesehen. Wenn er eine fremde Wohnung in Abwesenheit der Eigentümer oder Mieter betrat, dann galt das zwar vor dem Gesetz auch als Einbruch oder zumindest Hausfriedensbruch. Aber weil er keinen Bericht und so, wie die staatlichen Kollegen in der Bajuwarenstraße, darum ja auch keiner, der gegen dieses Vorgehen meckern könnte.

Und weil die Welt da draußen so viele Verlockungen parat hält, von denen du auf deinem Sofa zu Hause keine Ahnung hast, ist eine Finanzspritze von anderer Seite nicht zu verachten, solange der Einsatz dafür überschaubar bleibt.

Ganz ehrlich gesagt, der Roland mochte den Simon nicht. Möchte man meinen, dafür müsste es einen Grund geben. Aber wenn alles so begründbar wäre? Schon beim ersten Aufeinandertreffen oben im Kneitinger Keller war es klar: Roland und

Simon, das geht nicht zusammen. Die beiden hatten Bock auf denselben Typ Frau. Das war schon einmal ein großes Manko. Und beide setzten sich gerne in Szene. Prahlhänse, wenn du so willst. Dabei sollte der Roland als Undercover ja eigentlich eher unauffällig und so. Aber sein Stil war eben anders. Er lenkte von seiner zweiten Identität ab, indem er die allen zugängige Seite an ihm besonders heraushängen ließ.

So sehr es den Roland auch reizte, jetzt das Spiel noch einmal erneut anzuheizen, er warnte den Simon nicht. Die Zeit hätte, so entschuldigte er sein Verhalten hinterher bei sich selber, ohnehin nicht mehr gereicht, da kaum mehr als zwei Minuten nach ihm der Köstlbacher mit dem Liebknecht als Vorhut anrückte, einen Mannschaftswagen voll aufgerüsteter Polizisten zum Erstürmen der Wohnung im Schlepptau.

»Der Simon ist oben! Ich habe ihn gerade am offenen Fenster eine Zigarette rauchen sehen. Die Bierschneider mag's nicht, wenn man in ihrer Wohnung raucht!«, begrüßte der Roland den Köstlbacher.

»Ist er bewaffnet?«, fragte der Liebknecht.

»Ich glaube kaum. Die Mordwaffe, das Kleinkalibergewehr, dürfte inzwischen wieder da stehen, wo er es her hatte, aus der Wohnung vom Michael Segerer«, antwortete der Roland.

»Gibt es irgendwas, was du nicht weißt?«, fragte der Köstlbacher, dem es langsam unheimlich vorkam, worüber der Roland so alles informiert war.

»Ja! Ob diese Wohnung einen Hintereingang oder einen Ausgang durch den Keller hat«, antwortete der Roland und lenkte damit zumindest momentan erfolgreich von seinem Wissen ab, das dem Köstlbacher sein Misstrauen anzuheizen schien.

Der Köstlbacher wandte sich kurz an den Einsatzleiter des Sturmkommandos. Der verteilte seine Leute so, dass dem Simon jeder mögliche oder zumindest wahrscheinliche Fluchtweg abgeschnitten war.

Da der Kriminalhauptkommissar kein Risiko eingehen wollte, falls der Simon doch eine Waffe haben sollte, stellte er sich auch nicht einfach an die Tür, um zu läuten. Es wäre schließlich nicht das erste Mal, dass ein in die Enge getriebener Verbrecher aus Verzweiflung blind durch eine Türe schießt.

Mit einem Megaphon ›*bewaffnet*‹, richtete er sich an den Simon Bauer. Durch das offen stehende Fenster hoffte er, gehört zu werden.

»Hallo Herr Bauer! Hier spricht die Polizei! Wir wissen, dass Sie sich in der Wohnung von Frau Bierschneider aufhalten! Es liegt ein Haftbefehl gegen Sie vor! Bitte kommen Sie mit erhobenen Händen heraus!«

Zunächst einmal war alles totenstill. Nichts bewegte sich. Außer vielleicht das eine oder andere Fenster einer Nachbarwohnung, das geschlossen wurde und dabei knarzte. Bestimmt hatten alle von der Fahndung über die Medien bereits Kenntnis von dem gesuchten, mutmaßlichen Mörder. So sehr da jetzt den einen oder anderen die Neugierde plagen würde, hinter verschlossenen Fenstern fühlte man sich einfach sicherer.

Und dann, ganz überraschend, aber für einen wie den Köstlbacher nicht unerwartet: Der Simon stand mit einem Mal am

Fenster, die Bierschneider Marion vor sich, ein Küchenmesser an ihre Kehle gesetzt.

»Verpisst euch, oder es passiert was!«, schrie der Simon mit sich überschlagender Stimme.

»Seien Sie vernünftig, lassen Sie die Frau Bierschneider los und kommen Sie heraus. Das führt doch zu nichts!«, gab der Köstlbacher übers Megaphon zurück.

»Vernünftig? Dass ich nicht lache!«, antwortete in hysterischem Tonfall der Simon und machte dazu eine aggressive Bewegung mit dem Messer.

»Sie machen sich doch nur unglücklich!«, versuchte der Köstlbacher zu argumentieren.

»Ich wurde bereits unglücklich gemacht! Schlimmer kann's nicht kommen!«, schallte es vom Simon herunter in den Hof.

Der Köstlbacher drehte sich Hilfe suchend nach dem Roland um. Schließlich kannte der den Simon und würde mit ihm vielleicht eher verhandeln. Aber da war kein Roland mehr. Er schien sich unbemerkt aus dem Staub gemacht zu haben.

»Warum ist der Scheißkerl überhaupt gekommen, wenn er mich jetzt im Stich lässt?«, fragte der Köstlbacher zum Liebknecht hin, der das Verschwinden vom Roland auch nicht bemerkt hatte.

Der Liebknecht wollte gerade zu einer Antwort ansetzen, als der Roland, den kleinen Max Bierschneider fest am Arm haltend, in die Hofeinfahrt trat.

»Der kleine Mann wollte sich doch glatt aus dem Staub machen, als er kam und uns gesehen hat!«, sagte der Roland und präsentierte dem Köstlbacher und dem Liebknecht seinen *›Gefangenen‹*.

»Lass mich los!«, schrie der Junge und zappelte, soweit dies der feste Griff vom Roland gestattete, wild umher.

Und weil der Roland nichts dergleichen tat, folgte noch ein Mark und Bein erschütternder Schrei nach seiner Mama!

Daraufhin ging es Schlag auf Schlag. Die Bierschneider stieß den verblüfften Simon zur Seite. Ein genauer Beobachter hätte erkannt, dass die Geiselnahme nur Show gewesen ist und die Marion Bierschneider keine Angst vor dem Simon zeigte. Beide, voran die Bierschneider und knapp dahinter der Simon, stürzten aus der Haustüre die Holztreppe hinunter in den Hof und rannten auf den Roland zu. Die Einsatztruppe verfolgte jeden ihrer Schritte mit dem Gewehr im Anschlag, natürlich ohne zu schießen. Erstens hatten sie dazu keine Freigabe und zweitens wären dadurch eventuell auch einige andere Leben in Gefahr gebracht worden. Und dafür wollte keiner die Verantwortung übernehmen.

Marion Bierschneider hast du ja schon einmal erlebt, wie sie in derbstem Bayerisch den Köstlbacher angeschrien hat, weil der ihrem Max zu nahe gekommen ist. Gegen das, was jetzt ihren Mund an Schimpfwörtern verließ, war der wortreiche Ausbruch beim Köstlbacher damals nur ein leises Maulen. Und weil ich mir denken kann, dass du zwar Umgangs-Bayerisch verstehst, aber nicht diesen speziellen Wortschatz kennst, der im oberpfälzischen Regensburg Anwendung findet, wenn die

Emotionen überkochen, möchte ich dich auch damit verschonen und es deiner Fantasie überlassen, was alles auf den Roland an Kraftausdrücken herein zu prasseln begann.

Der Roland ließ spontan den Jungen frei, verabschiedete sich von der Marion Bierschneider mit einem »Leck mich!« und ging hinaus in die Metgebergasse.

Max Bierschneider schmiegte sich an seine Mutter und heulte.

Die dem Geschehen am nächsten stehenden Einsatzkräfte reagierten blitzschnell und machten den Simon Bauer dingfest, bevor der auch nur an Gegenwehr denken konnte.

Der Simon Bauer hatte den Roland nur kurz gesehen. Ich meine bewusst gesehen. Das hatte aber ausgereicht, um ihn zu erkennen. So wie es aussah, fühlte er sich vom Roland verraten, womit er nicht einmal Unrecht hatte. Auch wenn der Roland nicht mehr anwesend war, der Simon ließ es sich nicht nehmen ihm lauthals nach zu brüllen:

»Dich mach' ich kalt, du falsche Sau!«

Der Marion Bierschneider schien es am wichtigsten zu sein, ihren heißgeliebten, kleinen Max wieder bei sich zu haben. Der schluchzte immer noch eng an seine Mutter geschmiegt. Sie streichelte ihm das Haar und drohte:

»Wenn mir noch einmal einer meinem Max auch nur nahe kommt, dann …!«

Was ›*dann*‹, das wusste sie wohl selbst nicht und erklärte es daher auch nicht näher.

»Ich brauche Sie morgen gegen 8.00 Uhr in meinem Büro zu einer Aussage!«, sagte der Köstlbacher, ohne auf ihre vorangegangene Schimpfkanonade näher einzugehen, und hielt der Bierschneider seine Visitenkarte hin.

»Morgen habe ich keine Zeit!«, keifte die Bierschneider, wagte es aber nicht, das Kärtchen abzulehnen.

»Morgen um 8.00 Uhr! Oder ich lasse Sie holen!«, antwortete der Köstlbacher nur, drehte sich um und ließ die Bierschneider mit ihrem Sohn stehen.

Kap. 34

»Du bist ja schneller wieder da, als erwartet«, begrüßte die Sandra den Roland. Dass der mit ihrem Fahrrad unterwegs gewesen ist, das hatte sie nicht einmal mitbekommen.

»Ist auch alles viel schneller abgelaufen, als ich gedacht hatte«, antwortete der Roland Zeller.

»Wovon sprichst du?«, fragte die Sandra.

Da inzwischen auch die Susanne sich zu den beiden gesellt hatte, kam Rolands Antwort nicht sofort. Irgendwie knisterte es zwischen den drei Personen, weil dass der Roland nicht nur zum Brötchen holen weg war, das war klar.

»Okay! Ich denke du wirst es sowieso irgendwann erfahren, wenn nicht über TVA, dann spätestens morgen durch die Zeitung«, sagte der Roland.

»Wovon sprichst du?«, fragte die Susanne, die spürte, dass vor allem sie vom Roland angesprochen wurde.

»Sie haben den Simon festgenommen!«, antwortete der Roland.

»Den Simon festgenommen? Wo? Wann? Warum?«, fragte die Susanne und riss ihre Augen dabei erstaunt auf.

»Das ›*warum*‹ dürfte ja wohl keine Frage sein. Oder bist du immer noch so blauäugig, deinem Simon zu glauben, dass er mit den Morden in den Biergärten nichts zu tun hatte?«, fragte die Sandra, die weit weniger überrascht schien.

»Ich weiß nicht, was und wem ich glauben soll!«, antwortete die Susanne.

»Wusstest du, dass *›dein‹* Simon einen 7-jährigen Sohn hat?«, fragte der Roland.

»Du spinnst! Das hätte er mir gesagt!«, antwortete die Susanne.

»Du würdest staunen, was es alles gibt, was er dir nicht gesagt hat«, sagte der Roland, »Der Simon ist derart verkommen, dass einem speiübel werden könnte!«

»Du lügst! Mann, warum machst du das? Warum erzählst du mir so einen Scheiß?«, regte sich die Susanne auf.

Wobei ich die Susanne gut verstehen kann. Sie kannte den Simon schon eine Ewigkeit, die Sandra auch. Alles war so, wie man es ihr gesagt hatte. Mit welchem Recht konnte da plötzlich so ein Typ daher kommen und alles infrage stellen? Mit welchem Recht frag ich dich?

Aber interessant. Das Weltbild der Susanne war ja schon seit ihrer Entführung ins Wanken gekommen, auch wenn der Simon es überraschend gut geschafft hat, es noch einmal gerade zu biegen.

Mich erinnert das irgendwie an die Finanzspritzen für das marode Griechenland. Zusammen mit der Urlaubssonne, die Griechenlands zuverlässigster Faktor sein dürfte, sieht im Sommer dieser Staat am Abgrund wieder recht passabel aus. Zumindest in den Hotels merkt man nichts. Alles sozusagen schön gespritzt! – Aber dann kommt der Winter. Sonne weg! Urlauber weg! Frage nicht, was dann gleich als Nächstes auch wieder weg ist.

Bei der Susanne war's das Vertrauen, das zu bröseln begonnen hatte, kurz wieder gefestigt worden ist und nun am Zusammenbrechen war. Aber nicht nur das zum Simon. Nur weil der Roland so allwissend tat, stand schließlich noch lange nicht fest, dass er das auch war und dass man ihm glauben durfte.

»Ich lüge? Du meinst doch eher, er lügt, ›*dein Simon*‹!«, antwortete der Roland.

»Er ist nicht ›*mein*‹ Simon. Vielleicht war er das einmal«, sagte die Susanne und leitete damit eine neue Ära ein, eine Ära, in der ihr Vertrauen wirklich nicht mehr grenzenlos diesem Simon galt, der es immer wieder glänzend verstanden hatte, es neu aufzumöbeln, wenn es einen Einbruch erlitten hatte.

»Gut, dann eben nicht ›*dein*‹ Simon. Auf alle Fälle lügt er, wenn er's Maul aufmacht!«, sagte der Roland.

Beinahe hätte ihm jetzt Susanne dennoch widersprochen, aber eine innere Stimme sagte ihr, dass sie sich auf diesen Roland einlassen sollte. Er war zwar alles andere als ihr Typ, aber das durfte jetzt am allerwenigsten eine Rolle spielen.

»Zum Beispiel, wenn er behauptet, ich hätte deinen Bruder umgenietet! Ich! Und das mit einer Armbrust! Wie im Mittelalter! Lächerlich!«, ereiferte sich der Roland. »Simon ist ein Auftrags….!«

Susanne konnte dieses letzte Wort vom Roland nicht mehr verstehen. Gleich einem Kanonenschlag flog die Haustüre aus den Angeln und mit lautem Geschrei stürmten Männer in schwarzen Uniformen mit Schusswesten, Helmen, schwarzen Masken vor den Gesichtern, die nur die Augen frei ließen und ihr Sturmgewehr im Anschlag in das Haus, umringten die drei überraschten Personen und rissen den Roland grob zu Boden.

Kap. 35

Kaum hatte man den Simon in der Metgebergasse auf die Rückbank vom schwarzen Dienstaudi der Kriminaler Köstlbacher und Liebknecht verfrachtet und wollte los fahren, da begann der Festgenommene in wenigen Worten etwas zu erzählen, was den Köstlbacher erst nur gelangweilt aufhören ließ, dann aber sehr schnell zu fesseln begann.

Noch auf dem Weg zurück ins Präsidium, wo man den Simon Bauer ursprünglich erst einmal einem ersten Verhör zu unterziehen gedachte, befahl der Köstlbacher den nächsten Blitzeinsatz. Diesmal war die Hoppestraße 7 das Ziel.

Dass die Einsatzkräfte sich dort in erster Linie daran machten, den Roland dingfest zu machen, das war ein Fehler. Ein gravierender Fehler. Aber so war es immer, so ist es heute und so wird es in 1000 Jahren sein: Es ist immer der Mann, den man für gefährlich erachtet. Ihm traut man alles zu. Er hat absoluten Vorrang, wenn es darum geht, eine Gruppe Verdächtiger festzunehmen.

Dabei hätte die Polizei doch spätestens in den 68ern lernen müssen, dass nicht nur die Männer radikal und rücksichtslos gefährlich sein können. Eine 9mm Luger in der vergleichsweise zierlichen Hand einer Frau tötet ebenso präzise und grausam, wie ein 45er Colt in der grobschlächtigen Hand eines Revolverhelden im Wilden Westen.

Mag sein, Frauen sind prozentual gesehen weniger an Gewaltdelikten beteiligt. Das mag durchaus stimmen. Meinetwegen kannst du deine Doktorarbeit in Jura ja zu diesem Thema schreiben. Das ändert aber dennoch nichts an der Tatsache, dass Frauen dort, wo sie sich zur Gewalt entschieden haben, ebenso rücksichtslos vorgehen wie Männer.

Bestimmt denkst du jetzt schon laufend darüber nach, was ich dir damit sagen möchte. Dabei ist das doch so einfach!

Der Roland hat am Boden gelegen und vor Schmerz geschrien, weil ihm die Beamten äußerst grob seine Arme nach hinten gebogen haben, um ihm Handschellen anzulegen. Und damit sie bei ihrer Arbeit vor dem vermeintlichen Schwerverbrecher keine Angst bekommen, haben auch sie laut geschrien. Wie im Mittelalter, wenn die Recken aufeinander los gestürmt sind. Einer machte dem anderen Angst und nahm sich selbst durch lautes Brüllen seine eigene Angst. Keine Ahnung, warum das funktionieren soll, aber anscheinend tut es das.

Auf die Susanne und die Sandra achtete keiner. Wobei die Susanne einfach stehen geblieben ist und sich die Hände an ihre Ohren gehalten hat, weil ihr die von dem Knall immer noch weh getan haben. Ausgesehen hat es natürlich so, als ob sie sich wegen dem Geschrei die Ohren zugehalten hat.

Anders die Sandra. Die hat die Gelegenheit, wo keiner auf sie geachtet hat, genutzt und ist verschwunden. Und weil vor dem Haus immer noch das Fahrrad von ihr stand, hat sie sich unbemerkt drauf gesetzt und ist los geradelt. Bis irgendwer gemerkt hat, dass die Sandra nicht mehr da war, war die mindestens schon vorne am Jakobstor und somit nicht mehr verfolgbar, weil ja keiner wusste, wohin sie verschwunden ist. Nicht einmal das mit dem Fahrrad wusste man. Erst viel später hat das der Roland zu bedenken gegeben. Aber da war das praktisch nicht mehr von Bedeutung.

»Scheiße! Scheiße! Scheiße!«, hat der Köstlbacher gerufen und sich dabei geärgert wie in den letzten zehn Jahren nicht mehr. »Das kann doch nicht sein, dass ich so blöd bin!«, hat er auch noch gesagt.

Die anderen, auch der Liebknecht, haben es vorgezogen, die Äußerung vom Chef nicht zu kommentieren.

Natürlich telefonierte der Köstlbacher sofort mit dem Präsidium und gab eine Fahndung nach der Sandra Riemann heraus. Aber einen Erfolg brachte die jetzt keinen mehr. Die Riemann war verschwunden und keiner konnte sagen, wohin. Auch der Roland nicht, der immer alles zu wissen schien. Nicht einmal eine Vermutung!

Das einzige, was es in der Hoppestraße 7 nun noch zu tun gab, das musste von der Spurensicherung erledigt werden. Wobei der Köstlbacher nicht wirklich daran glaubte, hier irgendwelche Beweise, womöglich noch wohl geordnet, vorzufinden. Es würde wohl noch einiges an lästiger Ermittlungsarbeit bedürfen, bis eine Anklage erhoben werden konnte.

Das Sondereinsatzkommando war schon abgezogen, die Spusi hatte ihre Arbeit bereits aufgenommen, der Roland und die Susanne saßen wartend auf der Rückbank des schwarzen Polizei-Audi. Nach augenblicklichem Stand der Dinge eher als Zeugen, denn als Angeklagte, auch wenn die Aussage vom Simon Bauer durchaus auch eine umgekehrte Sichtweise und so. Der Köstlbacher setzte sich auf den Beifahrersitz und der Liebknecht wollte gerade seinen Platz als Fahrer einnehmen, als der Roland sagte:

»Das Fahrrad fehlt!«

»Welches Fahrrad?«, fragte der Köstlbacher.

»Das, mit dem ich unten in der Metgebergasse gewesen bin. Ich hatte es dort drüben an die Wand gelehnt, nachdem ich wieder zurück war«, sagte der Roland.

»Das Rad gehörte der Sandra Riemann?«, vermutete der Köstlbacher.

»Ich gehe davon aus. Sonst hätte es ja wohl kaum auf ihrem Grundstück gestanden«, antwortete der Roland.

»So selbstverständlich ist das auch wieder nicht. Immerhin warst ja auch noch du im Haus, nicht zu vergessen Sie, Frau Stadler!«, entgegnete der Köstlbacher.

»Nein! Nein! Es ist schon Sandras Rad. Ich sag's ja auch nur, weil sie vermutlich damit unterwegs sein dürfte.«

Natürlich hat sich der Köstlbacher das Rad schnell noch vom Roland beschreiben lassen und die Beschreibung gleich telefonisch an die Zentrale durchgegeben. Wegen der Fahndung und so. Dass man die Sandra Riemann auf ihrem Fahrrad irgendwo in der Stadt abfangen würde, das war kaum zu erwarten. Aber vielleicht ließ sie das Rad ja irgendwo stehen. Dann hätte man zumindest einen Anhaltspunkt gehabt, in welchem Umkreis eine Suche oder auch eine Personenbefragung Sinn machen könnte.

Kap. 36

Sandra Riemann wusste, wann ihr Spiel verloren war. Spätestens, wenn dieser Köstlbacher die Aussagen vom Simon und vom Roland gegeneinander abglich, würde sie in den Fokus der Kripo geraten. Wenn sie es nicht schon war. Jetzt galt es nur noch, sich in Sicherheit zu bringen. Und natürlich zumindest so viel von dem Geld, damit sie fernab der Justiz Gras über die Sache würde wachsen lassen können.

Was sagst du zu so einer naiven Denkweise? Flucht ja, aber Gras über derartige Gewaltverbrechen wachsen lassen? So viel Gras gibt es gar nicht. Außer die Sandra war nur in Illegales verstrickt, hatte aber mit den Morden nichts zu tun. Aber deswegen gleich flüchten?

Was mir nach Abschluss des Falles der Köstlbacher erzählt hat, das glaubst du nicht. Irgendwie wundert's mich heute noch, dass der Edmund diesen verzwickten Fall lösen konnte, auch wenn's lange gar nicht danach ausgesehen hat, weil jeder was anderes behauptet hat und alles einerseits irgendwie logisch und dann doch wieder frei erfunden geklungen hat.

Möchte man meinen, so ein Kriminaler, der kann schon aus seinem Bauch heraus ganz klar erkennen, was er von seinen Pappenheimern zu halten hat. Und der Köstlbacher ganz besonders, weil dem sein Bauch allein vom Umfang her einfach schon mehr hergibt, als zum Beispiel dieser Sportlerbauch vom Liebknecht. Aber weit gefehlt! Heutzutage, da schauen dich die abgebrühtesten Halunken an, als ob sie soeben dem Himmel entstiegen wären, um auf Erden eine Engelsmission zu erfüllen. Und wie sollte da ein Bauch, welcher Größe er auch immer ist, noch annähernd richtig reagieren?

Klar war nach der Geschichte in der Hoppestraße nur eines, nämlich dass alles unklar war. Der Simon in Untersuchungshaft. Der Roland? Wenn an dem Simon seinen Behauptungen auch nur irgendwas dran war, dann eventuell auch Untersuchungshaft. Zumindest aber *›zur Verfügung halten‹*. Die Susanne? Sie schien mehr ein Opfer zu sein. Falls sich da nicht auch noch neue Erkenntnisse zeigen würden. Und die Sandra? Ihre Flucht deutete klar auf eine Täterschaft hin, wie auch immer die ausgesehen haben mag.

Wenn du jetzt glaubst, der Köstlbacher hatte mit diesen vier Personen einen engen Kreis gezogen, in dem er auf alle Fälle die Lösung zu finden glaubte, dann muss ich dich erinnern, dass es um eine groß angelegte Schweinerei ging, in der die eine oder andere dieser vier Personen vielleicht entscheidende Verbrechen begangen hat. Aber das Feld der Involvierten war weit größer. Und es konnte sich durchaus noch ergeben, dass weitere Personen nicht aus den Augen verloren werden durften. Denk dabei doch bloß an diesen Michael Segerer, auch wenn sich der angeblich in Urlaub befunden haben soll!

Aber das trotzdem nur die eine Seite der Medaille! Weil eines darfst du nicht vergessen, das LKA hatte zu diesem Zeitpunkt schon seine Zuständigkeit angemeldet. Zwar nicht beim Köstlbacher, aber bei der Dr. Sieber. Mit Sicherheit war auch der ›*Dr.*‹ Greiner schon informiert. Vielleicht der sogar schon vor der Dr. Sieber. Weil die Morde in Regensburg passiert sind, wollte man dem Köstlbacher noch einen begrenzten Aufschub gewähren. Bedingung, das LKA musste schon jetzt über jeden seiner Schritte informiert werden.

Du kannst dir vorstellen, wie das dem Köstlbacher gefallen hat.

»Wir sollen die Drecksarbeit erledigen, damit die sich dann ohne Stress und Zeitdruck aufgrund unserer Ermittlungsergebnisse an die Drahtzieher heran machen können«, hat der Köstlbacher gebrummt, als die Dr. Sieber ihn wegen dem LKA informiert hat.

Diesmal hat die Dr. Sieber aber nur mit ihren Schultern gezuckt, was sie sonst nie machte. Weil gegen das LKA kam auch sie nicht an.

Inwieweit die Sandra sich vorstellen konnte, was auf Seiten der Kripo alles abging, darüber kann ich nur Vermutungen anstellen. Auf alle Fälle wird sie nach der Aktion vom Köstlbacher und seinen Leuten in ihrem Haus in der Hoppestraße davon ausgegangen sein, dass die Kripo über einen Kenntnisstand verfügt, der Verhaftungen möglich macht. Und dass sie verhaftet werden sollte und nicht die Susanne oder gar der Roland, davon ging die Sandra aus. Was auch immer diesen Köstlbacher dazu veranlasst haben mochte, seine Ermittlungen auf sie zu fokussieren, er hat es getan. Und so, wie's aussah, mit Erfolg.

Regensburg verlassen oder hier untertauchen? Ihr Auto stand in der Garage in der Hoppestraße. Keine gute Idee, es zu holen. Selbst wenn es ihr gelingen sollte, unbemerkt an den Wagen heran zu kommen, darin auf den mit Sicherheit überwachten Straßen abgefangen zu werden, das Risiko war ihr zu groß. Die Bahn oder Busse waren da kaum weniger sicher. In ein paar Tagen vielleicht. Man würde das zusätzliche Überwachungspersonal bald wieder reduzieren und die normale Bahnhofspolizei stellte keine ernst zu nehmende Bedrohung dar.

Also entschieden: Erst einmal einige Tage in Regensburg untertauchen. Der unerwartet schnelle Aufbruch, weg von der Hoppestraße, hätte beinahe katastrophale Folgen gehabt, wenn sie nicht beim Verlassen des Hauses noch schnell nach der im Flur stehenden Handtasche hätte greifen können, in der sich ihre Ausweispapiere, etwas Geld und die Checkkarte, praktisch alles Nötige, befunden hatten.

Dieser ausgefuchste Köstlbacher hätte doch beinahe den vollen Überblick gewonnen. Zum Glück nur beinahe! So blieb ihr zumindest für eine begrenzte Zeit noch jemand, bei dem sie unterkommen konnte. Zumindest hoffte die Sandra, dass diese Möglichkeit bestehen würde. Ansonsten würde es eng werden.

Kap. 37

Die anstehenden Vernehmungen gestalteten sich endlos und äußerst zäh. Der Simon Bauer blieb im Großen und Ganzen bei seiner Version der Geschichte, der zufolge er mit den Morden in den Biergärten nichts zu tun haben wollte. Er hätte zwar gerüchteweise davon gehört, dass beabsichtigt war, Konrad Pielmeier und den Werner Krüger zu liquidieren, aber wer nimmt so ein Gerücht schon für bare Münze? Wie's dann tatsächlich passiert sei, hätte er es mit der Angst zu tun bekommen. So zumindest seine Begründung, warum er nicht mit seinem Wissen zur Polizei gegangen sei.

Als dann unter dem Druck der Befragungen die Susanne damit herausrückte, von dem Simon gekidnappt und von ihm und einer zweiten, ihr nicht bekannten Person, gut zwei Tage in der Nähe von Altenthann gefangen gehalten worden zu sein, da sagte der Simon erst einmal nichts mehr und verlangte nach einem Anwalt.

Den Roland verhörte zwar keiner, weil der ja immer noch den Status eines Undercover, aber der Köstlbacher hatte mit ihm im Beisein vom Liebknecht in seinem Dienstzimmer in der Bajuwarenstraße eine längere Unterredung.

»Was du uns schon einmal erklären solltest, was hattest du eigentlich bei Sandra Riemann in der Hoppestraße zu suchen?«, fragte ihn ziemlich zu Beginn der Unterredung der Köstlbacher.

»Ich wollte die Susanne aus der Schusslinie bringen«, antwortete der Roland der Wahrheit getreu.

»Nachdem du sie im Biergarten Alte Linde getroffen hast und sie dir ihre Situation geschildert hat?«, fragte der Köstlbacher.

»Genau! Ich hatte zwar davon gehört, dass sie vom Simon entführt werden sollte, um auf den Dr. Höchterl Druck auszuüben, hab' das aber eher als Gerücht eingestuft. Als sie auf dem letzten Treffen unserer Biergartenclique nicht aufgetaucht ist, hab' ich schon vermutet, was los sein könnte. Zur Gewissheit wurde es aber erst später«, sagte der Roland.

»Wann genau später?«, fragte der Köstlbacher.

Der Roland hatte jetzt eigentlich nur zwei Möglichkeiten: Entweder er rückte in einem Stück voll und ganz mit der Wahrheit heraus, oder er blieb bei seiner scheibchenweisen Informationsabgabe und behielt das eine oder andere Detail sogar ganz für sich. Entschieden hat sich der Roland für die zweite Variante, weil so perfekte Verschleierungstechnik.

Seine Rolle bei der ganzen Sache war nicht nur nahe an der Grenze zur Legalität angesiedelt gewesen. Für die eine oder andere Aktion hätte ihn der Köstlbacher nicht mehr in Schutz nehmen können. Und erst seinen Kopf riskieren, um dann dafür selbst bestraft zu werden, dass darauf der Roland keinen Bock hatte, das wirst sogar du verstehen.

Eine dieser Aktionen war beispielsweise das Kidnappen der Susanne gewesen. Als Undercover erreichst du einfach nur dann wirklich was, wenn du mitmachst und nicht nur kluge Sprüche klopfst. Und ganz allein hätte das der Simon auch gar nicht geschafft. An die Susanne heran fahren, stehen bleiben, sie betäuben und ins Auto zerren, wieder ums Auto herum laufen, einsteigen, wegfahren, lachhaft, dass das einer allein schaffen könnte!

»Das kann ich dir sogar ganz genau sagen! Ich hab' sie im Biergarten der Alten Linde sitzen sehen, ziemlich genau zu der Zeit, wo ihr gegenüber, auf der anderen Seite der Donau, die Wohnung vom Simon auf den Kopf gestellt habt«, antwortete der Roland.

»Woher willst du wissen, wann wir in dem seiner Wohnung waren?«, fragte der Köstlbacher.

»Erstens war damit zu rechnen, nachdem was ich dir über den Simon erzählt habe, und zweitens war eure Aktion ja nicht gerade klamm heimlich angelegt. Ich hab' euch aus der Entfernung beobachtet. Der Simon übrigens auch. Beinahe wäre er euch in die Hände gelaufen. Aber dazu war euer Auftritt zu unübersehbar!«, sagte der Roland und lächelte fast mitleidig dazu.

Du wirst dich erinnern, wie das gewesen ist. Der Simon hat den Roland auf dem Eisernen Steg entdeckt, blieb selber unter den Bäumen aber unbemerkt. Zumindest glaubte er das.

Jetzt stellte es der Roland aber so dar, als ob er auch den Simon gesehen hätte. Weil wie sonst würde er sonst Kenntnis davon haben, dass der Simon den Köstlbacher beobachtet hat, wie der mit seinen Leuten in seiner Wohnung und so.

Widersprüche dieser Art tauchten mehrere auf. Aber solange

Aussage gegen Aussage stand, war es schwer, einen klaren Überblick zu gewinnen.

»Hm!«, brummte der Köstlbacher. Unrecht hatte er ja nicht, der Roland. Aber er konnte es seinen Leuten noch weitere 1000 Mal predigen, dass solche Aktionen weit mehr Erfolge zeigen würden, wenn sie in aller Stille abliefen, ohne Blaulicht, Martinshorn und laut sich zurufenden Einsatzkräften. Zumindest Blaulicht und Martinshorn wecken das Kind im Beamten. So ein Einsatz ist dann gleich viel imposanter und schöner. – Feuerwehrleuten geht es da nicht anders!

»Der Simon behauptet, du hättest den Pielmeier und den Krüger erschossen!«, platzte der Köstlbacher nach ein paar Schweigesekunden heraus.

»Haha! Interessante Variante! Du glaubst ihm den Schmarrn doch nicht?«, fragte der Roland und schien tatsächlich amüsiert zu sein.

»Ich bin Polizist. Glauben ist nicht unbedingt etwas, was zu meinem alltäglichen Geschäft gehört«, antwortete der Köstlbacher ausweichend.

»Dann wirst du die Wahrheit aus ihm heraus locken müssen. Gesehen hat ihn keiner. Mich natürlich auch nicht. Wie auch? Ich war's nicht! Allerdings verstehe ich jetzt die Aktion in der Hoppestraße. Es ging da also tatsächlich um mich? Warum wurde ich aber dann letztendlich doch nicht verhaftet?«, fragte der Roland.

»Dass die Anschuldigungen gegen dich, die der Simon vom Stapel gelassen hat, einer Überprüfung nicht stand halten würden, war mir klar. Wir hatten auch weit mehr die Sandra Riemann im Fokus«, log der Köstlbacher, weil er dem Roland die Wahrheit über diesen Einsatz nicht sagen wollte.

»Die Riemann? Wieso die?«, fragte der Roland.

»Wieder einmal der Simon! Von ihm wissen wir, dass die Susanne Stadler eventuell bei der Riemann Unterschlupf gesucht haben würde. Da läuteten bei uns die Alarmglocken. Ehrlich gesagt, wir fürchteten um Susanne Stadlers Leben.«

»Im Klartext, du brauchst jetzt entweder vom Simon ein Geständnis oder du musst ihn wieder frei lassen und erst einmal warten, bis du dir die Sandra gekrallt hast?«, fasste der Roland zusammen.

»So ähnlich!«, gab der Köstlbacher zu und fühlte sich dabei alles andere als wohl.

»Der Pirzer kennt die Sandra Riemann von früher. Er kann sich auch noch gut an ihren alten Herrn erinnern. Ihm ist bei denen nie irgendwas aufgefallen, was im Zusammenhang mit der aktuellen Situation in Verbindung gebracht werden könnte«, sagte der Köstlbacher, quasi als stummen Impuls für den Roland, sich zu der Riemann etwas detaillierter zu äußern.

»Wäre der alte Riemann nicht schon seit fünf Jahren tot, ich würde meine Pfeife drauf verwetten, dass er der ist, von dem immer als *›die graue Eminenz‹* geredet wird«, sagte der Roland.

»Du verblüffst mich! Wie das?«, fragte der Köstlbacher.

»Der alte Riemann war ein durchtriebener Hund. Einer, der Fäden ziehen konnte«, antwortete der Roland.

»Aber nach unseren Ermittlungen war er selber todkrank und hätte eher ein Motiv gehabt, den Dr. Höchterl umzulegen, als ihn zum organisierten Verbrechen nach dem Vorbild der Mafia zu rekrutieren«, gab der Köstlbacher zu bedenken.

Das Gespräch mit dem Roland ging in eine Richtung, die ihn etwas vom Vertrauen zu dem Undercover zurück gewinnen ließ, das die Aussage vom Simon hatte schwinden lassen.

»Die Sandra, falls du jetzt an sie als seine Nachfolgerin denkst, hat die Führungsqualität ihres Vaters nicht geerbt. Mag sein, sie ist irgendwie in alles verstrickt. Vielleicht auch nicht oder nur in geringem Maße«, sagte der Roland.

»Und warum ist sie dann geflohen?«, fragte der Köstlbacher.

»Das kann genauso gut eine Reflexreaktion, eine Panikreaktion gewesen sein! Dass sie der Susanne Stadler was antun wollte, halte ich jedenfalls für Blödsinn!«

«Hm!«, brummte da erneut der Köstlbacher. Nichts Konkretes. Wie er das hasste!

Kap. 38

Sandra Riemann hatte Angst. Zwei Männer hatte der Köstlbacher nun an der Hand, die gegen sie aussagen konnten. Zwei, die nicht zögern würden, die ihnen bekannten Puzzleteile zu dem Bild beizubringen, das in seiner Gesamtheit alle entlarven würde. Wenn der Roland und der Simon ihre Aussagen gemacht hätten, würden zwar immer noch viele Fragen offen bleiben, aber zumindest der Köstlbacher würde seine Akten schließen und wieder einmal einen ERLEDIGT Stempel drauf drücken können.

Sandra Riemann fasste einen Entschluss von großer Tragweite. Warum auch immer letztlich gemordet worden war, es musste ein Bauernopfer gebracht werden, um den Köstlbacher zufrieden zu stellen.

»Spreche ich mit Herrn Kriminalhauptkommissar Köstlbacher?«, fragte sie, nachdem sie sich seine Durchwahlnummer auf ihrem Smartphone übers Internet herausgesucht hatte.

»Nein!«, meldete sich eine neutral klingende Stimme. »Mein Name ist Edith Klein. Herr Köstlbacher ist gerade in einer Besprechung!«

»Können Sie mich bitte trotzdem zu ihm durchstellen? Riemann! Sandra Riemann ist mein Name!«

»Einen Moment bitte, Frau Riemann! Ich versuch's!«

Es dauerte auch nur höchstens eine Minute, da hörte sie seine Stimme:

»Köstlbacher! Was gibt's, Frau Riemann?«

Noch nie, so kam es dem Köstlbacher zumindest vor, noch nie hatte der Roland ihm gegenüber eine derart überraschte, ruckartige Kopfbewegung gemacht, auch nicht, als er sich noch Oskar Lischka nannte und im zivilen Leben einen Malermeister mimte.

Ich sage immer, manchmal musst du nur auf die Körpersprache achten und brauchst gar nicht viel reden. Das hat sich der Köstlbacher bestimmt auch gedacht. Nur wären ein paar erklärende Worte dann doch nicht übel gewesen, weil so eine ungewöhnliche Reaktion auch wieder alle möglichen ungewöhnlichen Schlüsse zuließ.

Bei dem kurzen Gespräch, das jetzt zwischen dem Köstlbacher und der Sandra Riemann geführt wurde, da antwortete der Köstlbacher sehr einsilbig. Eine Frauenstimme konnte der Roland zwar undeutlich ausmachen, aber selbstverständlich verstand er kein Wort von dem, was die Riemann dem Köstlbacher zu sagen hatte.

»Einverstanden!«, beendete der Köstlbacher letztendlich das Gespräch.

Du kannst dir vorstellen, dass der Roland jetzt allzu gerne gewusst hätte, womit der Köstlbacher denn da einverstanden war.

Weil eines musst du wissen, als alter Hase im Geschäft war es dem Roland natürlich schon klar, dass die Einsilbigkeit vom Köstlbacher kein Zufall war. Auch wenn der Chef des Ermittlerteams in Sachen Biergartenmorde allgemein als redefaul verrufen war, aber immerhin hat er sonst so viel gesagt, dass jeder wusste, worum es geht.

Gefragt hat er den Köstlbacher aber auch nicht, der Roland. Eben weil er ein alter Hase und nicht durch sein Interesse auffallen wollte, das am Ende noch die Aufmerksamkeit auf ihn lenken würde.

»Ich denke, jetzt wird langsam Licht in die Angelegenheit kommen! Frau Riemann hat mir soeben erklärt, ihr Verschwinden sei unüberlegt und panisch gewesen. Unser ›*Überfall*‹ hat eine Fluchtreaktion bei ihr ausgelöst, die sich verselbständigte und sie nicht daran denken ließ, sich dadurch selbst verdächtig zu machen«, berichtete der Köstlbacher relativ umfangreich und beobachtete dabei genau das Mienenspiel vom Roland.

Der hatte sich aber, wen wundert's, schon wieder im Griff und sagte nur:

»Endlich! Dann werden wir ja bald wissen, was Sache ist!«

»Ja! Vielleicht!«, meinte der Köstlbacher.

»Was heißt ›*vielleicht*‹?«, fragte der Roland und hob seine Stirn in Falten legend den Kopf.

»Sie scheint es irgendwie aus Regensburg raus geschafft zu haben und hat von Wien aus angerufen. Dort zur Polizei gehen möchte sie nicht. Sie nimmt morgen den ersten Zug nach Regensburg. Mir ist das auch lieber so. Wien, das würde man mir nicht gestatten. In dem Fall würde vermutlich das LKA postwendend übernehmen. Die sitzen eh schon in den Startlöchern!«, sagte der Köstlbacher. »Sie meinte morgen gegen Mittag könnte sie hier sein. Ich möchte erst alleine mit ihr reden.

Wenn du so gegen 13.00 Uhr dazu kommst? Wäre das für dich okay?«, fragte der Köstlbacher.

»Sicher! Morgen 13.00 Uhr! Ich werde da sein!«, antwortete der Roland, schüttelte dem Köstlbacher die Hand und verschwand.

Kap. 39

Erzählt hat das der Köstlbacher nur zwei Personen, was sich soeben in seinem Zimmer abgespielt hatte: der Dr. Renate Sieber und dem Norbert Liebknecht. Sicherheitshalber! Sollte es ein Leck innerhalb der Kripo geben, nicht auszudenken, auch wenn es nur eins wäre, wo sich ungewollt einer verplappert, weil einen Tick zu kommunikativ.

Die drei saßen jetzt zusammen im Büro von der Dr. Sieber und berieten, wie sie verfahren sollten. Die Vorschläge waren so unterschiedlich wie die Personen, die sie machten.

»Wir können kein Risiko eingehen!«, meinte die Dr. Sieber, weil sie letztendlich die Person war, die ihren Kopf hinhalten musste, wenn was schief laufen sollte.

»Wenn ich mich beeile, bekomme ich noch den Nachtzug nach Wien. Soweit ich es im Hinterkopf habe, gibt's kurz vor 19.30 Uhr eine schnelle Verbindung nach Wien. Wenn ich den nehme, könnte ich mich in Wien sogar in einem Hotel noch ein paar Stunden aufs Ohr legen, morgen früh am Bahnhof die Riemann abpassen und ihr Personenschutz gewähren. Was sagt Ihr?«, fragte der Liebknecht.

»Den aber weder ich, noch irgendein Gericht anordnen kann. Wien ist nicht Deutschland!«, gab die Dr. Sieber zu bedenken.

»Dann mach' ich es eben auf eigenes Risiko und eigene Kosten!«, meinte der Liebknecht.

»Das ehrt dich!«, lobte der Köstlbacher den Kollegen Liebknecht. »Aber was soll ein Personenschutz ohne Dienstwaffe? Und die müsstest du bei einem inoffiziellen Einsatz auf alle Fälle hier lassen!«

»Ich brauche keine Waffe, um eine Frau zu schützen!«, entgegnete der Liebknecht energisch.

Du merkst es schon, so ein Einsatz wäre genau nach seinem Geschmack. Weil eines musst du wissen, ich hab's nämlich bisher zu erwähnen vergessen, die Sandra Riemann ist eine überaus attraktive Frau. Und wie der Liebknecht auf weibliche Reize reagiert, das dürfte dir ja inzwischen bekannt sein. Er geht, grob gesagt, jedes Risiko ein, wenn die Optik stimmt.

Aber naja, irgendeinen Fehler hat jeder. Das mit den Weibern ist dem Liebknecht seiner. Deinen möchte ich nicht kennen. Fraglich, ob der kleiner ist als der vom Norbert.

»Vergiss es!«, sagte der Köstlbacher.

»Außer…!«, begann die Dr. Sieber.

»Was *›außer‹*?«, fragte interessiert der Liebknecht und sah dabei der Dr. Sieber erwartungsvoll in die Augen.

»Außer Sie fahren nur bis Passau und steigen da in den Zug aus Wien morgen in der Früh zu«, meinte die Dr. Sieber. »Sozusagen ein Kompromiss! Was den ausdrücklichen Personenschutz betrifft, zwar auch illegal, weil ich die Genehmigung dafür auf die Schnelle nicht mehr hin bekomme, aber immerhin wären Sie auf bayerischem Gebiet! Gegen eine Observierung könnte keiner was einwenden. Und als Polizeibeamter im Dienst wäre auch das mit der Waffe kein Problem. Was sagen Sie dazu?«

Der Liebknecht nickte zustimmend, kam aber nicht zu einer Antwort, weil ihn der Köstlbacher unterbrach.

»Apropos Observierung! Wie schaut es mit dem Roland aus? Sollten wir den nicht auch…?«, fragte der Köstlbacher. »Und den Simon und die Susanne?«, fügte er noch hinzu.

»Was die Susanne Stadler betrifft, ich denke, es ist nicht nötig, sie unter Beobachtung zu stellen. Die bisherigen Aussagen sind dahingehend übereinstimmend, dass sie mit den Morden nichts zu tun hatte. Herrn Bauer müssen wir morgen wieder frei lassen. Die gegen ihn vorgebrachten Vorwürfe hat bisher niemand bestätigen können. Beweise irgendwelcher Art für seine angeblichen Taten liegen auch keine vor. Seine Schritte zumindest noch mindestens weitere 24 Stunden zu überwachen, das halte ich trotzdem durchaus für angebracht«, sagte die Dr. Sieber.

»Übrigens Renate, weil wir schon einmal in so kleinem Kreis zusammen stehen, was war eigentlich ausschlaggebend, dass wir den Roland nicht eingebuchtet haben, obwohl ihn der Simon so klar belastet hat? Ich frage, weil der Befehl, ihn nicht zu inhaftieren, von dir kam«, sagte der Köstlbacher.

Also nicht dass du das jetzt falsch verstehst. Der Köstlbacher hatte den Anschuldigungen vom Simon Bauer von allem Anfang an keinen rechten Glauben geschenkt. Aber der Einsatzbefehl kam von ganz oben, genauer gesagt von ›*Dr.*‹ Greiner. »Tod oder lebendig!«, hatte der ›Dr.‹ Greiner befohlen. Wobei das natürlich nur so ein Kraftausdruck von ihm gewesen ist. Aber gemerkt hat doch jeder irgendwo, der das mitbekommen hat, dass dem ›*Dr.*‹ Greiner sehr viel daran gelegen haben muss, den Roland ausgeschaltet zu wissen.

»Unser aller Chef, Herr Greiner, hat seinen Befehl offensichtlich überdacht und gleich nach Abschluss des Einsatzes in der Hoppestraße bekannt gegeben, dass er bezüglich des Undercover-Agenten Roland Zeller einen Fehler gemacht habe. Neuen Erkenntnissen zufolge sollte man ihn sofort wieder frei lassen«, antwortete die Dr. Sieber.

»Dann kam diese Anweisung also gar nicht von dir? Und welche ›*neuen Erkenntnisse*‹ sollten das sein?«, fragte der Köstlbacher.

»Tut mir leid Edmund, ich bin leider nicht befugt, dir darüber Auskunft zu erteilen. Aber ich erinnere dich daran, dass außer uns auch das LKA an dem Fall dran ist. Die sind weniger an der Auflösung der Regensburger Tötungsdelikte interessiert. So wie's aussieht sind die Regensburger Ereignisse nur eine Randerscheinung organisierter, bundesweiter Straftaten, die bisher weitgehend unbemerkt blieben und nur durch unsere Mordfälle in den allgemeinen Fokus gerieten. Im Klartext: Falsche Medikamentenabrechnungen in Milliardenhöhe! Und das zudem am Finanzamt vorbei! Darum geht's! Und nicht um unsere Regensburger Mordfälle!

»Das heißt jetzt? Sollen wir Motive aus unseren Ärmeln zaubern, die mit dieser Medikamentensauerei nichts zu tun haben, damit wir die Fälle abgekoppelt zu einem Ende bringen können?«, fragte der Köstlbacher, dem die ganze Scheiße mit dem LKA langsam auf die Nerven ging.

»So, wie ich die Sache einschätze, waren die Motive ohnehin sehr personell bezogen. Sonst wär's ja auch nicht zu den Morden gekommen. Alles drum herum? Warum willst du dir das aufhalsen, wenn's die vom LKA freiwillig machen?«, fragte die Dr. Renate Sieber. »Regensburg dürfte außerdem in diesem Zusammenhang nur eine von vielen Städten bundesweit sein. So wie's aussieht ist der Skandal absolut nicht auf Bayern beschränkt.«

»Ganz meine Meinung!«, fügte der Liebknecht hinzu, der sich ohnehin mehr als Kriminaler der Mordkommission fühlte als einer vom Wirtschaftsdezernat.

»Hm!«, brummte der Köstlbacher und fügte hinzu: »Meinetwegen! Spätestens morgen, wenn wir der Sandra Riemann ihre Aussage haben, schlagen wir zu. Hoffentlich verschafft uns die genug stichhaltige Anklagepunkte, damit uns der Haftrichter oder das LKA nicht wieder ins Handwerk pfuschen!«, sagte der Köstlbacher.

»Was die Haftrichterin betrifft, da mach' dir mal keine Sorgen!«, zwinkerte die Dr. Sieber dem Köstlbacher zu. »Und das LKA wird es schon noch erwarten können, bis wir den groben Schmutz weggeräumt haben und sie den sauberen ›*Göttern in Weiß*‹ ihre Kittel ausziehen können!«

»Nochmal zurück zum Roland Zeller! Was machen wir jetzt mit dem?«, fragte der Liebknecht, der es immer noch nicht fassen konnte, dass der Roland auf einmal außen vor sein sollte.

»Vergessen Sie ihn einfach, Herr Liebknecht. Dem Roland seine Deckung breche ich nicht auf, unser aller Chef Herbert Greiner nicht, Ihr Kollege Köstlbacher nicht und Sie mit Sicherheit auch nicht! Befolgen Sie meinen Rat und legen Sie sich nicht mit dem LKA an. Man wird Sie schneller mundtot machen, als Sie bis 3 zählen können«, antwortete die Dr. Sieber.

»Und wenn er's war? Auch dann?«, gab der Liebknecht zu bedenken.

»Er war's nicht!«, kam es von der Dr. Sieber und dem Köstlbacher zeitgleich im Chor.

Die Dr. Sieber wird gewusst haben, was sie sagte und der Köstlbacher hat es zumindest geahnt.

»Der Roland mag ein schräger Vogel sein, aber Mord? Auf Befehl mit Sicherheit nicht und Motiv hat er ohnehin keines«, fügte der Köstlbacher noch hinzu.

»Ist Geld kein Motiv?«, fragte der Liebknecht.

»Dazu ist Herr Roland Zeller zu sehr mit der Polizei und allen möglichen anderen staatlichen Organen verbandelt. Einen plötzlichen Geldsegen könnte er nicht geheim halten, zumindest ihn nicht genießen. Also wozu?«, antwortete die Dr. Sieber ausweichend, weil sie die wahren Hintergründe nicht offenbaren durfte.

»Alles recht und schön!«, sagte der Liebknecht, der einfach nicht locker lassen konnte. »Warum dann aber unser Einsatz in der Hoppestraße, wenn ohnehin klar war, dass wir den Roland gar nicht als Täter sehen wollen?«

»Der Einsatz galt der Rettung von Susanne Stadler. Der Simon hatte nach seiner Festnahme nur gesagt, es würde noch einen weiteren Toten geben, wenn es ihn nicht schon gegeben hat. Und er nannte die Hoppestraße. Worauf unsere Leute den Fehler gemacht haben, sich auf den dort anwesenden Mann zu konzentrieren, da sie von ihm fälschlicherweise die größte Gefahr ausgehen sahen«, erklärte der Köstlbacher und unterstützte damit seine Chefin, auch wenn er wusste, dass es ganz so nicht gewesen ist.

»Es gab auch schon mal Zeiten, wo ich besser informiert worden bin, ohne dir jeden Wurm einzeln aus der Nase ziehen zu müssen!«, schimpfte der Liebknecht an den Köstlbacher gerichtet.

»Es waren auch nicht immer Zeiten, in denen uns das LKA drein redete und uns vorschrieb, was wir sagen dürfen und was nicht, Herr Liebknecht!«, verteidigte die Dr. Sieber ihren Kriminalhauptkommissar.

»Lassen wir das! Streit bringt uns nicht weiter! Konzentrieren wir uns lieber auf den Personenkreis, der uns noch verblieben ist und vergessen wir den Roland!«, beendete der Köstlbacher die Debatte und klang dabei weitaus vernünftiger, als du das von ihm gewohnt sein dürftest.

Weil eines musst du wissen, in einem Dreiergespräch mit der Dr. Renate Sieber und dem Liebknecht, da galt einfach ein anderer Umgangston als in einer dienstlichen Unterredung mit dem Liebknecht, wenn der neben dem Köstlbacher im Dienstaudi gesessen hat oder auf einen Kaffee in sein Büro gekommen ist. Nicht weil er sich vor der Dr. Sieber irgendwie hervortun oder als Gentleman zeigen wollte. Aber Frau ist einfach Frau. Dem Köstlbacher beizubringen, in Gegenwart einer Frau manierliche Umgangsformen an den Tag zu legen, dazu hatte seine Anna ein halbes Leben gebraucht. Und, wie du siehst, bisweilen sogar mit leidlichem Erfolg!

»Als da wären der Simon Bauer, die Susanne Stadler, die Sandra Riemann und eventuell noch der Michael Segerer!«, fasste der Liebknecht zusammen.

»Der Michael Segerer mag in irgendeiner Form involviert gewesen sein. Allerdings hat er für alle drei Tatzeiten wasserfeste Alibis«, sagte die Dr. Sieber. »Ihre Kollegen Kommissar Pirzer und Kommissarin Koch haben das überprüft. Wir werden ihn wegen illegalen Waffenbesitzes belangen können, aber wegen Mordes? Eher nicht!«

»Okay! Dann also nur noch drei!«, verbesserte der Liebknecht seine vorangegangene Aufzählung.

»Wer hat das stärkste Motiv?«, fragte die Dr. Sieber den Köstlbacher.

»Ich denke die Riemann! Späte Rache für den Tod ihres Vaters! Wusstet ihr, dass die Riemann für den Dr. Höchterl schon seit 4 Jahren den ganzen Schreibkram als Halbtagskraft erledigt hat?«, fragte der Köstlbacher. »Seine kriminellen Rechnungen konnte er schließlich nicht über eine zentrale Bearbeitungsstelle abwickeln lassen«, fügte er noch hinzu.

Die Dr. Sieber und der Liebknecht schüttelten verwundert ihre Köpfe.

»Der Roland hat es behauptet und der Simon Bauer hat es mir bestätigt«, sagte der Köstlbacher.

»Das würde also bedeuten, sie hatte den vollen Überblick über seine Abrechnungen«, meinte die Dr. Sieber, ohne darauf einzugehen, darüber noch nicht informiert worden zu sein.

Der Köstlbacher nickte.

»Das könnte unter Umständen auch bedeuten, sie wusste oder

ahnte zumindest, dass ihr Vater schon vor 5 Jahren eines der ersten Opfer dieses Medikamentenschwindels war«, fügte der Liebknecht hinzu.

»Sandra arbeitete wie gesagt erst seit 4 Jahren beim Dr. Höchterl. Wer weiß, vielleicht hat sie die Stelle sogar angetreten, weil sie was vermutet hat und nach Beweisen suchte?«, mutmaßte der Köstlbacher.

»Was schwer zu beweisen sein dürfte, zumal es mir seltsam erscheint, dass der Dr. Höchterl wissentlich ausgerechnet der Tochter eines seiner ›*Opfer*‹ einen derart vertraulichen Job gegeben haben soll«, warf die Dr. Sieber ein.

»Nicht, wenn er wegen der Namensverschiedenheit diesen Zusammenhang nicht erkannt hat!«, intervenierte der Liebknecht.

»Unwahrscheinlich!«, sagte die Dr. Sieber, die sich das nicht vorstellen konnte. Dem Dr. Höchterl musste ihrer Meinung nach dieser Zusammenhang bewusst gewesen sein.

»So oder so, die Sandra Riemann dürfte auf alle Fälle die einzige gewesen sein, die außer dem Dr. Höchterl selbst den Überblick über seine Geschäfte hatte. Keine Ahnung, wie er es geschafft hat, sie still zu halten«, sagte der Köstlbacher.

»Sie hat ihren Chef auf dem Gewissen!«, resümierte der Liebknecht, als wären alle Argumente dagegen in keinster Weise überzeugend.

»Mutmaßungen!«, warf die Dr. Sieber nach Art der Staatsanwaltschaft ein.

»Noch! Wir werden's bald wissen!«, antwortete der Köstlbacher, der natürlich wusste, dass für eine Verhaftung nur Fakten zählten und keine Konstrukte, wie plausibel die auch klingen mochten.

»Simon Bauer nannte sie eine eiskalte Killerin. Natürlich auch nur eine Behauptung. Allerdings wusste er über einige Details Bescheid, die zumindest zu der Vermutung Anlass geben, er könnte richtig liegen«, fügte er noch hinzu.

»Meine Rede!«, ergänzte der Liebknecht.

Die Dr. Sieber ließ diese Thematik einstweilen auf sich beruhen. Morgen würde man mit Sandra Riemann sprechen können. Da sie freiwillig kam, konnte es immer noch sein, dass die Tatsachen sich völlig anders darstellen würden.

»Und wenn doch der Simon Bauer unser Mann ist?«, fragte die Dr. Sieber, dem Gespräch eine neue Richtung gebend.

»Dann werden wir ihn uns erneut schnappen. Sicherheitshalber habe ich ihn unter Beobachtung stellen lassen«, antwortete der Köstlbacher. »Wenn's nach mir gegangen wäre, hätten wir ihn gleich noch ein paar Tage hier behalten«, sagte der Köstlbacher in bedauerndem Tonfall.

Die Dr. Sieber ging nicht auf diese Bemerkung ein, weil es nicht in ihrer Hand gelegen hatte, den Simon Bauer überraschend vorzeitig wieder auf freien Fuß zu setzen. Auch der Willkür von Haftrichterinnen sind Grenzen gesetzt.

»Bliebe noch die Susanne Stadler«, sagte der Liebknecht.

»Sie hat bisher keiner belastet. Allerdings hätte sie durchaus das eine oder andere Motiv. Zumindest was die Ermordung ihres Bruders betrifft. Erbschaftsstreitigkeiten mögen da nicht gerade als starkes Motiv gelten, aber falls sie im Zuge ihrer Recherchen als Journalistin in dieses Wespennetz gestochen hatte, was ihre

Freunde von der Biergartenclique behaupten, dann war es unter Umständen ein Befreiungsschlag, den sie vollführte, um selbst nicht zum Opfer zu werden«, meinte der Köstlbacher.

»Mutmaßungen!«, intervenierte die Dr. Sieber erneut, was der Köstlbacher diesmal allerdings nicht ein weiteres Mal kommentierte.

»Was ist jetzt mit Wien? Soll ich oder soll ich nicht?«, fragte der Liebknecht, weil das Gespräch beendet zu sein schien.

Möchte man meinen, es würde jetzt ein eindeutiges ›*Ja*‹ kommen. Aber Fehlanzeige! Bevor die Dr. Sieber überhaupt einen Mucks machen konnte, sagte der Köstlbacher:

»Ich mach's! Ich fahr' nach Passau. Hab dort Verwandte, bei denen ich mich ein paar Stunden aufs Ohr legen kann. Morgen früh steige ich in Passau am Hauptbahnhof in den Zug nach Regensburg zu!«

»Du?«, fragte die Dr. Sieber.

»Warum du?«, fragte der Kommissar Liebknecht.

»Warum nicht ich?«, fragte der Köstlbacher zurück.

Ich muss schon sagen, erwartet hat so ein stures Verhalten vom Köstlbacher weder die Dr. Sieber noch der Liebknecht. Darum sagte erst einmal eine halbe Minute keiner was. Und gerade als die Dr. Sieber ansetzen wollte, ihre Meinung zu äußern, da meinte der Liebknecht:

»Deine Verwandten haben bestimmt noch ein Sofa, auf dem ich pennen kann. Ich begleite dich!«

In einer ersten Reaktion wollte sich der Köstlbacher dagegen sträuben, weil das nach einem Aufpasser für ihn ausgesehen hat. Aber dann hat er überraschend doch genickt und sogar mit einem Augenzwinkern gemeint:

»Sofa! Nicht dass du auf die Idee kommst, mit mir in einem Bett schlafen zu wollen!«

Da siehst du wieder einmal, dass das Fahnden nach Mördern aus Menschen, die das tagein tagaus erledigen, keine Monster macht. Selbst in Situationen wie dieser ist noch ein Scherz möglich, sogar einer vom Köstlbacher höchst persönlich, auch wenn der sonst eher brummig und humorlos.

Dazu musst du wissen, dass dazu vielleicht auch die Tatsache ein wenig beigetragen hat, dass der Köstlbacher schon ewig nicht mehr aus Regensburg heraus gekommen ist, außer vielleicht einmal zu seinen wenigen noch verbliebenen Verwandten aus Straubing.

»Wer hat heute Nachtdienst?«, fragte die Dr. Sieber den Köstlbacher.

»Pirzer und Koch«, antwortete der Köstlbacher. »Ich habe die beiden schon zum Überwachen vom Simon eingesetzt.«

»Ah! Gute Wahl! Da der Countdown zu laufen scheint, sollten wir aber auch, wie besprochen, die Susanne Stadler nicht aus den Augen verlieren«, meinte die Dr. Sieber.

»Baldauf/Dirmeier wären noch frei. Sie haben zwar nur Spätschicht, aber ich habe noch was gut bei denen. Dürfte kein Problem sein«, antwortete der Köstlbacher.

»Prima! Dann bis morgen!«, verabschiedete sich die Dr. Sieber. »Und kein Risiko eingehen! Nur beobachten!«, ergänzte sie noch im Gehen und hob dabei schulmeisterlich warnend ihren Zeigefinger.

»Jawohl Frau Hauptmann!«, erwiderte der Liebknecht mit einem Lachen im Gesicht, stand dabei stamm und salutierte.

Die Dr. Sieber reagierte auf diese Geste, durch die der Liebknecht den Respekt, den er ihr durchaus zollte, karikierte, mit einem Kopfschütteln und winkte ab.

Kap. 40

Die Susanne Stadler und der Simon Bauer verließen nach ihren Vernehmungen fast zeitgleich das Präsidium in der Bajuwarenstraße. Der Simon quasi vorzeitig, wegen der eigenwilligen Entscheidung der Haftrichterin. Wobei ich schon sagen muss, dass ich nicht wirklich glaube, dass die Haftrichterin den Simon so schnell hätte entlassen müssen. Vielleicht ist das ja auch nur passiert, weil Stimmungsschwankungen und so. Auch zwischen zwei Frauen geht nicht immer alles reibungslos. Auch wenn die eine Abteilungsleiterin bei der Kripo und die andere Haftrichterin ist. In Sachen Liebe spielt das keine Rolle. Und da macht man schnell mal etwas, um dem anderen eins auszuwischen. Nach außen hat's freilich so gewirkt, als ob der Gesetzgeber zu wenig Spielraum gelassen hat.

Unten an der Bushaltestelle hätten sich die beiden, die Susanne und der Simon, beinahe noch getroffen. Aber dann erwischte die Susanne doch einen Bus eher in die Innenstadt, als ihr Ex-Lover, der Simon.

Wenn er gefragt worden wäre, der Simon, ob er damit gerechnet hat, so schnell wieder frei gelassen zu werden, dann hätte er vermutlich mit einem klaren ›*Nein*‹ geantwortet.

Weil eines musst du wissen, es hat nicht viel gefehlt, dass die Haftrichterin eine weiter andauernde Inhaftierung befürwortet hätte. Eigentlich wollte sie es sogar. Aber diesmal lief der Hase anders herum. Die Dr. Sieber hat sie diesmal nicht gebeten, jemanden verhaften zu dürfen. Nein! Diesmal bat sie ausdrücklich, die Inhaftierung aufzuheben.

Und das hat die Dr. Sieber so ausnahmsweise nicht einmal dem Edmund Köstlbacher gesagt. Nicht dass die Dr. Sieber von der Unschuld vom Simon Bauer überzeugt gewesen wäre. Eigentlich eher im Gegenteil. Aber nach allem, was ihr der Köstlbacher berichtet hat, gab es einfach zu wenig Beweislast. Und du weißt ja, wie das läuft: Dem Untersuchungsgefangenen steht ein Anwalt zu. Und der kennt genau die Paragraphen am besten, die eine sofortige Freilassung möglich machen, weil zu wenig belastendes Material vorliegt. Und was dann? Der Freigelassene weiß dann genau, dass man ihn auf Schritt und Tritt verfolgen würde, um ihm am Ende doch noch was nachweisen zu können und so.

Genau das war der Ansatzpunkt der Denke von der Dr. Sieber. Dem Simon Bauer das Gefühl geben, man lasse ihn laufen, weil man ihn für unschuldig hielt. Dann würde er sich sicher fühlen und Fehler machen.

Natürlich hätte sie das auch dem Köstlbacher so sagen können. Eigentlich sogar müssen. Aber wer weiß, wie der dann wieder auf diesen Plan reagiert hätte. Schließlich hatte es ihn viel Aufwand gekostet, den Simon in Gewahrsam zu bekommen. Wer sieht seine Fische schon gerne davon schwimmen, auch wenn's nur in ein Gewässer ist, das man notfalls zum Einfangen trocken legen kann.

Bei seiner Entlassung ist dann die Dr. Sieber dem Simon Bauer unten am Ausgang vom Präsidium quasi zufällig über den Weg gelaufen. ›*Zufällig*‹ dem Aussehen nach. Voll durchgeplant, wie ich dir versichern kann. Sogar eine Zigarette hat sie sich von ihrer Sekretärin geschnorrt und angezündet. Richtig geraucht hat sie die allerdings nicht, weil sie sonst ein bestimmt aufkommender Husten verraten hätte.

»Na, schon wieder auf freiem Fuß?«, hat die Dr. Sieber den Simon scheinheilig gefragt.

Der Simon Bauer kannte die Dr. Sieber vom Sehen, aber welchen Posten sie innerhalb des Präsidiums bekleidete, wusste er nicht. Weil der Simon Frauen geringer als Männer einschätzte, vermutete er, mit einer Sekretärin zu reden. Darum antwortete er:

»Klugscheißer, die da drinnen! Wenigstens gibt's noch Richter, die denken können und wissen, dass man Unschuldige nicht einsperren darf!«

»Da haben Sie recht!«, sagte die Dr. Sieber. »Und außerdem wissen die inzwischen auch schon, wer die Morde wirklich begangen hat. Alle drei!«

Da hat es in den Augen vom Simon Bauer aufgeblitzt, das glaubst du nicht.

»Und wer war's?«, fragte der Simon. Und weil die vor ihm stehende Frau keine allzu große Leuchte zu sein schien, glaubte er sogar, seine Frage beantwortet zu bekommen.

»Eine gewisse Sandra Riemann!«, sagte die Dr. Sieber. »Sie hat sich wohl nach Wien abgesetzt. Aber so wie's aussieht, wird sie morgen gegen Mittag mit dem Zug zurück in Regensburg erwartet. Sie hat sich vermutlich überlegt, dass ein freiwilliges sich Stellen zwar für sie ein Ende mit Schrecken bedeutet, aber mit einem Schrecken ohne Ende wollte sie wohl auch nicht leben.«

Gerade mit solchen Pauschalplätzen wollte die Dr. Sieber den Bauer locken und in Sicherheit wiegen. Solche Redensarten sollten das Niveau einer einfachen Bediensteten spiegeln und nicht das einer Abteilungsleiterin. Der Simon Bauer schien auch prompt darauf herein zu fallen. In verständnisvoll klingendem Tonfall sagte er zustimmend:

»Das kann ich verstehen! Na, dann wünsche ich Ihren Kriminalern da drinnen viel Erfolg! Wird ja auch Zeit, dass diese scheußliche Angelegenheit endlich aufgeklärt wird.«

»Alles Gute!«, verabschiedete sich die Dr. Sieber. »Ich muss mal wieder!«

»Ciao!«, sagte der Simon und verschwand in Richtung Bushaltestelle.

Zugegeben, was die Dr. Renate Sieber da für einen Auftritt im Alleingang hingelegt hat, das war aus späterer Sicht kein Meisterstück. Weiß der Teufel, was die Dr. Sieber da geritten haben mag. Vielleicht ist es ihr da oben in ihrem Büro einfach zu langweilig geworden und sie wollte auch wieder mal mitmischen, so wie sie es vor ihrer Ernennung zur Abteilungsleiterin oft getan hatte. Glück gehabt hat sie ja am Ende, das muss ich zugeben. Aber es hätte ja auch ganz anders ausgehen können.

Kap. 41

Der erste Fehler, den der Simon Bauer dann begangen hat, er hat die beiläufigen Bemerkungen der Dr. Sieber ganz in ihrem Sinn als bare Münze genommen. Und der zweite, er hat auch noch erwartungsgemäß reagiert.

Allerdings, und da muss ich schon ein wenig meine Bedenken äußern, es hätte auch ganz schön schief laufen können. Ob dann je raus gekommen wäre, wer nun die Schuld getragen hat? Jedenfalls glaube ich, dass die Ereignisse der kommenden Stunden im Nachhinein der Dr. Sieber ganz schön an die Nieren gegangen sind. Jedenfalls später, bei ganz anderen Fällen, die der Köstlbacher noch zu lösen bekommen hat, da lehnte sich die Dr. Sieber nie mehr so sehr aus dem Fenster und arrangierte Dinge im Alleingang, ohne sich vorab mit ihrem Hauptkommissar zu besprechen. Nicht dass ihre Handlungsweise unkorrekt gewesen wäre. Als Abteilungsleiterin steht ihr natürlich selbständiges Handeln zu. Aber wozu hat sie dann einen Kriminalhauptkommissar, dem sie einen Fall überträgt, wenn sie ihn dann nicht machen lässt. Da ist einfach der Gaul mit ihr durchgegangen, wie man so schön zu sagen pflegt. Keine teamfähige Glanzleistung, wie ich meine!

Der Plan war wohl der, dass der Simon Bauer aktiv werden sollte, wie auch immer. Da seine Überwachung angeordnet war, würde man ihm zwar nicht gerade einen Schritt voraus sein, aber auch nicht wirklich einen hinterher hinken.

Der Simon fuhr erst einmal runter zum Fischmarkt. Er hatte außer seinen Papieren und ein wenig Bargeld nichts bei sich. Zu wenig, wie er meinte. Seine Wohnungstür war nur zugemacht, nicht versperrt. Die Wohnung selbst fand er in großer Unordnung vor, wenn ich das mal gelinde ausdrücken darf. Genauer gesagt, sie war in einem chaotischen Zustand. Da hatte man nach etwas Bestimmten gesucht. Und das gründlichst, was glaubst du! Aber, und das hat der Simon auf einen Blick gesehen und ein säuerliches Lächeln dazu aufgesetzt, man hatte nicht gefunden, wonach man gesucht hat.

Sein Abfalleimer hatte einen doppelten Boden. Er rümpfte seine Nase, als er die Abfalltüte heraus nahm. Zuletzt hatte es beim Simon Fisch gegeben. Und da muss ich dir ja wohl nicht näher beschreiben, welche Düfte da ihm jetzt in seine Nase gestiegen sind. Zum Runtertragen in den Container hatte der Simon jetzt keine Zeit. Er verknotete die Mülltüte nur und stellte sie zur Seite. Zum Glück war die Plastiktüte dicht gewesen. Der doppelte Boden war zwar gut abgedichtet und hätte so ein Durchsickern ausgelaufener Essensreste verhindert, aber angenehmer war's auf alle Fälle so.

Quantitativ war es nicht viel, was das Geheimfach beherbergte. Einige wichtige Papiere, Fotos, seinen Reisepass und einige Tausend Euro. Eilig nahm er alles heraus, steckte es in eine Einkaufstüte vom Kaufhof, verschloss das Geheimfach wieder sorgfältig, stellte den Müllbeutel wieder hinein und verließ seine

Wohnung. Dass er dabei beobachtet wurde, entging ihm. Vermutlich weil er mit dieser Möglichkeit nicht gerechnet hatte.

Wenn du jetzt denkst, aha, der Simon wird jetzt zum Bahnhof gegangen sein, um schnellstmöglich nach Wien zu eilen, um dort die Sandra Riemann abzupassen, dann muss ich dich enttäuschen.

Weil interessant. Die Sandra ist nie nach Wien gefahren. Und der Simon muss das gewusst oder zumindest geahnt haben. Drum hat er sich auf die Socken gemacht, sich mit der Sandra Riemann zu treffen.

Stell dir vor, was das jetzt für ein Durcheinander gegeben hätte, wenn er auch den Zug nach Passau genommen hätte, wie der Köstlbacher und der Liebknecht. Muss ja nicht sein, dass sie sich in dem Zug getroffen hätten. Aber falls doch?

Aber wie gesagt, soweit ist es nicht gekommen, weil der Simon Bauer ganz wo anders hin gegangen ist.

Vorher hat er noch auf einen Sprung bei der Bierschneider vorbei geschaut. In gewisser Hinsicht war der Simon Bauer ein sehr korrekter Mann. Die Show, die er mit der Bierschneider vor dem Köstlbacher abgezogen hat, die geschah zwar im Einverständnis mit der Marion Bierschneider, aber ein schlechtes Gewissen hatte der Simon deswegen trotzdem, vor allem wegen dem Max. Obwohl, ganz ehrlich gesagt, die Marion hat nicht gezögert, die 10.000 € anzunehmen, die ihr der Simon versprochen hat.

»Wird einige Zeit dauern, bis ich wieder komme!«, sagte er. »Gib dem Max ein Bussi von mir!«

»Pass auf dich auf!«, sagte die Marion. »Du hättest ihn zwar nicht gleich umbringen müssen, aber wenn er meinem Mann erzählt hätte, dass der Max dein Sohn ist, mein Mann hätte dich todsicher erledigt. Und mich dazu! Womöglich sogar den Max!«

Ja, jetzt weißt du's! Der Simon Bauer hat tatsächlich den Dr. Höchterl umgebracht. Dass er's mit der Armbrust getan hat und zuvor die zweite als angebliche Tatwaffe im Sandkasten vergraben hatte, das war eiskalt geplant.

Der Dr. Höchterl hatte ihn wegen seiner Vaterschaft erpresst. Du erinnerst dich! Die Marion Bierschneider hatte sich bei einer Routineuntersuchung des kleinen Max verplappert.

Der Dr. Höchterl war schon lange auf der Suche nach einem zuverlässigen Mann. Vielleicht wäre der Simon gar kein solcher gewesen. Aber mit dem Wissen vom Dr. Höchterl als Trumpf im Ärmel? Er sollte ihn bei seinen Machenschaften unterstützen. Wenn irgendwo mit einem Patienten ein Problem auftauchte, musste er das unter Kontrolle bekommen.

Damit der Simon glaubwürdig wirkte, stellte ihm der Dr. Höchterl ein ärztliches Attest aus, demzufolge er an einem seltenen Krebs litt, sich aber Dank der genialen medikamentösen Therapie des Dr. Höchterl auf dem Wege der Besserung befände. Das Attest war an einen Facharzt und Professor der Onkologie der Uniklinik adressiert. Du glaubst ja gar nicht, welches Interesse dem Simon Bauer entgegen gebracht worden ist, wenn er diesen Wisch jemanden hat lesen lassen, der sein Vertrauen in den Dr. Höchterl verloren hatte und keine weiteren teuren Medikamente mehr kaufen wollte.

Manchmal schmückte der Simon diese vom Dr. Höchterl fingierte Krankheitsgeschichte auch noch selbständig etwas aus. Die Geschichte mit den Chemos und so. Du weißt ja Bescheid! Der Simon hatte irgendwie schon immer diesen Hang zum Theatralischen.

Lange ging das nicht nur gut. Es ging perfekt! Bis dann die zwei renitenten Patienten vom Dr. Höchterl auf den Plan kamen, die sich, was du nicht wissen kannst und was lange auch der Köstlbacher nicht geahnt hat, gut gekannt haben. Fast möchte ich behaupten, sie waren Freunde, der Konrad Pielmeier und der Werner Krüger. Bei denen war nichts zu machen. Sie versuchten den Simon Bauer sogar auf ihre Seite zu ziehen. Die beiden waren nicht dumm. Sie durchschauten dem Dr. Höchterl seine Machenschaften. So kurz vor dem Ableben, das den beiden wegen ihrem tatsächlich unheilbaren Krebsleiden in naher Zukunft bevor stand, entwickelten sie einen Plan. Sie wollten Rache! Rache am Dr. Höchterl, den sie für so vieles verantwortlich machten!

Aber eines musst du wissen, für einen Menschen, der normal tickt, bedeutet Rache nicht gleich umlegen. Nein, das hatten die beiden nicht vor. Fertig machen wollten sie den Dr. Höchterl, so fertig machen, dass der sich nie mehr erholen würde. Den Simon Bauer machten sie dem Dr. Höchterl mit einer großzügigen Summe abspenstig. Er sollte belastendes Material sammeln, mit dem man an die Öffentlichkeit ginge. Der Simon ging zum Schein drauf ein.

Wovon die beiden, der Pielmeier und der Krüger, keine Ahnung hatten, der Dr. Höchterl mit seinen Medikamenten war kein Einzelfall. Quasi nur einer von vielen schwarzen Schafen in der Götterwelt in Weiß!

Kap. 42

Für die Sandra Riemann wäre es vielleicht besser gewesen, wenn sie über die Susanne Stadler den Simon nie kennen gelernt hätte. Aber es passieren eben immer wieder Sachen, wo du sagen möchtest, wäre besser gewesen, wenn nicht.

Wie die Sandra den Simon zum ersten Mal gesehen hat, da hat es so gefunkt, das kannst du dir gar nicht vorstellen. Vielleicht war's auch, weil dem Simon sein Schicksal, von dem sie aus dem Dr. Höchterl seinen Akten wusste und das sie für bare Münze nahm, sie so sehr an ihren Vater erinnerte. Muss aber nicht sein! Ist nur eine Vermutung von mir. Jedenfalls, keine zwei Tage nach dem ersten Mal, da hat der Simon die Sandra noch einmal alleine in der Hoppestraße besucht. Und dabei ist es nicht geblieben.

Wie's dann genau passiert ist, ob das je in seiner letzten Konsequenz aufgeklärt werden wird? Auf alle Fälle heckten die beiden was miteinander aus. Und raus gekommen ist dabei am Ende, dass mit dem Pielmeier und dem Krüger ein Deal ausgehandelt werden sollte. Die Sandra wird ihnen wohl Material aus dem Patientenaktenschrank vom Dr. Höchterl gegen satte Bezahlung versprochen haben. Zumindest wäre das eine Erklärung für den Geldsegen, der bald geflossen ist.

Ob die Zahlungen vom Pielmeier und vom Krüger eingestellt worden sind, oder ob es daran gelegen hat, dass die beiden unkalkulierbar wurden? Oder ob es eine Anweisung dieser ominösen *›grauen Eminenz‹* war? Jedenfalls mussten die beiden Männer sterben. Und wie, das ist dir ja bekannt.

Du wirst dich wundern, woher ich das alles weiß. Nun, eigentlich hab ich's auf demselben Weg wie immer erfahren, bei einem guten Roten in einem der Stammlokale vom Köstlbacher oder auch wechselweise, vor allem an warmen Sommerabenden, bei einem frischgezapften Bier in einem der vielen Biergärten Regensburgs. Nach Abschluss eines Falles erzählt mir mein Freund Edmund in der Regel recht genau, was da so alles abgegangen ist, während er und sein Team ermittelt haben. Spannend für mich! Vor allem dieses ewige Auf und Nieder, diese *›Wahrheit‹*, die ständig ein neues Gesicht, eine andere Ausprägung erhält, wenn überraschende Erkenntnisse alles Bisherige infrage stellen. Spannend! Der Edmund erlaubt mir meistens, seine Fälle als Grundlage für meine Krimis herzunehmen. Nur Namen und Orte muss ich eigentlich immer verändern. Aber damit kann ich leben!

Möchte man meinen nichts leichter als das. Und im Grunde genommen ist auch wirklich nichts leichter als das. Aber der Insider weiß meistens trotzdem, um wen es gegangen ist.

Nun, zu dem Zeitpunkt in der Geschichte, zu dem der Simon seine Wohnung verlassen hat, nachdem er sein Geheimversteck geräumt hatte, da war vieles von dem, was ich dir inzwischen erzählt habe, der Kripo noch nicht bekannt. Vielleicht wäre sonst das Ende der Geschichte etwas weniger chaotisch abgelaufen.

Die Sandra war ja, wie du schon weißt, gar nicht in Wien. Im Zug nach Wien schon. Aber nur bis Passau. Dort bekam sie, wie sie später zu Protokoll gegeben hat, von der ›*grauen Eminenz*‹ neue Instruktionen und von einem Strohmann, mit dem sie sich in Passau am Bahnhof getroffen hat, eine handliche Beretta.

Das mit der ›*grauen Eminenz*‹ ist ja bis heute nicht aufgeklärt worden. Angeblich ist das LKA immer noch dran.

Natürlich habe ich eine Vermutung. Aber Vermutungen sind keine Beweise. Und vermuten kannst du selber genauso gut wie ich.

Die Beretta tauchte tatsächlich später auf. Aber da möchte ich jetzt nicht vorgreifen.

Von Passau ging's zurück nach Regensburg, genauer gesagt in die Wohnung vom Michael Segerer. Warum gerade dort hin? Ganz einfach! Der Michael Segerer war immer noch nicht zurück. Und die Sandra wusste, dass er auch nie mehr zurück kommen würde. Einen Schlüssel zur Wohnung hatte sie keinen, aber der Simon erwartete sie dort.

Kap. 43

»Hab' ich's mir fast gedacht, dass du schon hier bist!« begrüßte die Sandra den Simon.

»Warst erfolgreich?«, wollte der Simon wissen.

»In Passau?«, fragte die Sandra und drückte dem Simon einen flüchtigen Begrüßungskuss auf die Lippen.

»Hm?«, fragte der Simon einsilbig.

»Warum orderte ›*Er*‹ mich nach Passau? Versteh's nicht ganz. Als ob in Regensburg nicht auch eine Unregistrierte aufzutreiben gewesen wäre«, fragte die Sandra, griff in ihre Handtasche und holte eine handliche Pistole mit Schalldämpfer heraus. »Wenigstens hatte ich eine schnelle Zugverbindung. Gerade mal 3 Stunden hin und zurück! Inklusive der hier! Musste den Bahnhof dafür nicht einmal verlassen!«

Der Simon pfiff beim Anblick der Waffe durch seine Zähne.

»Vielleicht schickte ›*Er*‹ dich nach Passau, weil die von der Kripo damit gerechnet haben, dass du in Richtung Wien fährst«, vermutete der Simon.

»Kann schon sein. Fragt sich nur, woher ›*Er*‹ das gewusst haben soll?«, erwiderte die Sandra.

»Da machen wir uns besser keine Gedanken darüber. Ganz ehrlich gesagt, ich will gar nicht wissen, wer ›*Er*‹ ist«, sagte der Simon.

»Ich auch nicht! Übrigens, ›*Er*‹ hat uns gelobt. Der Michael

Segerer scheint tatsächlich zu einem unkalkulierbaren Risiko geworden zu sein.«

»Kann ich verstehen!«, sagte der Simon. »Nachdem wir ihn davon überzeugt haben, dass der Pielmeier und der Krüger die Köpfe der Medikamentenmafia sind, wegen der er demnächst den Löffel würde abgeben müssen, hat es nicht mehr viel Überzeugungsarbeit bedurft, die beiden für uns umzunieten. Muss ihm als ehemaligem Scharfschützen beim Bund im Afghanistan-Einsatz ja direkt Spaß gemacht haben.«

»So wie ich ihn von dort in Erinnerung habe, mit Sicherheit!«, schmunzelte der Simon.

»Wenn der gewusst hätte, dass er kerngesund ist!«, sagte die Sandra.

»Hm!«, meinte der Simon dazu nur, weil ihm diese ganzen Geschichten um Krebs und doch wieder nicht Krebs inzwischen mächtig auf den Sack gingen.

»Die Beretta?«, fragte er das Thema wechselnd die Sandra.

»Ein letzter Auftrag! Dann können wir verschwinden!«, sagte die Sandra.

»Die Susanne?«, fragte der Simon, weil sie die einzige war, von der er sich vorstellen konnte, dass sie noch gefährlich werden konnte. Zwar nicht ›*Ihm*‹, weil sie von seiner Existenz so gut wie nichts wusste, außer vielleicht, dass es ›*Ihn*‹ angeblich geben sollte. Aber sehr wohl der Sandra und vor allem ihm selbst konnte die Susanne durchaus noch gefährlich werden, auch wenn sie sich selbst dessen vermutlich gar nicht bewusst war.

»Heute Abend!«, antwortete die Sandra nur knapp.

»Wo?«, fragte der Simon.

»Sie wird sich in ihre Wohnung verkrochen haben.«

»Und Roland?«, fragte der Simon.

»Er wird uns nicht in die Quere kommen. ›*Er*‹ hat mir versichert, dass der Roland heute nicht in Regensburg sein wird«, sagte die Sandra.

Kap. 44

Das Team Pirzer/Koch hat nicht geschlafen. Auch wenn sie nicht alle Details kannten, warum sie den Simon überwachen sollten, aber sie taten es sehr gewissenhaft und professionell. So entging es ihnen natürlich auch nicht, dass der Simon in dem Haus oben am Ramwoldsplatz verschwand, in dem der Michael Segerer seine Wohnung hatte. Sie bezogen Stellung.

Wie sie dann, auch wenn's nur ganz kurz war, den Simon und die Sandra kurz hintereinander am Fenster vom Segerer seiner Wohnung sahen, gaben sie, elektrisiert vom Anblick der Sandra, postwendend einen Zwischenbericht ans Präsidium durch. Leider eine Idee zu spät. Der Köstlbacher und der Liebknecht saßen zu diesem Zeitpunkt bereits in dem ICE nach Wien.

Die Dr. Sieber, die wegen der Abwesenheit vom Köstlbacher als erste über den augenblicklichen Aufenthalt vom Simon Bauer und der Sandra Riemann informiert worden ist, erkannte schmerzlich, dass die Kripo mit der angeblichen Fahrt nach Wien von der Sandra Riemann wieder einmal in die Irre gelockt werden sollte. Zwar war ihr nicht so recht klar, was das zu bedeuten hatte, aber auf alle Fälle war's nichts Gutes.

Wenn ich zuerst auch ein wenig über das nicht abgesprochene Mitmischen der Abteilungsleiterin Dr. Sieber geschimpft habe, weil sie sich da nicht gerade teamfähig gezeigt hatte, jetzt muss ich sagen, Hut ab, weil sie nicht weiter die Einsatzleiterin spielte, sondern postwendend den Köstlbacher im Zug angerufen hat.

Und weil ja nicht immer alles schief laufen muss, hatte der Köstlbacher diesmal sogar sein Handy dabei und auf Empfang gestellt. Gott sei Dank, weil beim Liebknecht seinem war gerade der Akku leer!

»Wo bist du gerade?«, fragte die Dr. Sieber den Köstlbacher, nachdem der nach der kurzen Berichterstattung der Renate nur mit einem »Zifix!« geantwortet hat.

»Irgendwo zwischen Plattling und Passau!«, brummte der Köstlbacher.

Die Dr. Sieber überlegte kurz und sagte dann:

»Ich lasse den Zug an einer passenden Stelle anhalten und schicke einen Hubschrauber!«

Die Details dieser Aktion erspare ich dir. Vielleicht kommt ja irgendwann einmal jemand auf die Idee, diesen Fall vom Köstlbacher zu verfilmen. Da hat der Regisseur dann endlich mal eine Szene, wo er das Budget so richtig strapazieren kann.

Der Liebknecht hat sich über den Hubschrauberflug gefreut, frage nicht. Und der Köstlbacher hat sich gefreut, schnellstmöglich nach Regensburg zurück zu kommen. Leider wurde ihm beim Fliegen elendiglich schlecht. Flugangst! Aber das weiß nur ich! Er hat mich gebeten, es niemandem zu verraten!

Kap. 45

Der Pirzer und die Koch sollten nur beobachten. Daran haben sie sich auch gehalten. Sie verfolgten den Simon und die Sandra, die im Schutz der um diese Jahreszeit immer noch spät hereinbrechenden Dunkelheit die Wohnung verließen und sich zu Fuß zum Galgenberg aufmachten. Ab der Galgenbergbrücke wuchs für die Verfolger die Wahrscheinlichkeit rapide an, dass die beiden zur Susanne Stadler wollten, die oben auf dem Galgenberg eine Mietswohnung hatte. Der Pirzer gab das an die Zentrale durch. Und die setzten ihn davon in Kenntnis, dass die Wohnung derzeit bereits vom Team Baldauf/Dirmeier observiert würde und der Köstlbacher mit dem Liebknecht in Bälde auch noch dazu stoßen würde. Sie sollten nach wie vor nur beobachten und jedes Eingreifen vermeiden.

Auf dem Weg hoch auf den Galgenberg, auf der Höhe vom Kneitinger Keller, hörte man das Brummen eines landenden Hubschraubers oben im Universitätsgelände.

»Hat wieder jemand einen Hirnschlag bekommen vor lauter geistiger Arbeit!«, lästerte der Pirzer. Wenn der geahnt hätte, dass das Getöse von einem Polizeihubschrauber stammte, in dem der Köstlbacher und der Liebknecht gesessen haben!

Der Pirzer und die Koch schafften es, den Simon und die Sandra unbemerkt bis zum Hauseingang vor dem Mietshaus zu verfolgen, in dem die Susanne ihre Wohnung hatte. Gerade wollten sie das der Zentrale durchgeben und für sich ein Eckchen suchen, von wo aus sie in aller Ruhe, ohne selbst aufzufallen, das weitere Geschehen abwarten konnten, da passierte es:

Der Simon stürzte aus dem Hauseingang, gefolgt von der Sandra. Hat nach einer klassischen Flucht ausgesehen. Wenn's nur das gewesen wäre! Der Simon hatte eine Pistole in der Hand, drehte sich zum Hauseingang um und schoss. Dass er wirklich geschossen hat, das war nicht zu hören. Nicht einmal das ›*Flopp*‹ war zu hören, das eine Kugel macht, wenn sie durch den Schalldämpfer zwitschert. Aber zu sehen war es, dass er geschossen hat, weil der Baldauf, der gerade in diesem Moment aus der Türe kam, zusammengebrochen ist.

So etwas hatte es in Regensburg seit Ewigkeiten nicht mehr gegeben, dass ein flüchtiger Verbrecher auf einen Polizisten geschossen hätte und den auch noch traf. Das mag auch der Grund gewesen sein, dass keiner nach dem Lehrbuch zu reagieren in der Lage war. Sowohl der Pirzer als auch die Koch zogen zwar ihre Waffen, eilten dann aber nicht dem Simon hinterher, sonder erst einmal hinauf zum Baldauf. Erst wie sie gesehen haben, dass er nur einen Streifschuss am rechten Bein abbekommen hatte, drehten sie sich wieder um und rannten dem Verbrecherpärchen hinterher.

Mag sein, sie hätten die beiden sogar noch geschnappt. Aber das war nicht mehr nötig. Der Weg, den die Flüchtenden einschlugen, brachte sie direkt vor den schwarzen Dienst-Audi, mit dem die Dr. Sieber höchst persönlich den Köstlbacher und den

Liebknecht vom Hubschrauber abgeholt hatte. Da die Flüchtenden den Wagen nicht als Polizeifahrzeug erkannten, war das Überraschungsmoment auf Seiten der Kriminaler.

Wobei ich sagen muss, ungefährlich war diese Aktion absolut nicht. Und wenn die Beretta in der Hand vom Simon Bauer nicht eine Ladehemmung gehabt hätte, wer weiß, wie das dann ausgegangen wäre.

Kap. 46

Bestimmt fragst du jetzt, was sich in dem Haus abgespielt hat, wo die Susanne Stadler wohnte.

Pass auf, was ich dir erzähle! Die Susanne war gerade auf dem Weg nach Hause, als sie bemerkte, dass ihr jemand folgte. Nun, die Susanne war als Journalistin selber im Observieren bewandert, hat keine Panik bekommen und einfach versucht, den Spieß umzudrehen. Irgendwie fand sie es sogar lustig. In ihrer Wohnung angekommen kochte sie in aller Ruhe erst einmal einen Pott Kaffee. Dann ging sie nach draußen zu dem Bäcker an der Ecke und kaufte Croissants. Auf dem Rückweg drehte sie sich mit einem Mal ganz spontan um.

»Buh!«, hat sie die beiden Kriminaler erschreckt.

Kindisch, sage ich dir! Im Anschluss gingen dann ein paar Worte hin und her. Und zum Schluss, auch wenn du das jetzt gar nicht glauben kannst, haben die Dirmeier und der Baldauf die Einladung der Susanne auf einen Kaffee mit frischen Croissants angenommen und sind ihr in ihre Wohnung gefolgt. Warum auch nicht! Observieren geht auch bei Kaffee, einem Gebäck und einer Unterhaltung. So zumindest erklärten die beiden von der Kripo später ihr Verhalten.

Mitten in dem Kaffeeplausch stand dann auf einmal der Simon in der Wohnung, gefolgt von der Sandra. Der Simon hatte sich die Wohnung selbst geöffnet. Als ehemaliger Stecher von der Susanne hatte er immer noch einen eigenen Schlüssel.

Die Susanne wusste nichts davon, weil er seinen zurückgegeben hatte, wie's aus war zwischen den beiden. Aber natürlich nicht, ohne sich vorher einen Ersatzschlüssel machen zu lassen.

Und dann kam's: Sowohl der Simon, als auch die Sandra erkannten die beiden Kriminaler. Sie waren ihnen im Präsidium schon über den Weg gelaufen. Die erste Reaktion war Flucht. Alles Weitere kennst du.

Einmal festgenommen dauerte es nicht allzu lange, bis jeder der beiden seine Haut auf Kosten des anderen retten wollte und auszupacken begann. Anfangs sehr Widersprüchliches. Aber mit der Zeit wurde das Bild immer klarer. Irgendwann brach dann die Sandra, du wirst es dir schon gedacht haben, unter der Beweislast zusammen. Sie hatte zumindest niemanden getötet. Ganz im Gegensatz zum Simon, dem nach langen und nervenaufreibenden Ermittlungen bewiesen werden konnte, zumindest den Dr. Höchterl mit der Armbrust ins Jenseits befördert zu haben. Dass er den Michael Segerer wahrscheinlich auch auf dem Gewissen hatte, das kam bis heute nicht ans Tageslicht, weil dem seine Leiche nie gefunden worden ist. Offiziell ist er immer noch an einem unbekannten Ort in Urlaub!

Natürlich half der Simon Bauer nur zu gern, die Beweiskette zu schließen, die den Michael Segerer zum Biergartenmörder machte.

Viel zur Lösung des Falls hat auch die umfangreiche Aussage der Susanne beigetragen. Aber auch sie wusste nichts bezüglich der ›*grauen Eminenz*‹. Und da muss ich schon erneut fragen, ob es die dann auch wirklich gegeben hat?

Vielleicht hätte der Roland mehr zu einer Wahrheitsfindung beitragen können. Aber den nahm zumindest vorläufig wieder einmal das LKA in seine Dienste. Der Skandal mit den falschen Abrechnungen weitete sich mehr und mehr zu einem überregionalen Problem aus. Die Regensburger Fälle waren kaum mehr als die besagte Spitze des Eisberges.

Für Außenstehende hat es allerdings so ausgesehen, als ob der Roland sein Geld nur als Fahrschulbetreiber verdienen und seine Freizeit ganz der Gruppe ›*Scherbentanz*‹ als Schlagzeuger widmen würde.

Dem Köstlbacher war's recht so. Die ganze Klugscheißerei mit dem LKA kam ja nur mit dem Roland ins Rollen. Und ohne den mischte sich bald auch das LKA nicht mehr in die Angelegenheiten der Regensburger Kripo!